农村青年
李继承的
城市生活

关仁山　杨健棣／著

作家出版社

目　录

第一章　意外碰撞

第三章　疼痛成长

第四章　自然融合

第一章　意外碰撞

1.咋俺最亲近的人们一进城，就都变得跟这城市一样陌生了

李继承从"虎池"健身房出来的时候，脸拉得老长。他微侧着头，脖子梗梗着，晃动起宽阔、厚实的臂膀，像一匹健壮、俊美的高头大马横穿写字楼的大厅，连地板都被他踩得咚咚作响了。

李继承这是想把对弟弟李虎申的气，一股脑儿都撒到自己的肩膀和腿脚上来，撒到自己身上来呢。

李继承来到楼下停车场的时候，满世界的灯全亮起来了，璀璨的灯光把这暮春时节的黄昏映照得一片通明，连被风卷到犄角旮旯里去的碎纸片都被五颜六色的光浸染着，扑闪出暧昧迷离而又诡秘的光，像蹲在黑暗中的猫的眼睛。

有柔和的风轻拂到李继承的脸上来了，他抖着手从裤兜里摸出一支烟来，点上，狠狠吸了一口，这才稍稍稳住了些心神。他侧身靠在自己的捷达车上，开始用新奇的目光打量着眼前的一切。李继承心说，这城里的黄昏哪比俺们有着潴龙河的老家？在老家，太阳落到潴龙河大堤后面的时候，大平原上的树啊、庄稼啊、村落啊，都是齐着心在光影里一点点暗淡下来，最后手拉手一起悄没声儿隐没到黑暗里去的。乡下的黄昏是个让人看得见、摸得着的缓慢生长的过程，可是在这城里，在这有着几千万人口的大北京，黄昏的芽苞刚刚顶破土皮儿就被这满世界的灯光给糟蹋啦。俺们乡下的黄昏那才是真正意义上的黄昏哩！特别是在这春夏之交，黄昏那可是有温度的，是那种懒懒的、手指头滑过缎子面一样的暖。在那些让人心里发痒的黄昏，自己跟弟弟多少回肩膀并着肩膀，相挨着坐在打麦场的边儿上，两双眼睛傍在一起往大洼的深处眺望，看着太阳慢吞吞往潴龙河大堤后面滑去……唉，那样的日子再也不会有了呦！

就是在那样的一个黄昏里，李继承第一次看到了那只火狐狸。它先是从打麦场边儿上的一堆玉米秸垛里探出来半个脑袋，四下里瞅了瞅，才不紧不慢地踱着细碎的脚步走了出来。它立到了一个土岗之上，开始抖动它那一身的红毛，它身上的红毛细长而又蓬松，在向晚的漫天霞光映照下熠熠生辉。那个土岗离他和弟弟坐的地方也就十几、二十来步的样子，李继承仰望着被一团五彩云霞包裹着的那个红色的身影，目瞪口呆。他想惊呼一声，可是嘴唇像被什么东西粘牢，连个缝儿都挣不开；他想拉弟弟一把，可整个身子像被人点了死穴，动弹不得。这样好一会子之后，夕阳没入潴龙河大堤后面去了，那只火狐狸回过头来，少年李继承看到了它有些俏皮的、圆圆的黑鼻头，以及脖颈下面延伸到肚子上去的一抹雪白的长毛。它朝他眯起眼来，两个嘴角朝上扬起，嘴巴就此咧开，它在冲他微笑哩！笑过之后的火狐狸掉过头去，凌空一跃，瞬间就消失在了土岗后面。

体力在李继承身上渐渐恢复，他猛地伸出双手扳着弟弟李虎申的肩膀，用力摇晃："小申！刚才看到那只火狐狸了没？它、它冲我笑了！"

弟弟李虎申用一双吃惊的眼睛看着哥哥，一脸的迷茫。他摇了摇头说："我只看见一只花尾巴的喜鹊在潴龙河大堤的柳树梢上跳舞来着。"

李继承大失所望。

……弟弟就是这样，打小就与自己不在一个频道上。李继承想着，刚刚从他身体里消退出去的一些火气又不知从哪里一股脑儿涌回到身上来了，李继承的气里夹杂了太多的着急。弟弟考了两年才考进北京这所体育大学，现如今眼瞅着要上大四了，不好好学习，却跑到外面来打工，打工不耽误学业，鬼才信哩！他不知道弟弟跟那个叫什么梅朵的小女老板到底是雇佣关系呢还是朋友关系？瞅着那女孩倒也稳重、大方，可是他的心总是在半当空吊着，沉不进心窝里来。孤男寡女的，又都是年轻人，整天出双入对，你让人咋想？如果弟弟单纯是为了打工贴补些家用，那倒情有可原，可弟弟若是贪图这女孩子家的钱，跟人家逢场作戏，玩玩儿拉倒，那可是损德的事情。常言道：奸出人命，赌出贼啊！这么想着，李继承仰起脖子来看着挺立在眼前的写字楼，焦虑的目光从写字楼的半截腰里开始往高里爬，很快就找到了"虎池"的位置。李继承恍恍惚惚看见那个窗子里有两个人影在晃动，他直勾勾地盯着那两个贴得很近的人影，感觉到嗓子直个劲儿地发干。他刚才之所以没有立即离开，而是立在这里点上这支烟，是指望弟弟李虎申会追下楼来，那样自己就能跟他心平气和地好好谈谈了。可是，弟弟没有。他清楚地记得刚才自己拧身离开的时候，弟弟只是朝他扭了下头，嘴角朝上扬起来笑了笑，就接着立在舞台中央对着下面一群穿着暴露的男女们继续他的示范动作了。弟弟这是根本没把他这个哥哥放在眼里呢！李继承用力咳了咳，却没把痰咳上来，于是朝地上狠狠啐了一口唾沫，转过身子下死力拉一把车门，门没打开，却把车门把手的一头给揪了下来。他这才想起来自己忘了按遥控器了。

李继承开着他的破捷达从停车场出来，驾驶室一边儿的车门上耷拉着那个被他揪断了一头的门把手。李继承发现最近自己活得可不顺心了。前些日子赵香梅找他借五千块钱，他问她借钱干吗用，赵香梅竟然说是为了改名字的事儿给人送礼。为这事儿，两人吵了一架。李继承心里想，人名儿不就是个符号吗？你赵香梅改不改成什么赵伊蕾，还不是李家佐村最俊的闺女？再说了，你把名字改成赵伊蕾，你就能挣到大钱，就能摇身一变成了真正的北京人了？嗬！李继承心里对赵香梅改名字这事儿很不屑。不屑归不屑，等到赵香梅斜挎着小皮包，高跟鞋把地踩得笃笃响，风摆杨柳般晃荡着柔美的身段来找他拿钱，他还是痛痛快快把从银行自动取款机里取出来的五千块钱给了她。

"我早就说让你微信跟银行卡连上，多方便呀，你就是不听！这倒好，为了这么点子钱，还得让我这老远跑过来！"赵香梅没好气地从李继承手里夺过钱，狠狠白了他一眼，接着就训斥起来。

"我还是感觉钱这东西生来就是在银行那种地方出出进进的，手机上不怎么安全吧。"

"你生来就是榆木脑瓜子！"

赵香梅骂他"榆木脑瓜子"也不是一回两回了，他都没回过嘴。女人嘛，跟小孩子一样，只要顺着她，她就不会没完没了缠磨自己了。比方赵香梅曾跟他说，北京离咱老家虽说不远，可往来的火车、汽车就那么几趟，万一哪天家里有个急事儿什么的，咱想回，也回不了那么及时，不如买辆车，哪怕旧的、次的呢！于是，他二话没说，就买了眼下这辆捷达。可这会儿赵香梅又骂他"榆木脑瓜子"，他本来对她改名字这事儿就有点儿看法，加之这些天他正为弟弟李虎申去健身房打工的事着急呢，就来了气，可他狠劲儿憋着。

"人家别人怎么活，咱就怎么活，没病没灾儿，顺顺当当的就好。人不能没事儿找事儿瞎折腾。"在送赵香梅的路上，想着弟弟的事儿，李继承就有些恍惚，不知怎么就跟赵香梅冒了这么一句出来。

"李继承，你说谁瞎折腾？是不是我借你这么点儿钱，你肉疼？心疼啊？"赵香梅猛刹住脚步，气得满脸通红。

"不是啊！不是啊！"李继承连连摆手。

"我改名字是找大师看过的，我五行缺水，改了名字就顺当了。我怎么就瞎折腾了？你要怕我还不起你这五千块钱，我现在给你好了！"赵香梅说着就伸手拉自己的挎包。

"香梅，我不是那意思，不是……"李继承慌忙上前拦住赵香梅。

"请叫我赵伊蕾！我就不信我赵伊蕾一个黄花大闺女被你睡了，不值五千块钱！"赵香梅举起右手，大拇指和中指往起一捏，其他三个手指往外一散，葱白一样细长的手指摆了个兰花指出来。兰花指滑过李继承的鼻尖，又在他眼皮子底下晃了两晃，唰一下变作一指禅，狠狠戳了李继承脑门儿一下。

等李继承醒过闷儿来，赵香梅已经朝着花月街的方向走远了。

赵香梅这一走，连着好几天都没有音信，打电话不接，发微信不回。李继承不愿想这些事儿，想起来心里就不痛快。

从辅路到四环路的入口也就三五分钟的时间，李继承嘴里又衔上了一支烟卷，丝丝缕缕的烟雾笼严了他半眯起来的眼睛。不知是车里闷还是心烦意乱的原因，李继承刚坐进车里没多大会儿，就憋出来一脑门子的热汗。他伸手摇下驾驶室这边的车窗玻璃，打算透透气，一股巨大的声浪从车窗口汹涌着扑入车内，李继承瞬间就被《走进新时代》那高亢、激昂的旋律所吞没，车窗边一面大旗呼啦啦闪过，唬得他一怔，下意识地踩了一脚刹车。那面大旗高擎在一个五六十岁的、身材娇小的老太太手上，她眼睛盯着前方，目不斜视，一脸的庄重、肃穆。紧随其后，是长龙一样的队伍，一水儿的红色长袖T恤，T恤背上书写着"土城区健走队"六个醒目的大字。李继承偷眼看着一张又一张年老或年轻的脸庞从车窗边闪过，他以为有人会朝车子里瞥上他一眼，然而紧贴着他的车走过去的每一个人都目光坚定，旁若无人，这让李继承有些失落，他慢慢摇上了车窗。

捷达车被夹停在健走队伍当中，像泊在潴龙河湾里的一条破船。把抽完的那支烟的烟屁股按灭在车上的烟灰缸内，李继承双手握着方向盘，紧蹙着眉头盼望着健走的队伍快些过去。

好容易挨到看见队伍的尾巴了，李继承驱车缓缓跟进，走在健走队伍最后面的是个六十开外的老头，他塌着腰，踢踏着细碎的脚步，走得飞快。李继承终于看到四环入口了，他打了转向，在那老头离捷达车三米开外的时候，已经烦躁无比的李继承一轰油门，车子冲向四环入口的瞬间，李继承听见从车尾处传来"砰"的一声闷响。他望了望后视镜，啥也没看到，扭过头又见车前不远处那个走在健走队伍后头的老头停了下来，正仰着脖子望向这边。车子拐入四环，李继承又朝后视镜瞥了一眼，他看见那老头正跑向车后的入口，他模模糊糊看见一个孩子趴伏在地上。我撞着人了！李继承脑袋里"嗡"的一声，吓出来一身冷汗。他感到全身像被人一下子抽去了筋骨，瘫软无力。后面的车不耐烦地按开了喇叭，李继承右脚点在油门上，慢慢往深里踩，捷达车开始提速，最后飞一样汇入四环路左车道宏大的车流中去了。

2. 这个初夏傍晚发生的一些事儿，让施雅东的心情很不美丽

施雅东听到手机响的时候，正伸手推开花月街办事处的玻璃门，准备往院子里走。她以为电话又是大学同学范兵兵打过来的，不由皱了一下眉头，没接。

下午在区里开了半天有关消防安全的会，出会场时施雅东看了下表，马上到下班时间了，她本可以直接回家，只因会上领导特别提到了她所在的花月街是这次消防安全排查、整治的重点，本来就暗暗捏着一把汗，又一想自己离开单位的时候，电脑没关，就急吼吼跑回单位来关电脑。刚把电脑关上，范兵兵的电话就打进来了，电话接通，范兵兵一句话没讲，先"哇"的一声哭了。接下来已经失去理智的范兵兵在电话里跟施雅东连珠炮般数落起丈夫陈晓康的不是，这一通哭诉整整耗去施雅东近两个小时的时间。在这个时间段里，范兵兵的话语急促而紧凑，简直密不透风，施雅东根本连半句话都插不进去。其实施雅东压根儿也没打算在这件事上发表自己的意见。上大学时，陈晓康曾追求过自己，施雅东嫌他又黑又瘦，还高度近视，就始终不答应。后来可能是陈晓康觉得追施雅东没什么希望了，就转而去追范兵兵，没想到很快那两人就走到了一起。毕业几年之后的同学会，施雅东曾听同学讲，陈晓康发了大财之后，范兵兵对外宣称：当年陈晓康追求施雅东那是"佯攻"，是用了"声东击西"的计策，而她范兵兵慧眼识珠，以逸待劳，最后将陈晓康这个同学中的"大才"彻底降伏。施雅东听到这些话之后，只是笑笑，虽然以她的个性别人休想从她嘴里套出什么话来，可心里那种五味杂陈的滋味只有她自己清楚。范兵兵这通电话直打到施雅东的手机发烫，打得电池开始报警了，仍不见挂断的迹象。施雅东好容易找了个空子，对范兵兵说："兵兵，我手机快没电了。"

"充电器呢？"电话那头的范兵兵仿佛一个不慎落水的人，好容易抱住根救命的木头，一下子又要被人从怀里抽走一样，语气里明显透着惊慌。

"充电器在家呢。"感觉到范兵兵的紧张，施雅东竟有些不好意思，又用哄孩子一样的语气补了一句，"兵兵，我到家充上电打给你啊。"

电话那头沉默了几秒钟，挂了。

施雅东推开街道办的玻璃门时，不经意瞟了一眼玻璃门上照出来的自己的模样，短发包着的椭圆形脸，还算满意，小西装下面的灰布长裙箍着的肚子就不行了，怎么看怎么觉得稍稍有些朝外凸鼓。施雅东心想，真该减减肥了，索性从今晚起，不吃晚饭了。

来到院子里，施雅东挎包里的手机还在响个不停。她在一棵银杏树底下把手机掏出来看了一眼，却是母亲胡兰芬的电话。施雅东按下接听键，电话里传来的竟是跟范兵兵一模一样的"哞"的一声哭叫。只是这一声啼哭不像范兵兵那样抒情，不像范兵兵那样淋漓到千回百转、抑扬顿挫。胡兰芬的哭声直接往高里扬，半路上却卡了壳，施雅东把手机挪到眼前一看，见手机屏幕黑着，知道没电了。

母亲的哭声萦绕在耳畔，搅和得她心里七上八下，半点儿安稳不下来。她想象不出到底出了什么天大的事，能让平时大大咧咧惯了的母亲大放悲声。不会是小毛出什么事了吧？想到儿子小毛，施雅东放开步子奔向公交车站，边跑边在心里责怪范兵兵不该给她打起电话来没完没了，你跟陈晓康两人生不出孩子来，怨谁？陈晓康横竖左右看你不顺眼，怨谁？当初你到处炫耀跟陈晓康的恋情时，那股子舍我其谁的霸气劲儿哪里去了呢？

花月街这个时候是最热闹的。这些年涌入花月街的外地人越来越多，逐年成倍递增着，登记在册的流动人口眼瞅着超了土著居民的半数，仍不见有放缓增长的趋势。说来也怪，这些外地人白天看不见几个人影儿，可一早一晚就不知道从哪儿都冒了出来，路边横七竖八摆满了各式六样的摊位，各种口音、各种腔调的吆喝声此起彼伏，花月街转瞬就沦陷在了一片嘈杂之中。与此同时，从花月街外面涌进来买东西的人们，形成浩荡的人流一时间恨不得把整条街道都撑破喽！每到这个点儿，施雅东一瞅见这乌烟瘴气的阵势心里就莫名地烦躁，莫名地为花月街的安全担起心来。为这事儿，施雅东已经给区里、市里不知打了多少次报告，她恨不得一夜之间把花月街清理干净！

施雅东在大小车辆间和流动着的人群里奋力往前挤着，像一条戗着水浮游的鱼。挤着挤着，施雅东感到裙子上一热，一低头，看到自己的裙子被扣了一塑料袋的豆腐脑。她慌忙伸手打扫，为了让脚躲开被她划拉下去的粘在裙子上的豆腐脑和瘪了的塑料袋，她跷起腿，往后闪了一下身子，不想被身后的人往前一拥，险些栽倒在地上。简直可恶！施雅东又气又急，锁紧了眉头瞪视着眼前吓得面如土色的中年妇女，这妇女的一只手牵着一个头上顶着两根羊角辫的女孩。没拿稳豆腐脑的妇女一边弯下腰伸出手帮着施雅东在裙子上打扫，一边带着哭腔连连说："怨我！怨我！"施雅东挪动着身子，避开她贴到身上来的手。妇女牵着的女孩跟小毛年龄差不多大，此时见大人吓成这

8

样，瞪着一双惊慌的大眼睛看着施雅东，直往妇女大腿后面躲。想到小毛，施雅东已经蹿上心头的火气马上转换成了焦虑。那妇女又接着说："实在对不起，我真不是故意的！"说着，就拉着那小女孩给施雅东鞠躬。"算了！"施雅东丢下两个字，挤过围观的人群，急急往前走去。

好容易远远望见公交车站的站牌了，见没有公交车过来，施雅东折转身跑到马路边上，招手拦停了一辆出租车，直奔家里而去。

施雅东打开家门就一迭连声地喊妈，喊毛毛，然后旋风一样刮过家里的每一个房间，连洗手间都打开门看了，没人。她在客厅的沙发后面找到插座，给手机充上电，趔趄在沙发靠背上一次又一次焦急地按着手机的开关键。终于，手机开机了。她把胡兰芬的电话回拨了过去。电话一直无人接听。施雅东急得直在地板上搓脚。

施雅东丢掉手机奔至窗前，隔着窗子可以望见小区通往外面的小路。她把脸贴在窗玻璃上朝楼下的小路张望，昏黄的路灯映照着弯弯曲曲的小路，连个人影子都没有。施雅东心里涌起一股悲凉，她感到前所未有的孤单与无助，眼前的小路倏地一下模糊起来。就在这时，她的手机响了。施雅东快速抹一把脸上的泪水，奔向手机。

谢天谢地！电话是母亲胡兰芬打来的。

"杏儿，你在哪儿呢？"从小到大，胡兰芬一直叫施雅东的小名儿。

"我在家呀！妈，你们呢？小毛是不是跟您在一起？"

"杏儿，妈对不起你呀！呜……对不起！呜……对不起！"电话那头儿胡兰芬又开始哭。

"妈、妈、妈！"施雅东急得尖叫起来。

胡兰芬止住了哭喊。

施雅东强制自己镇定下来，和缓了语气："妈，您先别急，千万别急，慢慢跟我说，到底怎么了？"

"杏儿，小毛！小毛被车撞坏啦！"

如同头顶上打了个霹雳，施雅东握着手机瘫坐在地上，手机充电线被她从沙发后的插座里揪了出来。

　　"我们现在土城医院呢！你快点儿过来吧！"

　　风风火火赶至土城医院的施雅东一进大厅，就看到了散立在大厅里的好些土城健走队员。有人凑上来跟她打招呼："施主任，您别着急，孩子被车撞倒了，正在检查，应该不是很严重。"

　　被人引领着，施雅东很快在 CT 室门口见到了头倚着墙壁、席地而坐的胡兰芬。

　　施雅东立到母亲面前，胡兰芬看了女儿一眼，随即将挂满泪痕的脸扭向一边儿，她的头无力地抵着墙壁，目光空洞。

　　"施主任，您快劝劝胡医生吧。这地下多凉啊！我们拉她好几次了，她就是不起来。"有人压低了声音在施雅东耳边说。

　　"妈！"施雅东伸手将裙子的下摆压在两腿中间，半蹲下身子，接着又把手伸向了胡兰芬。

　　胡兰芬的头动了动，却没有转过来。

　　"如果小毛有个三长两短，妈也不活了！"胡兰芬嘴里叨咕着，眼泪又淌了下来。

　　"妈！"施雅东俯下身去，刚才压裙子时，施雅东发现裙子上一大片的水印，不觉又羞又恼，她用力攥住了胡兰芬的手。胡兰芬身子往旁边挣了挣，想甩脱女儿的手，没想到施雅东力气倒大，她的手被女儿攥得更牢了。

　　"撞人的司机呢？"施雅东摇着胡兰芬的胳膊问。

　　胡兰芬嘴唇抖动着，闭上了眼睛，眼泪从眼缝间汩汩淌出，一句话也说不出来。

　　施雅东半蹲着身子仰头看看围着她们母女的健走队的队员，大家不约而同地冲她摇了摇头。施雅东慢慢松开了紧紧攥住母亲的手，茫然地立了起来。

3. 返回车祸现场的李继承让弟弟感觉有些反常

李继承住在樾林大厦七楼的保安大队宿舍。从弟弟李虎申打工的"虎池"健身房到他住的地方最多也就半小时车程,可他已经在四环路上跑了近一个小时。他没想到,这个点儿,四环路上也堵车。他浑身无力,脑子里一片空白,眼睛盯视着前方闪着刺目红光的车尾灯,机械地踩着刹车,漫无目的地朝前开着。

李继承开着车在四环路上跑着,那老头一脸惊骇的表情不时在他脑海中浮起又沉下,沉下又浮起。如果,真是自己撞了那个孩子,会不会有人及时拨打120?那些出来健走的人,兜里会不会没装着手机呢?李继承极力回想那老头穿着什么样的裤子,他的裤兜是不是鼓囊囊着的,然而,脑子里却一片空白。如果他们都没装着手机,打不了120,那个被自己撞到的孩子就不会得到及时的救治,那自己不成了故意杀人了吗?我杀死了一个跟自己无冤无仇的城里孩子!李继承的心开始往下沉,下面是深不可测的无底深渊,他被突如其来的惊惧慑住了。看路边的指示牌前方200米有个出口,他果断把车开向了最右边的车道。

再次回到四环路上来,李继承把车开疯了。捷达车左冲右突在车流里钻来钻去。李继承想到或许老太太已经报了警,那就让警察抓到自己好了,杀人偿命,欠债还钱,这本来就是天经地义的事情。

警察,快来抓我吧!李继承身上涌动起悲壮的情绪。到"虎池"健身房那个出口了,李继承拐了出去。

现在的四环路入口处,连个人影子都没有。李继承把车仍旧停在下午停进去的停车场。他摇下车窗来,茫然朝入口处那个方向望着。他准备吸支烟,平静一下自己,细细想一下接下来该怎么办?他习惯性地把手伸到副驾驶座上摸烟,抓到手里来的烟盒却是空的。他把烟盒攥在手里使劲儿捏了好一会儿。李继承烟瘾很大，没了烟更让他心里没抓没挠地想不成事情。他摇上车窗，手里攥着那个空瘪的烟盒下了车，他准备把烟盒丢到路边的一个垃圾桶里之后，再去买包烟。

"哥，你怎么还没走？"

李继承猛丁看见弟弟李虎申跟梅朵两个一前一后立在自己跟前，不由一愣。

"哥，你脸色怎么这么难看？"李虎申上前一步，捏了一把李继承的膀扇子，眼镜片后面的双眼觑起来，朝李继承脸上扫来扫去。

李继承这当口儿看到自己的亲兄弟，想想自己说不定很快就会被关进监狱里去，老家的爷爷今后就只有依靠弟弟照顾了，一时间悲从中来。他两只手来回倒弄着被捏成一个纸卷的烟盒，眨巴了几下眼，鼻子里就有些泛酸。李继承怕梅朵笑话自己，偷偷瞥了李虎申身后的梅朵一眼，忙把头别向了一边，他低下头，沉默着。

哥俩已经因为弟弟到健身房打工的事抬过好几次杠了，今天下午哥哥又来找他，见梅朵在，气也没吭一声，走了。哪承想哥哥为了这事儿心里竟别扭成了这样！李虎申想着，就有些心疼哥哥，又不好当着梅朵的面儿挑明了说，就打趣道："哥，你这么大人了，咋像个孩子？"

李虎申笑着回头朝梅朵挤弄了一下眼睛。

高绾着一头乌发，身穿一身黑色运动装的梅朵却没有笑，她看了一眼李继承手里捏着的空烟盒，走向了自己停在不远处另一趟停车区里的深红色宝马车。

"兄弟，我求你件事，你必须得答应我。"李继承并拢双掌在脸上抚了一把，看着梅朵走远，对弟弟李虎申正色道。

"哥，亲兄弟之间咋又说到'求'字上来了？"李虎申以为哥哥要逼着自己辞掉"虎池"这份兼职，就有些紧张，偷眼瞄见梅朵从那边走了回来，没等哥哥开口，他就又抢着说："哥，你看这都什么时候了，刚才梅朵还问呢，怎么大哥来了，话都不说一句就走了呢？人家梅朵老早就跟我说，要请你吃顿饭呢，你没走正好，走！咱们找个地方吃饭去，边吃边聊。"

李虎申说着，慌慌地冲哥哥皱皱眉毛，示意他不要再接着往下说了。

"这是我给我爸买的，还没来得及给他呢。你给大哥抽吧。"梅朵把手里拿着的两盒烟递到李虎申的手里。

"我、我不抽！"李继承瓮声瓮气地说。

"拿着！"李虎申用手指甲剔开一盒烟的锡纸，捏了一根出来递给李继承："这是中华！快拿着哥。要不梅朵该不高兴了。"李虎申说着，上前一步把两包烟硬塞进了李继承的裤兜里。

"多少钱？我给。"李继承挣了两下，没有挣开弟弟的手，索性把一直攥在手上的那个空烟盒塞回裤兜内，顺便掏出打火机，闷着头却不点，拿眼斜愣着梅朵问。

"哥！你这是说什么嘛！"李虎申又急又气。

"没事儿！到时我在虎申的工资里扣就行了。"梅朵微笑着说。

"哥刚才跟你说的事，是认真的！"李继承犹豫了片刻，还是将烟点上了，他狠狠吸了一口，对弟弟说。

李虎申皱紧了眉头，仰起头来看着被灯光映照得一片通红的夜空，把一脸无可奈何的表情甩给了李继承。

"那好，你说吧！"李虎申知道拗不过哥哥，但心里盼着他能把话说得稍稍委婉一些，千万别伤到人家梅朵。

"哥、哥想回趟老家，哥求你替哥跟商场请个假。"李继承嗫嚅着。

李虎申没想到李继承说的竟是这事儿，不由心花怒放，立马来了精神："不会吧？我的亲哥！请个假还要我去给你请？再说，咱不是前几天清明才回去过吗？这会儿你又回去干吗呀？"

"我想咱爷了。"李继承低下了头，拿脚尖蹭着地面。

"大哥初来乍到，对城里的人情世故不大熟悉。既然大哥开口让你帮忙，那你就帮他请个假呗！"梅朵轻轻推了一把李虎申说道。

"不是！我是说大哥都在这商场干了好几个月了，不就是请个假吗？谁家里还能没点儿事？你瞅瞅他这样儿！"李虎申扭头冲梅朵咧开嘴笑着说。

李继承把头抬了起来，他依然不看梅朵，只盯着弟弟李虎申："你就说，帮不帮你哥这个忙吧?!"

"这就不叫个事儿！不过，大哥你得跟我说句实话，你为什么不自己请呢？"李虎申不依不饶。

"你自己都说不是事儿了，还追着人家问什么？你请不请？你不请，我替大哥请去！"梅朵又上去揉了李虎申一把。

"俺们带班儿的东北大胡子说话忒难听！我不愿搭理他。"李继承的目光依然没离开李虎申的脸。

"哥，就你这身板儿，怵他呀？别忘了，咱在家，碗口粗的树可是被你踢断过的。给他这么一下！看他老实不？"李虎申往旁一个闪身，右腿"嗖"地直直竖了起来，右脚带着风声早漫过了头顶。

"嚯！"梅朵往旁边一闪，惊呼道。

"不是怵不怵的事儿，咱出门在外的尽量不惹事儿。"李继承看着弟弟把那只高抬起来的脚缓缓放回到地上之后，淡淡地说。

"那还是怕人家呀！"李虎申揶揄道。

"好了，你少说两句。大哥你尽管回，大胡子再难为你，咱们一起找他算账去。"梅朵过去扯了一把李虎申校服上衣的袖子。

"那我现在就回，你明早就给我请假去。"李继承手里夹着烟，看了一眼李虎申，转身走向自己的捷达。

李虎申吃了一惊："不会吧！哥，你这就回去?"

李继承钻进车里，顺手把兜里的两盒中华烟丢在副驾驶座上，发动着车，扬长而去。

李虎申和梅朵站在原地看着，直到捷达车驶进四环主路。李虎申摇了摇头，嘴里嘟囔道："神神叨叨的，这是唱的哪一出儿呢？"

"哥俩儿一样的倔驴！"梅朵说完，捂着嘴直乐。

李虎申没言语，默默跟在梅朵身后，朝她的宝马车走去。李虎申边走边寻思着，哥哥今天有点儿反常，不会是出了什么事吧？却左思右想也没能想起什么事能让哥哥半夜跑回老家去。

4. 施雅东感觉人与人之间的有效沟通，是一件异常艰难的事情

一通检查之后，小毛只是下巴颏跟膝盖上擦破了两块皮，并无大碍。

施雅东一直悬着的这颗心总算落了地，她先是挨个儿跟围着的健走队的队员道过谢，又劝着大伙离开了医院。之后，她见儿子脸色煞白，就跟母亲提议陪小毛在走廊的椅子上先歇歇再回家。

"小毛，这回长记性了吧？马路上的车可不长眼睛。小毛，我的宝，你这次要真有个三长两短，姥姥的心得疼死！你知不知道啊？小毛！你知不知道啊？小宝儿！"胡兰芬一只手牵着小毛，另外一只手一下接一下揪扯着小毛胖嘟嘟的脸蛋。小毛低着头，偷眼看着姥姥，随着胡兰芬伸过来、缩回去的手，一次次把头扭向一边儿去，却怎么也躲不过胡兰芬。

"妈！孩子累了，你让他休息会儿好吗？"坐在小毛另一侧的施雅东皱起眉头对胡兰芬说。

胡兰芬白了女儿一眼，不再吱声，倒是把反复揪扯小毛脸蛋儿的动作停住了，顺手将小毛胖乎乎的身子紧紧揽到了她那边儿，沉着脸，眼睛看向闪着迷乱灯光的窗外。

施雅东盯着小毛看，发现孩子的眼睛长得越来越像他的父亲了，一时间竟有些恍惚。

那个男人是在施雅东大学毕业不久闯入到她生活里来的。从经人介绍认识到离婚，也就两年的时间，两年时间里两人在一起的日子加起来也没超过俩月。现在想来，他如同一阵风从施雅东生命里刮过，除了他和她一起赋予了生命的小毛还在证明着他曾来过，施雅东已经

15

对那个男人没什么印象了，甚至好些时候她费好大的劲儿都想不起他的长相来。婚姻这个东西怎么说呢？经历了这场挫折之后的施雅东认为，夫妻双方三观相同固然重要，但真诚、高效的沟通才是决定婚姻成败的不二法门。她跟前夫的婚姻之所以在那么短的时间里就夭亡，问题就出在两人根本寻找不到一种恰当的方式来进行交流。施雅东的父母都是天坛医院的主治大夫，父亲在她大学毕业那一年得癌症去世了。前夫则出身于宁夏银川的一个公务员家庭，两人都是在北京读的大学。她毕业之后，因为学习成绩优异，作为选调生进了社区工作，成为全北京市最年轻的青年干部之一。前夫因为精通网络技术被进入世界五百强的一家公司聘用，结婚前，已经升任这家公司的中国南方区域总经理，在武汉主持工作。按理说，从家庭背景、文化水准以及个人前途的光明程度上来讲，两人挺般配的。可就是这样的两个人，结婚第二天矛盾就出来了。

施雅东平时滴酒不沾，大喜的日子里，架不住亲朋好友们起哄，喜宴上就喝了几杯啤酒，哪承想这几杯喜酒搞得自己在新婚之夜抱着疼痛难忍的肚子跑了四五趟卫生间。新郎的亲友好喝酒，也能喝，新郎怕冷落了远道而来的亲戚朋友，就陪着喝，结果婚宴尚未结束，新郎已烂醉如泥。烂醉如泥的新郎当然照顾不了她这个跑肚拉稀的新娘。半夜里，施雅东借着新房里粉红色的灯光，看着仰躺在自己身边酣睡的新婚丈夫心里就隐隐地有些不快。真正的愤怒来自早上九点来钟，折腾了一宿的施雅东好容易在清晨里睡去，一觉醒来，还是觉得肚子不怎么舒服，就又去了卫生间，抬手扳马桶盖子时，施雅东被马桶盖子上贴着的一张红纸惊呆了，确切地说，她是被红纸上赫然写着的几个隽秀的钢笔字惊呆了。"方便后请将马桶冲洗干净。谢谢！"谈恋爱时，丈夫给她寄过贺卡，施雅东当然认得丈夫的字。她直勾勾盯着那行字最后那个被黑色碳素笔反复描过的感叹号，看了很久，感觉自己蒙受了从小到大以来最大的侮辱，泪水渐渐模糊了她的双眼。擦干净眼泪，洗讨手脸，从卫生间出来，丈夫已将早餐准备好，两人谁也没提马桶盖上那张红纸的事情。直到丈夫休满半个月的婚假，乘飞机从首都机场飞往武汉，施雅东目送他过了安检口，两人对这件事仍是三缄其口，只字未提。

接下来的日子小夫妻虽聚少离多，可日子过得还算平静。导致这场婚姻真正瓦解的事件是两人婚后的第二年春节的相聚。那个时候，施雅东已怀上小毛七个多月。头放年假，施雅东就在电话里跟丈夫商量两人这一年的春节在哪过。丈夫回话，说到年底了工作太忙，暂时定不下来，等等再说。施雅东就想了，两人的家说是在北京，可丈夫武汉那边工作忙不是？万一年三十他回不来，自己还不如凑人家去呢。虽然自己也有老娘在北京，可现在不是已经成了人家的媳妇了吗？万一公婆让回银川呢！施雅东就不停地在电话里催逼着丈夫把这事儿说准了，说死了。可到了儿，丈夫那边也没给个痛快话。眼瞅着到了大年二十九傍晚了，实在按捺不住焦急心情的施雅东又给丈夫把电话拨了过去，对方的手机却关了。她又打丈夫单位的座机，一直无人接听。施雅东腆着个大肚子，一手拄着腰，一手握着手机，在屋子里来回转着圈圈打着那两个电话，就是联系不上丈夫。晚上九点来钟，施雅东下楼打了个的直奔首都机场，恰好飞武汉最晚的那个航班有人退了一张票。施雅东握着这张别人退了的票激动万分，眼泪差点儿没掉下来。等她颠簸两个多小时终于飞抵武汉，在天河国际机场的航站楼里准备给丈夫打电话时，丈夫的电话却打了进来。他张口就问她，大半夜怎么不在家里？去哪儿了？明显是责备的口吻。她握着电话傻呆呆立在原地足足有五分钟，一句话没说，最后她就把电话挂了，不仅挂了，她还顺手关上了手机。那一年，她在天河机场附近的一家快捷酒店里过了平生第一个一个人的大年夜。

回到北京的施雅东从机场直接打的回了娘家。正月初六一上班，她瞒着母亲胡兰芬去法院递交了离婚起诉书……

施雅东伸出双手，十根指头插进短发当中朝后使劲捋了捋。过往就像是没有边际、没办法预测深浅的泥淖，她不想让自己陷进去，她清楚，一旦陷进去，今晚就别想睡了。当务之急是立刻找一件别的什么事情来做，才能借以分散自己的思想。她想到了范兵兵。一摸挎包，才想起来手机落在家里的沙发上了。

"毛毛，渴了吧？走！妈妈带你去买你最爱吃的'哈根达斯'。"施雅东看见偎在胡兰芬怀里、已经有了睡意的小毛眼睛一亮，两道浓黑的眉毛一耸，笑意开始一点点漾起在胖嘟嘟的小脸上。

"我要夏威夷果仁！"小毛用力挣脱开姥姥搂着自己脖子的胳膊，挪蹭着小屁股朝施雅东凑过来。

施雅东把手伸了过去，当小毛一只肉滚滚的小手被她握在手掌心里的时候，施雅东感觉心底里涌起来的一团暖意，在心尖尖上绕了两绕，就丝丝缕缕穿过嗓子，钻进鼻孔里来，搅得施雅东鼻子里酸胀得难受，她赶紧把头扭向了一边儿。

祖孙三人走到医院的大门口，胡兰芬忽一下子想起来自己扛着的那面健走队的旗子落在医院里了。

"可了不得了！等等，你俩等等！我得回去拿我的旗！"胡兰芬一拍大腿，转身急慌慌往回跑。

"妈，您慢点儿！"施雅东看见小巧玲珑的母亲跑得跌跌撞撞，怕她不小心跌倒，就对着胡兰芬的背影喊。直到胡兰芬单薄、瘦小的身影消失在医院的假山喷泉后面，施雅东才低下头用手抚了抚小毛的头，轻轻叹出一口气来。

等了好一会儿，胡兰芬终于胳肢窝底下夹着那面旗子气喘吁吁地回来了。

"就这么会儿工夫，清洁工竟然把我们的队旗给扔到楼梯后面去了。亏得我找得及时，要是等明早儿再来，肯定被他们当垃圾扔掉了！"胡兰芬边说边把那面旗子抱到胸前，一只手来回在上面爱惜地抚弄着。

"妈，我看你们健走队今后应该转到公园里去活动，天天在车流量这么大的街边上走，不仅影响交通，也不安全。"施雅东说。

"造势！杏儿，什么叫造势，你懂不？"

"最近，已经有人到办事处跟我们反映健走队妨碍交通的事了。"

"反映？反映也是个别不爱好健身的懒人在没缝下蛆！健走队的不断壮大，最能说明广大人民群众是支持我们的！再有人反映，你把他们介绍到我们这个大集体来，我跟你打包票，不出三天，他们就能迷上我们这个团结、互助、奋进的大家庭！"

"小毛今天的事，难道还不值得从中吸取教训吗？"

"杏儿！你这话妈就不爱听了。你不能拿个例来以偏概全。小毛今天出事儿全怪我没看好他。再有就是那个司机太缺德了，撞了人就跑。对了，明天我得报警，让警察查监控抓他。他没准儿就是你说的那种对我们健走队有意见的人，故意搞破坏来了！"

"妈！你怎么能这么说呢？群众对健走队有意见，肯定是自己的正常出行受到了健走队的影响。既然人家提出了意见，我们就得认真对待，明天一上班，我得就你们健走队的事儿组织开个会，听听大家的意见再说。"

"杏儿，你是街道办主任，开不开会你说了算，妈管不了你。可你别忘了，当初成立健走队可是你动员的妈！"

"我没说健走不好，我是建议你们应该有个相对安全些同时又不影响别人正常生活的活动地点。"

"我们都躲在自己家里健走，最安全，更不影响别人。那我们成立健走队干吗？我们没了排着队在大街上走的气氛，不仅吸收不到新的队友，也失去了健走的乐趣和意义。你又没走过，怎么了解我们的感受？"

母女俩争得面红耳赤。

施雅东不想当着儿子的面跟母亲这样吵下去，就故意岔开话题，她问小毛："毛毛，告诉妈妈受伤的地儿还疼吗？"

"还有一点点疼，不过一吃夏威夷果仁葡萄肯定就不疼了！"小毛仰起小脑袋认真地对妈妈说。

施雅东"扑哧"一声笑了，爱抚地在儿子头上又摸了一把。

"杏儿,我可把话说在前头,你们办事处要是不让我们健走队上街了,我立马就把它解散了。"胡兰芬还在一边不依不饶。

撞到嘴边来的话又被施雅东强咽了回去。她拉起小毛沿着街边的人行道加快了脚步。胡兰芬见女儿不再跟自己争执,不好再说什么,就悻悻地把健走队的旗子扛在肩上,小跑起来,追赶着前面的母子俩。

5. 人这辈子最大的本事不是技艺的高低,而在心气儿的大小

上了大广高速之后,李继承就有些尿急,沿途过了好几个服务区,这泡尿一直被他憋着,万不得已,就算尿在车上他也不想把车停下来。他不时望一眼后视镜,身后的车灯都冲他眨着眼睛,神秘而又诡异,像老谋深算的微笑,他感到自己脊梁沟子里一阵阵发凉。

大灯照亮年后才竖起来的燕云新区路标时,车子已行驶在滹沱河大桥上了,前方就是雄县服务区。雄县离家也就几十公里的路途,李继承心里逐渐踏实了下来,他不再没完没了地看后视镜,并且决定在雄县服务区里把憋着的这泡尿尿出来。

泄尽了身体里多余的尿水,李继承感觉浑身上下松快、舒坦了许多,一直绷紧的神经也渐渐松弛了下来。他在雄县服务区的超市买了瓶可口可乐,可乐的价钱比高速下面贵了三元,李继承一点都没在乎,极爽快地掏了钱。一出超市门口,他迫不及待地拧开可口可乐的瓶盖子,把瓶子倒竖起来,嘴对着瓶口,仰起脖子咕嘟咕嘟喝了个痛快。往嘴里灌着可乐的时候,他眯眼看见中天之上,有个半圆的月亮正闪着迷蒙的光亮,他开始出神地凝望起它来。

自己脚下的土地就是电视、广播、手机里正铺天盖地宣传着的燕云新区,燕云新区要建成中国最现代化的城市,最现代化的城市又是什么样子的呢?难道比北京都要繁华?清明节李继承跟弟弟回老家给父母上完坟,哥俩儿回北京时路过雄县,特意从雄县高速出口下去转

了一大圈。他们开着车沿着乡间公路从雄县到安新，再到容城，这一路上除了看到大洼里刚刚栽种下的一方连着一方的树苗之外，李继承也没看出来这一片地界跟武鼎县相比较，有什么特别的地方。可坐在副驾驶上的李虎申却止不住劲儿地连连赞叹。

"啧啧啧！哥，你看吧，过不了几年这里就会是一座被森林包围着的城市，是城市里有农村、农村里有城市的最宜居、最适合创业的地方啊！哥，等我毕了业，就来这儿。到那时，你也来。这儿离咱家近，干什么事儿咱心里都会踏实。听说这里的房子不让买卖，咱就在这儿挣钱，挣够了钱，回咱李家佐盖别墅。咱在这工作，完全可以就住在咱李家佐村，咱村离这儿才几十公里，又不远。你想想在北京工作的那些人，有多少人为了上班每天都要跑个百十公里，再想想那时候住在李家佐的咱们，上班可是近多了呢！"听着弟弟滔滔不绝、踌躇满志的未来构想，李继承极力想象着燕云新区未来的模样，想来想去燕云新区还是北京的样子。北京的样子就北京的样子吧，反正是建在自己家门口的"北京"，等到那会儿真到这儿工作了，肯定要比现在出气顺畅，绝对挨不了欺负。

现在想这些还有什么用？自己闯了祸，正前途未卜呢，将来不进监狱就已经万幸了。李继承伸出双手，用力在脸上搓了几把，返回车上。

再次回到高速上，李继承把捷达车两边的车窗都摇到了底。习习凉风从高速下面黑黢黢的大洼里吹来，李继承嗅到了久违的庄稼棵子散发出来的气味。这种熟识的、清新的味道像一剂使人兴奋的药物注入李继承的体内，瞬间激活了他身体里的每一个细胞。李继承坚信自己少年时代亲眼见过的火狐狸就生活在这大洼深处。那年，当他把自己见到那只火狐狸的事跟母亲讲了之后，没想到母亲说她也曾在一个清晨见过它。

母亲说，那是个秋天里的早上，准备趁天凉快去大洼里刨花生的她在潴龙河大堤上，碰见了那只火狐狸。起初，她远远望见一个穿一身红色衣裤的年轻女子挎着一个篮子在潴龙河大堤上走着。她当时还纳闷，谁家的女孩子穿得这么艳？起得这么早？等两人快走对头了，母亲都能看清那女子搂在怀里的篮子是用碧青的高粱秸秆儿编的，那女子似是一惊，把头偏向一边，像是故意躲着母亲，身子一扭，拐下了大堤，顺着潴龙河的河坡一路奔河底去了。你可知道河坡上是长满了没膝深的杂草的，又是大清早，太阳还没出来呢，那些草叶上是趴满了露水的。母亲说，女子就那么蹚着那些杂草急匆匆往河底里走。快到水岸边上了，也不知怎么的就趔趄了一下，好像是跌了个跤，又好像不是跌倒的，反正就在草丛里打了个滚儿，眨眼的工夫就没影了。母亲接着说，我当时望了老半天，也没见它再出来，我以为自己眼离了，就到它下河堤的那个地方去看，有一溜儿被它蹚倒的草棵子清清楚楚摆在那里呢！我忽一下子想起来，村里好几辈人一直就讲着的关于火狐狸的那些事儿，这才明白自己这是撞见它了。

想起母亲，突兀而至的热泪盈满了李继承的眼眶，他双手握着方向盘，像个孩子一样抽抽搭搭哭了起来。

李继承把车开到村街上来的时候，李家佐村已经睡着了。李继承放慢了车速，在被车灯照亮了的村街上缓缓而行。车窗外飘进来几声狗吠，懒洋洋的没什么敌意，像村庄睡梦中的呓语。小村子里的狗是认识自己的，它们从很远的地方就能通过嗅觉认出他来，就像他刚才在高速路上轻而易举从吹过来的风里，辨认出麦子棵、花生苗的气味一样。这是经过长期的岁月磨砺慢慢生长起来的一种能力，一种爱的能力。李继承对此深信不疑。

车灯照上自己家的院门了，李继承把车停下，却没有熄火，也没有下车。他坐在车上掏出手机看了看时间，快十一点半了。他心想，如果爷爷插门睡下了，自己今晚就在车上凑合一宿，等爷爷早上起来开了门他再进家。下了车，试探着推了推黑漆大铁门，李继承的手刚触到门板，大门却"吱呀"一声从里面敞开来了。

李继承本能地往后一撒身子，膀扇子上却早被一只大手死死钳住。

李继承飞起左脚踢了过去，发觉踢空时，右腿大腿根处早被一只脚的脚尖狠狠戳了一下。李继承身子一侧歪，险些摔个仰巴叉。他就势往旁边一跳，随即扎牢了马步，正待凌空跃起再次起腿的当口，借着朦胧的月光，他这才看清楚爷爷李大增正半眯着眼睛立在自家门洞口。

"哈哈哈，大承子，你的心散了！"李大增手捻着山羊胡子大笑起来，声若洪钟。

"爷爷……"李继承明白自己刚才踢出那一脚时，因防守上失误，给爷爷留了破绽。此时被爷爷一语道破，不免一时语塞。

"在城里遇上麻烦了？"李大增洞若观火。

这一问，把李继承吓了一跳。

"没有，真的没有！我、我休几天班儿，想爷爷了，才回来看看。"李继承本来不会说谎，可心事又不敢跟爷爷明说。一边支吾着，一边忙着钻进车里熄灯、灭火，借以掩饰自己内心的慌乱。

跟在爷爷身后往自家院子深处走的时候，李继承见院子里的灯亮着，那七根一人来高的枣木桩子恍如七条硬汉静默地矗立在院子的正中央，木桩间穿行而过的爷爷踩乱了它们拉出来的长长的影子。瞥见爷爷的白蜡杆子倚着其中的一根枣木桩子立着，李继承走过去，抄了起来，在柔滑的杆身上来回抚摸着问："爷爷，看来刚才您老人家已经练了几趟了吧？"

"爷爷是个贱才命，自打六岁起好上这个，一打晃儿，几十年过去了，一天不练，身上就不得劲儿。"

"爷爷，进了城里之后，我练得少了，这身手也生疏了。"

"那你就不是真心好，要是真心好，什么事儿也挡不住你好它！爷爷这一辈子就好了这一件事儿，好着、好着，它就成了活着的伴儿，没了它，觉得活着也就没啥意思了。"

"爷爷，俺最佩服的就是你老人家这股子执着劲儿！"

"别给你爷爷灌迷魂汤，来，给爷爷走两趟，我看看你到底退步了多少？"爷爷笑呵呵走过来，把白蜡杆子从李继承手里接了过去，走到边上去了。

李继承站在七根枣木桩子跟前，屏气凝神立了足有一分钟，然后才拉开了架势。

李继承在枣木桩子间行走如飞，他的胳膊、腿、脚不时撞向、踢向枣木桩子们，院子里一时间尘土飞扬。

李继承连着练了三趟戳脚，直到身上大汗淋漓，他才停了下来。爷爷始终站在场子外面，看着他一言不发。

"爷爷，确实生疏了，俺自己心里清楚。"李继承用手搔着头，朝爷爷走去，边走边不好意思地说着。

李大增等李继承走到自己身边来，看定了他，说："你要是真稀罕它，就要认它，打心里信它。信它了，心气儿自然就足！你跟小申都大了，按理说你们都在城里混事，比爷爷见的世面大得多，可爷爷还是得对你们说，人这辈子最大的本事不是技艺的高低，而在心气儿的大小，拳脚上的力气永远比不上心气儿！心气儿散了，再硬的拳脚也施展不开。"

"爷爷……"李继承感觉脸上一阵阵发烧，不知道怎么接爷爷的话茬了。

"大承子，太阳能里的水是今天新接的。你洗个澡，好好休息一晚，有什么事，咱爷儿俩明早起来接着唠啊。"李大增说完，拎着他的白蜡杆子朝自己屋里走去。

李继承望着爷爷的背影消失在屋门口，咂摸着爷爷刚才说的话，好半天没有回过神来。

6. 时间到底是个好东西，还是个坏东西

施雅东怎么也想不到，范兵兵会找到自己单位来。

睡了一宿觉，小毛昨晚磕破的膝盖和下巴都肿了起来，施雅东

打电话跟他所在小学的班主任老师联系，给小毛请了假。看着儿子伤处凸鼓起来的青紫肿块，施雅东心疼坏了，心里暗骂那肇事逃逸的司机，嘴上却笑着哄小毛说中午下班回家给他带肯德基炸薯条和冰激凌。小毛乖巧，连着说了好几句谢谢妈妈。施雅东在他那没伤着的半边脸蛋儿上亲了一口，叮嘱母亲胡兰芬别忘了给小毛吃消炎药，就走出了家门。

来街道办上班的路上，施雅东一直寻思着怎么解决"土城健走队"上街的事情。把社区居民组织起来健身，这也是她工作的一项重要内容，要不当初她也不会动员母亲胡兰芬，让老太太去牵那个头。谁知道现在刚有点起色，又出了问题。细想想，母亲胡兰芬说得也不是没道理，健走队正在稳步扩大，很多人正在热乎劲儿上，现在街道办出面打压他们，不说母亲胡兰芬，肯定不少健走队的成员会有意见，可到底能不能想出来一个两全其美的办法来呢？

施雅东低头想着，不知不觉就到了单位门口，一抬头，见范兵兵手里攥着个缀有貂毛挂饰的手机，立在自己面前，那手机挂饰是个黑色的兔子，个头不小，俩长耳朵直劲儿忽闪着。范兵兵穿了条纯棉面料的黑色长裙，裙子箍在范兵兵身上，绷出来腰际一层层的肉坨。两人好几年不见了，施雅东没想到范兵兵竟胖成了这样！

"雅东，你知道昨晚我等你电话等到啥时候？"范兵兵两个红肿的眼泡往下一耷，一张嘴，抹得鲜红的嘴唇就跟着抖起来，眼泪从眼缝里往外淌。

"对不起呀兵兵！昨晚我一直忙，要给你打电话时，我一看表，太晚了，怕打扰你休息。"施雅东连忙解释着，脸也跟着红了。

"雅东，快别说了！我知道自己这些年过得好，惹得认识我的人一直都在嫉妒。现在，我落了难，很多人等着看我笑话呢！"范兵兵止住了哭，用一双被脸上的肥肉挤压着的、布满红血丝的眼睛瞪视着施雅东。

"范兵兵，你这是说的什么话？"施雅东听她说昨晚等自己电话，没等到，竟委屈得哭了，本来心里有了歉意，此时一听她话里夹枪带棒的，不由眉头一蹙，倏地沉下脸来。

"我说的真心话！"范兵兵不甘示弱。

"对不起！我还要开会。"施雅东说着，绕过眼前的范兵兵径直往楼里走。

"好啊施雅东！你果然是见死不救！"范兵兵几步撵上施雅东，拦在了前头。

施雅东再绕，范兵兵肉滚滚的身子绕着她，球一样跟着她转。

"好！好！作为同学你可以对我的事袖手旁观，但你是街道办主任，现在我作为你辖区里的住户，家里要闹出人命了，正式向你反映问题。你就说你管不管吧？"说着，范兵兵把手机掏了出来，摄像头对准了施雅东，那个貂毛的小兔子追着范兵兵的手机在她怀里跳来跳去。

施雅东一怔，立刻反应过来范兵兵这是要给她录像，不由气得浑身发抖。她凑到范兵兵举着的手机跟前儿："麻烦这位居民，您有什么问题，到我办公室来说。"

施雅东一字一顿，说完扭身绕过范兵兵，穿过院子，推开了办事处的玻璃门，她头也不回，径直往走廊深处走去。

施雅东打开自己办公室的房门，听到身后范兵兵一直跟着，就没有关门。进门之后，施雅东直奔饮水机，插上电源。听到身后的屋门被范兵兵"啪嗒"一声带上，施雅东身子背对着门的方向，听着热水器里响起来的嗞嗞水声，一动不动。

"雅东，我心里难受啊！"

施雅东听到了身后范兵兵隐隐的啜泣声。

"您先请坐！"施雅东挪动了一下身子，故意把"你"换作"您"，仍是背对着她。

"雅东，我太爱晓康了。现在只有你能帮我。我求你了……"范兵兵呜呜地哭了起来。

施雅东回身，见范兵兵竟冲着自己，直直跪在了地上。

"兵兵，你疯了！"施雅东看她给自己跪了，满肚子的气立时烟消云散，她三步并作两步奔过去，抱住范兵兵的胳膊用力拽她起来，可哪里拽得动。

"雅东，你答应我一件事，我自然会起来。"

毕竟是大学四年的同学，范兵兵哀求的眼神让施雅东心头一紧一紧地疼。

"你说吧，我怎么才能帮到你？"看着眼前这个被感情折磨得痛苦不堪的人，施雅东拿手抚着范兵兵的后背，柔声问道。

"雅东，我不想离婚，你劝劝晓康吧。现在这个世界上也只有你能劝得住他了！"

"我都好多年没见过你俩了，对你俩的近况也不怎么了解，我怎么能劝得了他？再说……"

"你能！他肯定会听你的。我跟他过了十几年，没有谁比我更清楚你在他心里的分量了！"

施雅东听范兵兵这么说，心里竟涌动起一丝莫名其妙的得意，她因这莫名的得意而有些气恼自己，不由脸上飘起红云来。

"雅东，帮我！"范兵兵反手紧紧抓住了施雅东的胳膊。

"我可以试试。现在你起来吧。"

"真的？"范兵兵双手撑地，蜷动一条粗腿，用脚后跟儿挂了一下地板，笨重的身子从地上爬了起来。

"谢谢你雅东！放心，今后我一定会好好报答你的。"范兵兵低头掸着膝盖上的灰尘说。

"我可不敢奢望你报答，这种事我也只能试试。劝住了陈晓康，你别高兴；劝不住他，你也别恼我。只是别像刚才一样给我录像往网上发，我就念弥陀佛了！"施雅东微微一笑，转身走到饮水机那里，用纸杯子给范兵兵接了一杯热水捧了过去。

"雅东，你千万别跟我一般见识，我是被陈晓康这个王八蛋气糊涂了，万不得已才出此下策的。"

"来，先喝口水，说说你跟陈晓康到底怎么回事吧。"

范兵兵接过施雅东递过来的杯子，双手捧着坐到一边的长条沙发上，用嘴嘘着杯子里的热水，抿了一小口，可能是开水太烫了，她把杯子放在了沙发的扶手上，掏出手机来，摆弄着。

"其实吧，我们俩也没什么大事儿。自从晓康做生意赚了些钱之后，他就不让我出来工作了。雅东，你是没一个人在家一待就是好几年啊！那种滋味有多不好受，只有我自己清楚。他有时候外地有业务出远门儿，把我一个人丢在北京，一走就是十天半个月的。不瞒你说，他出门儿的日子里，我有时两三天不下床，脸都懒得洗。你想啊，我一天连个人都见不到，我捯饬了自己给谁看呢？"说到这里，范兵兵苦笑了一下，她用手指在手机屏上扒拉着看朋友圈，接着往下说："起先吧，我们没打算要孩子，就想着两个人这么相守着把日子过得跟一盆火似的，挺好。可这两年，陈晓康不知中了哪路子邪，又急赤白脸地想着要了，可是我们就是要不成！"范兵兵边看手机边说。

"你俩去医院检查过吗？谁的毛病？"

"北京、上海，连美国的大医院都去了，检查结果我俩都好好的。我们俩费半天力气，这儿就是不争气！你说邪门不？"范兵兵把眼从手机上挪开，委屈地看了施雅东一眼，一只手来回揪着自己肚子上的赘肉说。

"有句话我说了，你不要介意。是不是因为你太胖了？"施雅东故意不去看范兵兵，走到办公桌跟前儿整理着桌子上堆放的文件说。

"有的医生说有这方面的原因，有的说怀不怀孕根本跟胖瘦没半毛钱关系！我减肥药吃过几万块钱的了，吃得一天上三十多趟卫生间，半斤没减下去不说，现在喝口凉水还是噌噌地长肉，我可是拿自己一点儿办法都没有了！"

"你俩可以尝试做试管婴儿啊！"

"我跟晓康说过，可他不干呀！他说生孩子是两人的事，一掺和上外人，他心里别扭。"

"这怎么能算掺和上了外人呢？"施雅东忍俊不禁。

"他那脾气你又不是不知道，认死理儿，贼拧！"

"我可不知道他什么脾气！"

看到施雅东有些不悦，范兵兵连忙转换话题："雅东，我听说你离婚后自己带着孩子跟你们老太太住在一起，都好几年了，你咋没再找？"

"找什么找？我现在这样挺好的，想找个人吵架都难。"施雅东用鼻孔哼了两声，笑着说。

施雅东这话说得范兵兵讪讪的，她不敢再接着问下去了，索性把宽厚的脊背靠在沙发上，整个人窝进了沙发里，埋头继续看她的朋友圈。

"把陈晓康电话、微信给我，我抽时间跟他联系。"施雅东顺手从办公桌上拿起一沓稿纸和一支碳素笔递给范兵兵。

"嗯嗯。"范兵兵答应着，眼睛却依然盯着手机屏，屁股只挪蹭了两下，就不动了。

"兵兵！"施雅东见范兵兵对自己的话没反应，有些不耐烦，就大声叫她。

范兵兵条件反射一样"嗖"地将手机丢在沙发上，慌慌地站起身来。

"你有事儿跟人联系？"施雅东问。

"没、没有。就是刷一下朋友圈。"范兵兵尴尬地冲施雅东笑笑，"雅东，这事儿你可得抓紧时间，他说了，我如果不同意协议离婚，他就去法院起诉了。"说着，走过去接过施雅东手里的纸、笔，趴在办公桌上写下了陈晓康的电话。

等范兵兵写完，重又把稿纸递回到自己手上，施雅东说："兵兵，我看你平时得多锻炼锻炼了，既可以减肥，又可以健身。我听说，现在有不少生活条件好的全职太太都请私人健身教练呢！这事儿挺时尚的。"

"私人健身教练？到哪儿请？"

"网上有的是！那些体院的教师、学生好多利用业余时间兼职做这个。他们比较专业，在他们指导下坚持训练，相信你会有大的收获。"

"嗯嗯，我回去就找找看。如果真能把这一身让人讨厌的肥肉减下去，花多少钱我也不心疼！"

"那好，我还得开个会。今天咱们就暂时聊到这里，下来我抓紧时间找陈晓康谈谈。我要质问他，是不是有钱了，就想当陈世美？"施雅东笑着说。

见施雅东摆出来送客的姿态，范兵兵也只好说："那我不耽误你了，他今天天不亮就出去了，我现在得赶回昌平的家里，监督保姆把院子里的菜地整一整，要不他回来又得找碴儿吵架！"

"你不是说你们也住我们土城吗？"

范兵兵干笑了两声，脸倏地红了，尴尬道："我那不是没办法了，才那样说嘛！"

范兵兵说着退出施雅东的办公室，门掩到一半，范兵兵又探进身来："手机忘拿了。"她快步走到沙发那里，拿起了手机，又匆匆划拉了几下朋友圈，这才往外走，边走边对一直瞧着自己的施雅东拱了拱手，小声说："雅东，别生我的气，我跟晓康后半生的幸福就拜托给你了啊！"

范兵兵说完，轻轻把门带上，走廊里响起她高跟鞋敲出来的细碎的笃笃声。

施雅东盯着关闭的房门看了好久，回想起范兵兵今天早上跟自己演的这一场戏，苦笑着摇了摇头。

7. 看上去不可一世的"大胡子"，只不过是为了在城里讨口饭吃虚张声势罢了

自从李继承突然离京之后，李虎申心里就一直犯嘀咕，是不是哥哥在工作中挨了别人的欺负呢？想起哥哥提到保安队长大胡子时那闪

烁不定的眼神，李虎申心里慢慢憋上了一口气，他决定借给哥哥请假的机会捎带着会会大胡子。

太阳才在一栋高楼的墙角处露出来半张脸，橘红色的晨光透过高大茂密的树丛洒落到校园的林荫路上，李虎申就已经急匆匆走在斑驳的光影当中了。昨晚梅朵在离学校不远的一处酒吧请他喝了两杯轩尼诗百乐廷，直到现在脑袋都晕乎乎的。出体育大学北门就是地铁站，李虎申想要赶在第一节课之前回到学校里来，就得争分夺秒。

"早！李虎申同学。"

穿着火红短袖 T 恤、黑色运动长裤的俄罗斯同学约兰达从李虎申身边跑过，一只手齐肩举着，手臂贴着身子，冲着他轻轻摇了摇。约兰达金黄色的长发、深蓝色的眼睛被晨曦映得明丽而温润，T 恤的领口敞开着，脖子上一条纤细的白金项链闪闪发光。

"Good Morning！"李虎申笑着，也冲约兰达摇摇手说。

"好久好久没欣赏过你的武术了。"约兰达慢下了脚步。据说约兰达在来体育大学读研究生之前，已经随父母在哈尔滨生活过四年，所以她的汉语水平在这个学校的外国留学生里是最好的。

"我不练'巫术'，练武术！"李虎申故意笑着逗她。

"噢，对对，是武术，不是巫术。"约兰达很认真地说。

傍在约兰达身边跑了两步，李虎申突然一个拧身，整个身子凌空而起，一条腿连续在空中做了三个侧踢的动作。

"哇！厉害。太厉害了！"约兰达停下脚步，冲李虎申竖起大拇指夸赞道。

"李虎申同学，我想跟你学功夫，我喜欢功夫！"约兰达深邃的蓝眼睛一眨不眨，她看着李虎申，认真地对他说。

"我不行，我的 grandfather，还有我的 elder brother，才是真正的这个！"李虎申也竖起一根大拇指冲约兰达晃了晃。

"他们在哪儿？"约兰达急切地追问。

李虎申本来想说爷爷在乡下，哥哥就在北京。一想哥哥昨天晚上不知犯了哪门子邪劲儿，已经回老家去了，也不知道他到底怎么想的，还能不能回来。于是他就对约兰达说："他们都在乡下。"

"乡下？哪里的乡下？离北京远吗？"

"不远，不远，坐火车也就两个小时。"

"那我去拜访他们方便吗？"

"方便，方便！那都不是事儿！"

"真的吗？"

"真的。约兰达，我们家随时欢迎你去做客！"

李虎申说着从裤兜里掏出手机，看了下时间，已经六点了。

"约兰达，我现在要出去办点事儿。等你哪会儿想去我的家乡了，告诉我，我陪你去啊！"

李虎申甩开两条长腿向前跑去。

"谢谢你呀，李虎申同学！"走出十多米远了，李虎申听到约兰达在身后大声说。

他一回头，见约兰达仍站在原地，正冲他露出笑脸来。她袅娜娉婷的身子就跟林荫路旁的柳树垂下来的柳条儿一样柔美。

李虎申心里装着哥哥的事情，来不及多想，快步走出校园，奔向地铁站。

李继承上班的樾林商厦在京城是集超市、餐饮于一体的大型集团企业。到这里当保安是哥哥自己应聘来的，李继承刚报到那会儿，李虎申曾陪着哥哥来过。他还记得保安队的宿舍在这摩天大楼的十七层。

出了十七层电梯，李虎申一进楼道，就听见楼道尽头的房间里传出来一阵阵的呐喊声。门是敞着的，十个着装严整的保安分成五组面对面站着，正在进行徒手格斗训练。一个穿着黑色灯笼裤、光着膀子的彪形大汉在他们身边走来走去。李虎申注意到那大汉身上文了一条龙，一条张牙舞爪、目露凶光的恶龙！那条恶龙瞪圆了眼珠子，龇着獠牙的龙头趴在那大汉正胸口上，粗大的龙身子缠满了大汉的一条胳膊。李虎申一看那大汉脸上的络腮胡子，知道此人就是哥哥嘴里的大胡子队长了。他弯曲着右手食指在门上轻轻叩了叩。

"打扰一下。"李虎申冲屋里的人微笑着点点头。

保安们停下手里的动作，齐刷刷转过头来望着李虎申。

"找谁？"人堆里有人问。

"我找一下队长。"李虎申脸上依旧带着善意的笑。

"你、你、找找、队、队长干哈？"大胡子说话了，东北口音，是个磕巴。

"老兄，您就是队长吧？我是李继承的弟弟。"李虎申说着礼貌地伸出手来，笑着朝大胡子身边走。

"李、李什、什么成？我、我认、认识吗？"大胡子不看李虎申，却把头转过去，环视着一群保安问道。

"就是那个二虎吧唧的河北人。"有人对大胡子说。

"虎、虎哨、哨子啊！"大胡子嘎嘎笑了起来。

人群中响起一阵哄笑。

李虎申脸上的笑僵住，脸像一下子扑在了火上，烧灼得难受。他把张开的手掌缩了回去，悄悄捏成了拳头。

"你、你来、来得正、正好！我正、正找、找那、虎、虎哨、哨子呢！"大胡子敛起了笑，换作一脸的怒容。

"我是来给他请假的，家里突然出了点事儿，需要他回去几天。"李虎申说。

"你、你以、以为这、这是、你、你家呀？想他、他妈、来、就来，想、想走、就、就走？"

"那您的意思是？"

"没、没意、意思。老、老子、十、十几岁、闯、闯社会，最、最讲、讲义气。按、按江、江湖老规、规矩办！"

"什么规矩？"

大胡子双手抱肩，微仰着大脑瓜子，斜睨着李虎申："咱、咱俩、对、对打几、几下，谁、谁赢了，谁、谁说了算！"

刚才李虎申听出来大胡子的话里流露出想开除哥哥的意思，心里顿时凉了半截。毕竟在北京最不缺的还是人，找个待遇好些的工作不容易。哥哥在这里当保安，管吃管住，一月工资四千多，比那些在建筑工地上整天挨风吹日晒的建筑小工强多了。哥哥不请假，擅自离队，错误在先，人家开除他，合情合理。他正挖空心思想着说什么讨好的话哄一哄大胡子，好让他网开一面。没想到此时大胡子提出来比武的要求，不觉心头一亮。

"您说话算数？"

"老、老子吐、吐口唾沫、就、就是钉！"

"那好！我也相信您这么大公司的保安队长说话肯定说一句是一句。如果我赢了，您请给我哥哥一星期的假；如果我输了，我立马搬上我哥的行李走人！"李虎申伸出一根指头朝上推了推眼镜说。

"好！"大胡子没想到眼前这个看起来不怎么壮实的小伙子，竟如此爽快地答应了他的要求。他心说，我还发愁你不答应呢，好！看来活该你这不知深浅的小子倒霉啊，让我拿你练练手，捎带着再震一震我这帮子手下。这么想着，他扒拉了一把身边的一名保安，保安们纷纷退到了边上。大胡子两只手反反复复相互按压松动着手上的指关节，慢慢逼近李虎申。

屋子里的气氛登时就紧张了起来，只有大胡子的手指关节在他自己的捏弄下，咔咔作响。

好几个保安悄悄举起了手机，准备好了录视频。

李虎申原地站着，站得泰然自若。

大胡子突然加快脚步，"忽"的一记重拳直奔李虎申面门。

李虎申往下一塌身子，躲了过去。与此同时，右腿弹起，一撩对方的脚踝，大胡子壮硕的身子"咕咚"一声，栽在了地上。

李虎申上前一步，正欲拉他，没想到大胡子一骨碌从地上爬了起来。

"呦、呦呵、呦、呦呵呵！"再次拉开架势的大胡子绕着李虎申转着，却不敢再轻易出手。

"我看咱算了吧！"李虎申冲他笑笑。

"三、三盘、两、两胜！"大胡子眼睛充血，没有半点儿善罢甘休的意思。

李虎申紧盯着他的眼，脸上却是笑吟吟的，不再言语。

"嗨！"大胡子瞅准李虎申一个空子，大吼一声，又扑了上来。

李虎申佯装后退，先躲过他冲向自己左腮的拳头，又躲过了他劈向自己胸口的一掌。突然猛地一个转身，右脚反踢，正中大胡子腰眼儿。就在大胡子侧歪倒地之时，李虎申脚尖顺势一勾，大胡子的灯笼裤就褪到了大腿根儿处，露出来鲜艳的大红裤衩子。

倒在地上的大胡子龇牙咧嘴，试图爬起来，肥胖的身子扭了几扭，只因灯笼裤缠着双腿，动弹不得。

"老兄不好意思，兄弟多有得罪！"李虎申冲仰躺在地毯上挣扎的大胡子连连拱手。

李虎申和几个保安一起搀扶起大胡子，有个保安在帮他提裤子时，实在憋不住，身子抖动着，发出"哧哧"的窃笑。

大胡子满脸通红，对着那人骂道："笑、笑话我、对、对吧？滚、滚犊、犊子！"

不想那人身体抖得更厉害了，其他几个保安也都把头扭向一边，憋不住劲儿地哧哧笑个没完。

"老兄，没事吧？"李虎申伸手给大胡子揉着腰眼儿，关切地问。事实上他清楚自己这一脚只使了四分的力气，也就是点到为止意思了一下而已，大胡子不至于有什么事儿。

"就、就老、老子这、这身板儿，能有、有事？"大胡子拨拉开李虎申的手，晃着宽厚的膀子，连着做了好几个扩胸动作。

李虎申等他活动完了身子，又凑过去小声说："老兄，你看我哥哥请假的事儿？"

"君、君子、一、一言、九、九个鼎！一、一星期！"大胡子显得有些不耐烦。

"谢谢老兄！"李虎申又一抱拳，弯下身来，由衷地给大胡子鞠了个躬。

8. 所谓的乡愁，是不是到最后都化作了传说

第二天早起，李继承是被院子里传来的"咕咚""咕咚"的震荡声吵醒的。他从床上爬起来，揉了揉惺忪的睡眼，隔着窗玻璃望见外面天已大亮，金灿灿的阳光底下爷爷矫健的身影正绕着当院那七根枣木桩子敏捷地往来穿梭，爷爷额头上沁出来的汗珠儿闪着银亮的光。

在樾林的宿舍，李继承每晚睡觉都要做一些稀奇古怪的梦，这让他白天上班总打不起精神，为这，他没少挨大胡子的骂。可刚刚过去的这一宿，自己肚子里装了那么重的心事，冲过澡之后，上床一挨枕头就睡着了，而且一夜无梦。他为自己遇见这么大的事儿还能睡得如此踏实，既纳闷又吃惊。

李继承下地从迎门桌上取过已经充满电的手机，又回到床上躺下来。好久都没享受过这凉爽清晨里的悠闲了，没有人也没有什么事情逼着自己去做，这是多么幸福而又奢侈的时光啊。从儿时至今就很少离开过这个村庄、这个院落、这间屋子，这村庄里的每一声狗吠、鸟鸣，一草一木都是他所熟悉的，所有这一切都让李继承倍感亲切与温馨，更让他感到安全。

李继承点开微信，看朋友圈里弟弟李虎申发了一条宣传"虎池"的广告，不觉气又不打一处来。看来弟弟是不管怎么规劝都不会回头了。人的命，天注定，由他去吧！再翻，李继承看到"樾林卫士群"里有两个小视频。他以为又是哪位保安发的快手之类的，就有意无意地点开，想看看逗乐的段子。点开一个之后，李继承不由倒吸一口凉

气，吓得心怦怦乱跳。小视频上，弟弟李虎申一腿将大胡子撂了个仰巴叉。李继承胳膊一阵阵发软，他颤着手想再把另一个小视频点开的时候，两个小视频却都被人撤了回去。

李继承心里慌乱得不行，再也在床上躺不住了。他穿上运动短裤，又兜头套了件圆领的长袖海魂衫，拿起手机急匆匆走出屋门。

"爷，我去洼里转转，捎带着看看咱家的麦子。"来到院子里的李继承对爷爷说。

"去看看吧。前几天大喇叭里喊了，县里下了通知，收了这一茬麦子，再种茬玉米，到秋后，西洼里的地就不让咱种了。"李大增说完，又塌下身子，迈动起两条长腿在枣木桩子间穿行了，晨风里，他的山羊胡子飘了起来。

"西洼里的地都给征了？"李继承吃了一惊。

"是！"李大增驻足，提腿出肘，连续发力击打着一根枣木桩子。

"县里征地干吗？"

"县电视台宣传，说咱武鼎县现在成了燕云新区的南大门，县里要沿潞龙河建一条绿色长廊，说是服务燕云新区建设呢。"

"没了地，那咱们咋办？"

"你问我，我问谁去？"

一听说家里的地都要被政府征用，李继承心里咯噔一下，仿佛征的不是地，而是自家的院子，一种失落感袭上心头。他见背对着自己的爷爷专注地击打着枣木桩子，不再理他，就轻轻摇了摇头，向大门外走去。

走在村街上，李继承的目光越过一幢幢房子的屋檐，看见村子东北方向的上空好几架塔吊伸展出来的巨大支臂，在阳光底下缓缓转动着，那个方向传过来早起的建筑工人敲打盒子板的叮当声。李继承觉得那塔吊正一点点伸过来，高悬在自己头顶，沉重的压迫感让他加快了脚步。

出李家佐村，沿着村北新修的柏油路走四里多地就是潞龙河大堤。柏油路两边大洼里的麦子已经把麦穗吐得老长。正是小麦灌浆的时候，风摇动起尚有些轻飘的麦穗和小麦细长的叶子，就有一层接一层的绿波翻卷起来，奔涌着扑向大洼的深处，把细碎的光亮，洒了整整一洼。

一早起，潴龙河西面村子里去县城里打工、做生意的人还真是不少，汽车、摩托车、电动车在这条宽阔平整的马路上汇成车流，从大洼的深处奔涌而来，这车流贴着李家佐村过去，又一路向东，涌入塔吊林立的县城里去了。

李继承为了躲避从身边疾驰而过的车辆，他很快在马路一侧找到一条田间小道，拐了下去。沿着道边开满了金灿灿燕子尾花的小道往里走，世界开始变得越来越安静。李继承掏出手机给弟弟李虎申拨了过去。

"哥，放……假给……请好……"李虎申那头的电话信号不是很好，但李继承还是从弟弟断断续续的话语里听出来了他的兴奋和喜悦。

李虎申挂断了电话，很快发过来一条微信："我在地铁里。"

"你跟大胡子打架了？"李继承边走边在手机上打字，他问弟弟。

"没有。我们俩只是轻描淡写比画了两下。"李虎申在回复的末尾缀上了个捂着嘴偷笑的表情。

"你没伤着人家吧？"李继承急急追问。

"没。他看着挺壮实，就是功夫太欠了！不过，此人还算仗义。"李虎申回过来，又在最后缀了一个张嘴大笑的表情。

李继承稍稍放了些心。正要把手机装回短裤兜里去，李虎申的微信又发了过来："咱爷身体挺好吧？"

"挺好的。"李继承回复完这句，想了想又接着写了一条："咱西洼的地可能要征了。"

李虎申回复得神速，先是一长溜儿拍手欢迎的表情，接着又跟来一条："叮嘱爷爷，如果是非国家重点工程征地，贱了，坚决不卖！切记！！！"

李继承盯视着手机屏幕上弟弟的几个感叹号沉思良久，直到一声火车汽笛的长鸣才把他的目光从手机屏上拽开。

往南看，李继承的目光在洼里还没跑多远，就被朔黄铁路高高的路基拦截下来了。一列运煤的火车正"吭哧""吭哧"喘着粗气从李家佐村南驶过，车厢一节节被李家佐村掩起来，仿佛火车正往李家佐村子里头钻一样。李继承回身望着李家佐，它夹在铁路与柏油马路中间，显得瘦弱不堪。当年他和弟弟练武的打麦场，现在不知谁家在那里盖了新瓦房。当年火狐狸立过的那个土岗早被人用推土机推平了，成了全村人倾倒垃圾的垃圾场。远远望去，一大片垃圾堆上趴满了五颜六色的塑料纸。又想到了火狐狸！李继承记起来爷爷跟他讲过的一件有关火狐狸的事。

没有包产到户之前，村西这一片大洼里搭了好多个窝棚，千里堤上也有。窝棚是各村背着半自动步枪看青的民兵搭的。那时候村里人不仅手上没钱，家里的粮食都不够吃，一入秋，短不了有饿急了的村民就会趁着大洼里没人的时候，偷着拧几穗棒子、抠两块红薯藏在草筐底下背回家去，煮熟了，还得尽着家里的孩子们吃。偷队里的粮食那可是破坏社会主义建设的大事，于是各村都组织了民兵去大洼里看守着快要收获的庄稼，村里人给这个活儿叫"看青"。李家佐村的"缺耳朵"当时就是看青的民兵之一。"缺耳朵"在没看青之前，不叫"缺耳朵"，他有名字。自打得了"缺耳朵"这个外号之后，大家就把他的名字都忘记了。在没看青之前，"缺耳朵"的左耳朵还是好好的，之所以看着看着青，耳朵被枪打下去半边，完全是因为他遇见了那只火狐狸。

"缺耳朵"遇见那只火狐狸是在一个下着小雨的傍晚，那时他正跟另一个民兵坐在潴龙河堤上的窝棚里喝酒，两人守着一瓶保定大曲，把酒斟在酒瓶子盖里喝，下酒菜是一把还带着泥水的、刚刚从洼里拔回来的嫩花生。"缺耳朵"有嗜酒的毛病，本来两个人你一瓶子盖、我一瓶子盖喝得挺好，可是他为了多喝两口，就跟那个民兵提议两人猜洋火棍，猜中的人喝。那个民兵同意了，问谁先坐庄，"缺耳朵"说自己先来。于是他就从一只洋火盒里抽了两根火柴出来，把火柴棍的数目限定在一、二之间，猜对了庄家手里洋火棍数字就喝酒，猜不对，庄家自己喝。游戏开始之后，"缺耳朵"煞有介事地把两只手伸到屁股底下，倒腾一番，之后把拳头伸到那个民兵眼前，当那个民兵每次报出自己猜的数字，"缺耳朵"也不把攥着洋火棍的拳头张开，拉长声音说一句"不对！"端起那个瓶子盖，一仰脖子灌下去。眼瞅着一瓶酒就要被"缺耳朵"一个人喝光了，那个民兵也看出了些门道。等到"缺耳朵"再把拳头伸过来，那民兵猜了个"一"。"缺耳朵"嘴里说着"不对"，又往回撤手时，手腕子早被那民兵牢牢攥住。"缺耳朵"没了辙，只好乖乖将手掌张开。见"缺耳朵"手掌心里孤零零、稳当当地趴着一根火柴棍，那民兵知道上了"缺耳朵"的当，就跟他恼了。两人正吵吵，窝棚外面传来窸窸窣窣的声音，像是有人在窝棚附近走动。已经醺坏了的"缺耳朵"冲那个民兵使个眼色，抄起放在窝棚边上的半自动步枪就出溜下了窝棚，那个民兵也抄起枪，跟在"缺耳朵"后面，从窝棚里走了出来。

那只火狐狸两腿着地，竖着身子，靠在大堤的一棵柳树上，脸儿朝北，正冲窝棚这边儿瞅。那个民兵后来跟村里人讲，那会儿天还没有黑尽，借着微弱的天光，他清晰地看到了它身上披着的毛是红色的。只有脖子那块的毛是白的，白得扎眼，它的眼睛是绿的，绿得像电光。见"缺耳朵"端起枪来的时候，他拉了"缺耳朵"一把。为什么要拉他呢？因为好多人都见过它了，它又不伤人，不祸害村里的禽畜，你开枪打人家干吗呀？再说了，村里好几代人都一直在念叨它，好几代是多少年？能活那么多年的东西能没灵气？切！爷爷跟李继承讲的时候，说这句话时说得模糊，以至于李继承没有听明白这句话是那个民兵讲的，还是爷爷自己发挥的。

"缺耳朵"在被那个民兵扒拉了一把之后，本来枪口耷拉了下去，冲着地了。但他很快就又把枪口抬了起来，他实在是喝得太多了。喝多了人都爱逗刚强！那个民兵清楚地听到了"缺耳朵"扣动扳机的"咔哒"声，连着"咔哒"了好几下，可枪就是不响。"缺耳朵"扣响扳机的当儿，火狐狸一直用那一双绿色的眼睛盯着他们，一动没动。直到"缺耳朵"抢着枪冲向它时，它才把举着的两只爪子放到地上来，朝潴龙河堤下面的草丛里跑去了。

"缺耳朵"手里的枪是在他追赶了几步火狐狸之后，回到窝棚边上来的时候，自己响的。那个民兵当时就立在他旁边，听到"缺耳朵"没好气地说，这次便宜它了，下次再看到它，一定把它逮着吃肉！"缺耳朵"说着，把枪戳在地上，枪口朝上，一只手握着枪管，另一只手伸进窝棚里拎过那瓶保定大曲，准备喝一口，刚把瓶嘴儿贴上嘴唇，"砰"的一声，手里的枪就响了。"缺耳朵"一声惨叫，丢了手里的酒瓶子，也丢了枪，双手捂着半边脸就蹲在了地上。那时候，天已经黑了，那个民兵赶紧过去扶他，"缺耳朵"用一只手掌托着一团血肉凑到那民兵眼前来让他看，嘴里带着哭腔叨咕着："耳朵！耳朵！我的耳朵没了……"

前方不远就是潴龙河的千里堤了，李继承家的地就在千里堤的根儿底下，他甩开步子，朝着千里堤的方向，朝着他家的地，奔跑起来……

9. 这些乡下人真不可理喻

范兵兵走后，施雅东拿起办公桌上写着陈晓康电话号码的那张纸，掏出手机来，先把陈晓康电话存入电话簿，然后给他发了条短信：我是施雅东，有事找你。施雅东将短信发出去之后，就把手机搁在一边儿，顺手拿起办公桌上的电话，开始组织人手下去检查消防安全的事。

施雅东是个办事情较真儿的人。一上午，她严格按照昨天的会议精神，带着办事处一班人对花月街上的临街商户进行了拉网式检查，见门就进，查了电路、消防器材，对商户们连吓唬带哄，就差扯着耳朵嘱咐了。临近中午，施雅东带人拐进了花月街最深的一条胡同。胡同里有一栋七十年代修建的旧楼，自从在市里开过消防会议之后，这栋楼就立在了施雅东心坎上，让施雅东想放都放不下。

等到施雅东站在那栋楼的院门口，往院子里一望，当即被眼前的情景惊呆之后，她这才意识到自己的担心半点都不多余。

围着这栋旧楼狭长的院子里塞满了各式各样摆摊用的小推车、电三轮，围墙底下木头板子、破纸箱子堆得有小山高，竟然还有不少人在墙根底下盘了七八个灶台。施雅东的脸当下就沉了下来，却没说什么，从那些横七竖八摆放的大小车辆间挤过去，进了一个楼门。一股子酸臭味扑面而来，施雅东抬手捂上了鼻子。楼道里光线很暗，但施雅东还是模模糊糊看见了那些堆得到处都是的杂物。施雅东一层层往上走，眼睛在黑暗中渐渐适应，她注意到好几层的楼道里垂挂着布满灰尘的、被住户私接乱拉的杂乱电线。

一行人又回到院子当中来了。

"那几个楼门不用进了，肯定都这个样子！"施雅东皱紧眉头，阴沉下脸来说道。她手指着正飘着袅袅炊烟的一处灶台问跟在身后分管这条胡同的一个副主任："玉姐，这怎么回事儿？"

这个叫张晓玉的副主任是个部队干部的家属，老家在河南新乡，十年前随军进的北京。此时张晓玉见施雅东明显带着责备的口气问自己，不由红了脸："恁不知道啊，这栋楼的住户都是租房子住的外地人，俺劝过多少次了，就是不听，你说咋着？"张晓玉说到这里，偷眼看看施雅东，见她直直立着不吱声，以为她听进去自己的话了，就接着说："话说回来了，这些人出门在外也不容易！"

"谁容易？就这天儿，你看看这木头，再看看这破纸箱子，万一发生火灾，烧死了人，你我都得蹲监狱，知道不？！"施雅东吼道。

"俺知道，俺知道！可……"施雅东的突然爆发，把张晓玉吓得够呛，她连忙把头低了下去。

"还守着这一堆堆的易燃物，垒灶架锅做饭吃！这都成什么了！嗯？"施雅东拿脚踢着一个灶台的角越说越气。

"在俺们乡下，夏天都在院里垒锅台。"张晓玉小声嘟囔了一句。

"这是首都！是北京！知道不?！还有没有一点儿政治敏锐性了！"施雅东被彻底激怒了："我不管怎样，你现在就通知这个楼里所有住户，立马把这里清理干净。有阻力给我打电话，我跟市里汇报，不行就联合执法！"

一脸怒容的施雅东说完，转身准备朝院门外走，迎头碰上正往院里走来的一男一女。

施雅东扫了一眼，见男的一只手牵着一个粉红色的拉杆皮箱，一只手给女的撑着一把巨大的遮阳伞，由于女高男矮，黑瘦的矮个子男人要想跟女子并肩而行就得把脚步放快，一副笨拙的、跟斗趔趄的样子。那遮阳伞太大了，伞面忽悠着，那男人瘦削的脸颊在施雅东眼前只闪了一下，就又给遮严了。施雅东觉得这窄脸、小个子的男人太眼熟了，可就是想不起来在哪儿见过。她瞧一眼遮阳伞下遮着脸的女子，穿一双高跟黑布鞋，颀长的身子裹一条绣着大团牡丹花的长裙子，高挺的胸部挑着一件圆领套头黑 T 恤，一截雪白的肚皮若隐若现。施雅东停下来，侧身让路，想等二人过去之后，自己再走。

"哎？这不施雅东嘛！"等那一男一女走过自己身边，施雅东听到那男的叫她名字。

尖细的、有点儿公鸭嗓的声音！再仔细打量那张热气腾腾的刀条脸，施雅东这才认出来对面打伞的人竟是陈晓康。

"陈晓康！你、你怎么到这里来了？"施雅东心想这陈晓康怎么瘦成这副德行了？自己正找他呢，他怎么从这儿冒出来了？

"雅东，好几年不见，你还是那么年轻漂亮啊！"

陈晓康答非所问。

"兵兵早上找我来着，我给你发信息，你没回。"施雅东瞥一眼陈晓康身边那女孩，对陈晓康冷冷道。

"哦、哦，我开车没看手机，对不起，开车、开车了。"提到范兵兵，陈晓康明显有些慌乱。

"光顾着去西客站接我这妹妹了！"陈晓康说着把遮阳伞往旁边斜了斜，"伊蕾，我给你们介绍一下，这位，是我跟你提到过的我的大学同学，我们的班花施雅东，施大主任！这位是我酒店的领班赵伊蕾小妹妹。"

遮阳伞底下露出那女孩的脑袋，白嫩的鹅蛋脸上柳叶眉弯着，一双杏眼里水水的，闪着盈盈波光。女孩顺手撩一把斜披在肩上的一头染成金黄色的长发，冲施雅东笑笑："您好，施主任。"

"你好。"施雅东面无表情，朝她微微点了点头。

"我们陈总说您是这里的街道办主任，我就住这楼里，以后这条街上有什么好事儿，您可得给我想着点儿。"

"什么好事儿？"施雅东感觉女孩这话说得莫名其妙，不由又皱起了眉头。

"比方你们办事处要招聘办事人员，我可以去报考。当然得是落实北京户口的那种呦！"

施雅东没吭声，拿眼扫了扫身后街道办的人，人们都识趣地迈开步子，朝门外走去。施雅东注意到有人刚一出门，就捂着嘴乐了一下。

"这天儿眼瞅着要热呀！"陈晓康抹一把额头上的热汗，看了施雅东一眼，他被赵伊蕾刚才说的话，弄得有些尴尬了。"哎呀，想起来了，我中午还约了朋友在西单吃饭。雅东，现在我们得赶紧上楼，不然就赶不过去了。"陈晓康说着拿胳膊肘碰了那女孩一下，两人准备绕过施雅东朝前走。

"陈晓康，下来你找个时间，我要跟你好好聊聊你跟兵兵的事。"施雅东盯牢陈晓康的眼睛，压低了声音对他说。

"聊她干吗？没什么好聊的！"陈晓康松开握着拉杆皮箱的手，把箱子贴在自己腿上，遮阳伞依旧被他高擎着，他用腾出来的那只手往上抻了抻西裤的裤腰，又拉起皮箱准备走。

"毕竟婚姻大事，不是儿戏。你俩当年好成那样儿，不能说分就分吧？"施雅东说。

"这个我懂。可有些事情你不了解，她现在整天除了摆弄手机，啥也不干，简直、简直就是一混吃等死的寄生虫！"

"陈晓康，我不知道你俩之间到底咋回事儿，但我告诉你，兵兵现在很痛苦，精神上都快出毛病了，你知道吗？"施雅东虽然声音压得低，咬字却狠。

"知道啊！都多少年了，她就那样儿！整天神神叨叨的。"陈晓康不以为然。

"甭管怎样，兵兵既然找到我，最起码表达了她对你、对你们俩多少年经营起来的那个家还是不舍的。我也答应了她，跟你好好谈谈。对于这件事，我想，我们最好找个时间坐下来说。"施雅东说着，伸手拨开快碰到自己鼻子尖上来的遮阳伞。

陈晓康没吭声，扭头走了。

施雅东隐约听见遮阳伞底下传出那女子的笑声，她听见那女孩说："陈总，你是不是见到哪个女人都夸人家长得年轻漂亮？"她又听见陈晓康对那女孩说："你手机响呢。"那女孩回："不接！我才不搭理那个神经病呢！"

那把大伞消失在了一个楼门洞口。

施雅东立在原地发愣，她心里嘀咕这个叫赵伊蕾的漂亮女孩子，这个被陈晓康称作小妹妹的酒店员工，到底跟陈晓康什么关系呢？想想范兵兵臃肿的体态，再看看眼前这女孩的俊俏模样，她为范兵兵暗暗捏了一把汗。

施雅东惦记着受伤的儿子，从花月街出来，绕了两条街去给小毛买了肯德基炸薯条和冰激凌，就匆匆忙忙往家赶去。

施雅东还没进家门，在电梯里就接到了张晓玉的电话，张晓玉在电话里急赤白脸地说自己跟那个胡同里的住户打起来了。施雅东连忙嘱咐她："玉姐，你可千万别先动手。如果对方要横，你直接打 110 报警，我现在就往你那里赶。"

张晓玉在电话里气哼哼地说："呦、呦、呦！施主任照恁么说，他们要是揍我，我得挨着呗？"说完就把电话挂断了。

施雅东心里跟着了火一样，推开家门，见小毛脸上的肿塌下去不少，施雅东将手里拎着的薯条和冰激凌塞给小毛，抚了一下他的头说："乖儿子，妈妈单位还有事，中午不能陪你了，你跟姥姥吃吧。"说完，转身就往门外走。

此时胡兰芬正在厨房做饭，听施雅东这么一说，就探出头来："什么事儿这么急？饭都顾不上吃了！"

"没什么！"施雅东来不及跟胡兰芬解释，拉上屋门慌慌下楼。

心急火燎的施雅东赶回花月街，远远就望见吉祥胡同口上停着一辆警车，闪烁的警灯晃得她心都跳到嗓子眼儿来了，她撒开腿就朝胡同里跑。还没进院门口，就听里面有人高喉咙大嗓门在嚷叫："你敢说你没打？你敢说你没打？你推我没？你没推我，我自己倒在这里的对不对？"

大太阳底下，黑压压站了半院子的人。施雅东拨开众人往里走，隔着几个人的腿缝看见张晓玉满脸通红，坐在地上。

"施主任，你可来啦！我让他拆灶台，他不仅不拆，还推搡我，打我！我可是听恁的话，半下手没动，现在我让这个人打了，警察同志也在，恁看着办吧！"见施雅东挤进人群，张晓玉伸手点指着旁边立着的一个穿烟色对襟褂子的老头，说得满嘴唾沫星子乱溅。

"哪个打你了嘛？好多人看见了嘞！"那老头一口四川话，瞧瞧身边两个穿制服的民警，再看看施雅东，摊开手，一脸无辜的样子。

"恁不打我，我自己倒的不是？"张晓玉仰起被正午的太阳晒得通红的脸对那老头说。汗水从她耳朵根处的头发里渗出来，往下流淌着，冲得从两鬓耷拉下来的长发打了绺儿，紧贴在面颊上。她气呼呼说完这话，就把两条腿戳起来，弓腰抱着，脸别到一边儿去了。

两位警察认得施雅东，其中一个说："施主任，我们刚才劝街道办这位女同志起来，一起回派出所写笔录，怎么劝都不听，您看？"

"你感觉怎样？能起来不？"施雅东转头问脑袋歪向一边儿的女下属。

"我头晕！腿酸！"

施雅东一听她这么说，就知道她没什么事。

人群中传来喊喊喳喳的指责声，有人发出了不满的"嘘"声。施雅东不由脸上一阵发烧。

"先起来！配合警察同志去派出所写笔录。"施雅东猫下腰伸出手用力扯住了张晓玉的胳膊。

"就这么算了？"张晓玉伸出一只手按在施雅东的手背上，又把头仰了起来，满脸委屈地看着施雅东问道。

施雅东不回张晓玉的话，手上暗暗较劲儿，一把将她从地上拽了起来。

"走，你也跟我们回派出所。"一位警察用手指了一下那个四川老头说。

"去就去嘛！反正没有哪个打人。"四川老头斜一眼已经被施雅东拉起来的张晓玉，嘟嚷着跟在警察后面，从人群让出来的一条通道向门外走去。

"你也去呀！"施雅东见张晓玉直勾勾看着自己不动地方，就冲她使个眼色。

"这么大事儿，您不跟着去吗？"张晓玉对施雅东近乎哀求。

"你去吧，去吧。我随后就到。"施雅东哭笑不得。

待到两名警察带着吵架的两个人走远，院子里站着的人们撇下施雅东开始稀稀拉拉往楼门里走。

"大家等一等！"施雅东忽然提高了嗓音大声说。

人们停下了脚步，齐刷刷把头扭了过来。

"我是咱们这个区的街道办主任，我叫施雅东。我知道，好多人还没有吃午饭，我只耽误大家一分钟时间，跟大家说两句话。"施雅东稍稍顿了顿，接着说："我昨天去市里开了个会，是有关消防安全工作的。这次会议市领导非常重视，近期要在全市范围内开展一次突击检查。消防安全是跟我们大家生命财产安全息息相关的大事。我知道，大家来自全国各地，我们在首都生活，要时刻保持清醒的政治头脑，要有政治敏锐性。我们不出问题，是对我们自己、对我们的亲人负责，更是对党、对咱们这个国家负责！"施雅东说这番话时咬字清晰，情绪把控得也好。她对自己的语重心长、话语铿锵非常满意，甚至都有些小得意了。她已经准备好了下一个动作，那就是将手指向围墙边上的那些灶台，手将伸未伸之时，面前的某个角落里冒出来一句话："你已经说了至少五句话了！"

这句话声音不大，却在她已经营造下来的安静气氛之下，显得异常响亮。

"嗡"的一声，人群中爆发出一阵哄笑。

施雅东一怔，睁大一双美丽的大眼睛循着那声音发出来的方向搜索过去，想把刚才说话的那人找出来，可她看到的却是一个个转身离去的背影。

施雅东独自一人立在白花花的大太阳地里，脸直红到了耳根部的短发里。

10. 开启寻找伤者之旅，是否也是亲近城市的开始

李继承没吃早饭，他听着麦知了的嘶鸣，溜溜儿在潴龙河大堤的柳树荫里坐了小半天。

这半天时间里，李继承的心灵经历了一番痛苦的挣扎。他想到了当年在深圳打工的父母双双被撞身亡，至今都没有找到肇事司机。那年他十五岁，弟弟十岁。埋葬父母时，他打幡，弟弟摔瓦。两个孩子

走在出殡队伍的最前头，引得李家佐一街两巷的妇女都出来送殡，都跟着抹眼泪呀！所有的人都在咒骂那个肇事逃逸的司机，他没骂，自从爷爷和几个亲戚把爹娘的骨灰从深圳运回来，放在堂屋的一张桌子上之后，他就成了哑巴。他低着头跪在堂屋冰冷的地上，眼睛不敢朝放着两个骨灰盒的方向瞅，只是用空洞的眼神对着屋地上铺着的青砖发呆。当时，他到底有多恨那个肇事后逃跑的司机，只有他心里最清楚。十多年了，每次想到父母，他的心就如同刀割一样难受。撞了人为了逃脱责任逃跑，这不是男人该干的事！不是人该干的事！这是在损德呀！父母在天之灵看到了，也会因为他李继承做下这缺德挂冒烟儿的事而感到不安，感到羞愧呀！李继承想到这里仰起头来望了望天，灰蒙蒙的天空飘浮着几朵灰白的云彩，他感觉父亲和母亲此时就端坐在其中的两朵云彩之上，恼怒地瞪视着自己……

李继承在痛苦的深渊里爬起倒下，倒下爬起，着实挣扎了一番。最后他铁定下心来，不管警察找不找得到自己，他都要找到那个被他撞到的孩子。他觉得自己在今后的日子里与其背负这样一个沉重的心理包袱，提心吊胆地生活，不如主动去公安局投案自首。这种长痛不如短痛、恨不能马上与自己闯下的祸事彻底进行了断的冲动左右了他，驱使了他。他决定回到北京去。

下了这样的决心之后，他想起了赵香梅。想想自己跟赵香梅从村里的小学，到乡里的初中，再到武鼎县城里的高中一直就是同班同学。从自己记事儿起，赵香梅的爹赵常锁就当着李家佐村的会计，她家的经济条件也一直比自己家的好很多。自从他俩挑明了彼此的心事，赵香梅没少给他买衣服打整他，特别是对爷爷，逢年过节哪回人家不给买东西过来看望老人？他懊悔自己那天不该多那句嘴，惹恼了人家闺女。于是，李继承掏出手机给赵香梅发了条微信，问她在哪里。赵香梅一直没有回复。他又忍不住拨了她的电话，振铃几声之后，那头就给他挂断了。他知道，赵香梅还在生自己的气呢。他随手捡起根细小的柳棍儿，想在大堤上的胶泥地上写"赵香梅"三个字。

可柳棍儿太细、太软，在地上划不出痕迹。他丢了手里这根，又从地上捡了根硬挺的，正准备写，恰好有两只腆胸叠肚的蚂蚁爬过来，李继承就把柳棍儿贴在地上，让它们往棍子上爬，等蚂蚁都在柳棍儿上了，他又把柳棍儿戳直了，让它俩往高里爬。有只蚂蚁从柳棍儿上掉到地下了，往远处爬去，看那样子是想跑。他又捡了根枯草茎子，把它拦截住，扒拉回戳着的柳棍儿根底下。李继承训斥着被自己捉回来的那只蚂蚁："你怎么能这么不够意思！说溜，就丢下朋友自己溜了。你没见你朋友正看着你呢吗？你害不害臊呀？嗯？害不害臊？"

千里堤上的柳树趟子里活跃着各种叫不上名字来的鸟儿，它们个顶个歌喉婉转，歌声悦耳。在这些鸟儿的鸣啭声里，李继承在婆娑的柳树荫里，导演着只有两只蚂蚁登场的戏剧。

沿着村道往家走的路上，李继承碰见了骑着电动车子也来洼里看地的赵常锁。

"大承子，啥时候回来的？"赵常锁在李继承身边下了车子，一手扶着电车子的车把，一手往后梳拢着头顶上稀疏的头发。

"常锁叔啊！"李继承见是赵常锁，脸就红了，他说，"我昨晚上回来的。"

"回来有事？"

"没，没事。就是有点儿想家了，回来看看。"李继承的目光躲闪着赵常锁的眼睛说。

"前两天，香梅回来我就跟她说，你们年轻人既然去了城里闯荡，无论在哪儿、干什么，就踏踏实实给人家干好，争取把根在城里扎下来。你没看咱西洼这地过了秋就都征了吗？家里没了地，就等于断了你们的后路，你们将来不把家安在城里，回村里来喝西北风啊？"

"叔，我知道，知道。"

"大承子，你今年才出去，没什么事的话，麦收也别回来了。现在种地不比从前，都是大型收割机，你看见这一洼的麦子没？一天一宿，连收带种！你说你们大老远地跑回来干吗？跑回来也是在地头上立着看风景哩。怎么着也是花钱收、花钱种，你们把钱挣下，什么都齐了。你没看现在咱村很多人家连地都不自己浇了吗？花钱雇人比自己浇得都仔细，不仔细不给钱哩！"

"嗯呢。叔说得对。"

"你和香梅在北京城里平时要相互有个看顾，有个照应。香梅那孩子闹上的心大，你多让着她点儿。家里的地也就只能再种一季了，你们也别再在这上头花什么心思了，家里有我、有你婶子再加上你爷，别说就这点儿地，再多上几十亩，俺们也照顾得过来，根本用不着你们操心！听明白没大承子？"

"叔，我听明白了。您放心吧！"

"你啥时回？头走还去我们那院里吃顿饭不？"

"叔，我坐今天傍黑儿的火车回，这次就不去家了，您给我婶子捎好啊。等下次我跟香梅回来，再一起去家里看你们。"

"好！那我先走了。"赵常锁说完，一骗腿骑上电车子就走，车子蹿出去十来米后他又把车刹住，一条腿撑在地上回过头来："大承子，好男儿志在四方，哪里的黄土不埋人啊！窝儿里老的，都是炕头上的汉子，成不了大气候！"

不等李继承答应，赵常锁把头转回去，电车子载着他在坑坑洼洼的村道上颠簸着疾驶而去。

走回家来的李继承看见院子里的枣木桩上搭满了花花绿绿的"行头"，"行头"中间，坐在马扎上的爷爷手里托着一顶王帽，正在大太阳底下半眯着眼睛端详王帽上的红绒球。

"大承子，不饿？"李大增没有看李继承，只是稍稍挪蹭了下身子，一只手来回抚弄着王帽上的绒球问道。

"还真是有点儿饿了。"已经两顿饭没吃的李继承嘿嘿笑着凑了过来，"爷，您老人家这是又想演武术戏了吧？"

"大年二十七包饺子，包好饺子走趟子。咱这趟子腿从晚清传到现在，一百三十多年，经了好几辈儿人，你听谁说过李家佐哪年的大年下没演过武术戏？"

"那倒是！爷，你老人家快给我说说，今年你是怎么打算的？领着咱村里人演哪出儿？"

"《李家佐》。"

"呀！真的啊爷？《李家佐》那可是出儿大戏啊！好多年没演了。啧啧，演这出儿，想想都过瘾哩。"李继承摩拳擦掌，脸上再也掩饰不住内心的兴奋。

《李家佐》讲述的是明朝末年，发生在李家佐村一对练翻子拳的师兄弟之间的传奇故事。明天启年间连年战乱，赵姓师弟为了养家糊口从军后跟随农民军征战黄河两岸，把自己的妻子和独生子托付给同村的李姓师兄照管。后官兵杀至李家佐，李师兄带着两家人逃亡，途中二人妻子均被官军所杀。眼见官军就要追上来，李师兄将自己儿子绑在潴龙河千里堤的一棵大柳树之上，在亲子凄厉的哀号声中，李师兄背起师弟的儿子冲出官兵重围。多年之后，已经成为农民军领袖的赵师弟听人讲当年自己妻儿都惨死在了官军刀下，而师兄的儿子却安然无恙，一直在李家佐村习武练拳，现已长大成人，而且武功了得。盛怒之下，师弟带领部下回到故乡李家佐村找师兄寻仇。师兄以一当十，体力正渐渐不支之时，被师兄养育成人的师弟儿子前来助战，交手过程中，师弟从那年轻人的身手看出当年自己身影，最后父子相认。李师弟面对赵师兄长跪不起，后羞愧难当，辞了官差，远走他乡……

李继承记得自己跟李虎申小时候，轮替着演过师兄、师弟的儿子，每当轮到虎申演师兄儿子被绑在大柳树上那段时，虎申咧开嘴巴干号两声之后，就会偷笑。为这，爷爷没少吓唬他。长大后两人又替换着演师兄，演师弟。戏里主要人物的唱段、拳脚套路都是爷爷手把手教给他哥俩的。武术戏的唱腔是河北梆子，李继承太迷恋那高亢悠扬、荡气回肠的唱腔了，心里有多郁闷的事儿，吼过几嗓子河北梆子之后，就会感觉全身通泰，精气神儿自己个儿就回到身上来了。

"现如今咱李家佐村里练过趟子腿的、能演武术戏的，不是老弱病残，就是长年在外地打工挣钱的人了。现在的人可不比早些年，眼里都是钱、钱、钱，一个心眼儿只稀罕钱！这武术戏又给人换不来钱，谁还有心思惦记这个？这武术戏看来传到我这辈儿就算到头儿喽！"李大增站起身，把手里的王帽挂在一根枣木桩子上，叹了口长气。

"爷，您老放心。武术戏绝对失不了传。前些年好多出儿我都演过，只是这几年村里会功夫的人都忙着挣钱，临年傍节也凑不齐人手了。什么事都怕撂，只要是一撂下，就生了，就冷了。不过，只要这里还热乎，说拾掇起来，也容易呢。"李继承张开手掌拍了拍自己的心口窝，接着说："今年过年我跟申儿回来帮着您老撺掇，说啥咱也得在年二十七把这武术戏演成！"

"傻小子！你要知道现在这年代，你即使会一百出儿武术戏，也不能给你换来票子呦！"李大增嘴上这么说着，却已眉开眼笑。

"爷，钱是有用！可哪朝哪代的人也得先说强身健体不是？小品里咋说的？'人死了，钱没花了。'没个好身板儿，吃嘛嘛不香，说嘛嘛没用！是不是呀爷？"李继承见爷爷开心了，自己的话也多起来。

"好小子！这话爷爱听。你要真是打心眼儿里这么想，咱这武术戏那可真就是断不了根儿了。"

"爷，虽然我脑瓜比别人笨，可一练这个，心里就踏实，就舒坦！这也许就是您老说的那个'好'吧！"

"好样的大承子！"爷爷冲李继承竖起大拇指，然后转身朝他屋里走："你来一下。"李大增回过头，冲李继承招一下手。

进屋之后，李大增立在床前，伸出两手把床屉搬起，从床底下拎出来一个黑色塑料袋，交给李继承，之后转身去放床屉。

"猜猜袋子里是什么？"李大增背对着李继承说。

"是个小箱子。"李继承隔着塑料袋摸出来里面是个硬邦邦的木头箱子。

"打开看看吧！"李大增拿手捋着下巴颏上的山羊胡子，笑眯眯地看着李继承说。

李继承把那个四四方方的小箱子从塑料袋里掏出来，见箱子外面还裹着一层红布，揭开红布，一股清新、淡雅的香气扑面而来，手掌心托着的是一个闪着荧光的红褐色木头箱子，箱子上还嵌着一把老式纯铜元宝同心锁。

"爷，这箱子是什么木头的？花纹咋这么好看呢！里面装的啥？"

"没见过吧？海南黄花梨！钥匙就是那根小铜棍，冲上一拧就开了，你试试！"

李继承依照爷爷说的，打开了那个海南黄花梨的木头箱子。箱子的衬里是有些发乌的红色锦缎，一本浅黄色、扉页上起了毛边的、薄薄的线装书躺在箱子中央，箱子一角儿趴着一枚闪着绿莹莹光泽的翡翠戒指。李继承注意到这枚戒指的指环好像比他以前见过的那些要宽、要厚许多。

"《武术戏》光绪二十四年制书。"李继承用手捏起那枚戒指攥在手心里，小声念着那线装书扉页上的手书蝇头小楷，眼里放射出惊喜的光芒。

"爷？"李继承抬起头来，看着爷爷。

"今天起，爷爷就把这本书还有那个翡翠扳指都交给大承子你保存了。"李大增伸出手来捏了一下李继承的肩膀。

"这个叫扳指？"李继承把那枚豆绿色的扳指举到李大增面前。

"这个是这样戴的。"李大增接过李继承手里的扳指，给他套在了右手的大拇指上。他抓着李继承的那只手，伸出一根手指在那扳指上摩挲着说："大承子，《李家佐》那出戏是根据真人真事编出来的。戏里头的师兄、师弟都有其人，你手上现在戴的这个扳指就是当年那师兄戴过的。据老人们讲，师弟也有一个，可是那师弟后来从李家佐走后，再没回来过，真有假有咱就不知道了。不过据我观察，这玉扳指边缘上的'卍'字花纹都是半截的，应该还有另一个跟它是一对儿才对。你看这里！"

李继承顺着李大增手指看过去，果然翡翠扳指边上的花纹都是半个"卍"字。

"爷，我今天就得返回北京，这宝贝还是放你这稳妥。"李继承说着取下翡翠扳指小心地放入锦盒之内，合上盖子，捧着朝爷爷递过去。

"大承子，爷爷能把这老辈人传下来的东西给你，那也是经过了反复琢磨的。爷爷这个岁数了，该找接班人喽！你听好了，天下武功，唯快不破。练武之人，唯勤不落。你在北京不忙的时候，好好看几遍这本书，书里共十一出戏，每出都有唱词、有招式、有图解。特别是《李家佐》这出戏，你好好咂摸它的故事，那是教导世人感恩哩！只要你走心了，咱这武术戏就失不了传！爷爷反正是有这个信心，就看大承子你了！"

"爷爷，不行、不行……"李继承心里想着在北京撞人的事儿，沉吟良久之后他慌慌地说。

"别说了！"爷爷挥了一下手，打断了李继承的话。"你打算什么时候走？"

"我想坐下午四点那趟火车回去。"

"不开车回了？"

"不开了。北京人多、车多，我这开车……技……术不行。"李继承一紧张，说话都有些磕巴了。

"那好！老规矩，出门饺子，进门面。前几天香梅那闺女从北京回来，给割了十来斤肉过来，在冰箱里冻着呢。你拿出来化化。当院那畦春茴香正嫩，咱俩今晌午就茴香肉饺子了。我割茴香去！"李大增说完，转身朝门外走去。

李继承隔着窗玻璃看着爷爷拿了镰刀走进院子里的菜地，这才低下头来看着手里托着的黄花梨木头箱子发起怔来，他感到手里这个箱子有千斤重。

11. 面前这个美丽的俄罗斯女孩，原来跟自己的家乡有着千丝万缕的关系

坐在操场边的大理石台阶上，李虎申盯着自己脚上的"阿迪达斯"运动鞋出神。这是阿迪 2018 年的夏季新款。

李虎申想起刚参加完高考的那年夏天，自己和哥哥在武鼎县城里没黑没白地给人卸了一夏天的水泥，直到哥俩磨烂了的膀扇子上长出来又厚又硬的茧子，终于等来了北京这所大学的录取通知书。头来北京，爷爷塞给他三千块钱，哥哥给了他两千，他和哥哥卸水泥挣的那三千也被他拿上了，他带着一共八千块钱的学费兴冲冲来学校报到了。八千块钱啊！那是李虎申活了二十三年的人，第一次见那么多的钱！他把那些钱分别藏进一条贴身穿着的运动短裤的两个裤兜里，又在外面套了一条牛仔裤，从武鼎县到北京的火车上，他坐在座位上，一双手死死按着装钱的裤兜，两个小时的车程，他的两只手就那么贴在裤子上，几乎没有动过。

那天办完入学手续，李虎申在宿舍里看见其他同学脚上蹬的都是名牌的运动鞋，而自己却只有一双在武鼎县里的集贸市场买的革皮鞋，不觉有些自惭形秽。他们可都是体育大学的学生啊！谁不渴望有双漂亮、舒服的运动鞋呢？他实在拽不住自己艳羡的眼光，总往过道上那些来回移动着的鞋子上瞄，就一个人悄悄走出了宿舍，来到了这操场上，也是这么坐着。

李虎申认为一个人的朋友圈子对个人的成长与发展起着至关重要的作用。身边有什么样的朋友，生活无形当中就会受到这些朋友的浸染，生命、生活的色彩就会有所不同。虽然他应聘进梅朵的健身房遭到了哥哥李继承的极力反对，但他觉得一边读书一边做健身教练没什么不好的，不然他一个穷学生能舍得花近千元买脚上蹬的这双阿迪？

思来想去，还是得感激梅朵。梅朵虽然是自己的老板，但为人处世身上一点儿都不带那种骄横跋扈之气，平时说话轻言慢语，倒是浑身上下透着股气定神闲的贵气。她大学毕业之后就自主创业开了这家健身房，说明这女孩子还是勤勉上进的，这点也让李虎申由衷佩服。哥哥打电话来，说家里的地要征了，李虎申当时心里就一动，他寻思着如果能拿到征地款，自己将来毕了业也可以到燕云新区去开一家健身房。可这个念头只是在他心里动了一下，也就是一闪念，就被他强按了回去。他想到了苦了多半辈子的爷爷，爹跟娘去深圳打工出了车祸去世之后，是爷爷和哥哥把他拉扯大的。哥哥为了供他读书，爹娘走的那年就辍学回家四处打零工了，现在年届三十尚未成家，要知道李家佐村里像哥哥这么大年龄还没有结婚的，可是数得过来的几个人呢！李虎申知道哥哥跟村会计赵常锁的闺女赵香梅好着呢，说不定征地款一下来，赵家就得催着买房、买车操办两人结婚的事。现在农村里娶个媳妇没个大几十万，连想都甭想！李虎申因为自己曾经冒出来用征地款开健身房的想法而羞愧。征地款下来，先尽着爷爷、哥哥用吧。开不开健身房都不是事儿！再说了，自己现在除了在梅朵这里干，还准备再兼一份职，做私人健身教练。他已经瞒着梅朵在网上发布了信息，如果真有人请自己，那一个月下来的收入还真是挺可观的呢。李虎申这么想着，开始拿鞋尖轻轻在大理石台阶上来回蹭起来。

　　"李虎申同学，怎么一个人在这里呀？"

　　正发呆的李虎申听到那悦耳的、略带些卷舌音的普通话，知道是约兰达。他猛地一抬头，被夕阳包裹的一团红色晃了一下眼睛。他眨了眨眼，穿着红色T恤的约兰达立在光影里，正用一双深邃、幽蓝的眼睛看着自己，她披散在头上的金发像根根金线闪耀着夺目的光辉。

　　"约兰达！这个时间我是该问你'Good afternoon'呢，还是'Good evening'呢？"李虎申仰头冲着约兰达招招手。

　　"下午好！李虎申同学。"约兰达也笑着冲李虎申摆了摆手，紧走了几步，挨着李虎申坐了下来。从约兰达身上散发出来的香水味道是那种软软的、淡雅的馨香。

"我什么时候可以见到你的爷爷和哥哥？"约兰达歪着头问李虎申。

"干吗这么急切呀？约兰达。我们不是说好了很快吗？"

"李虎申同学，你知道我为什么来中国吗？"

"喜欢中国文化呗，那还用说。我知道你早在哈尔滨待过几年了。"

"你只说对了一半。我爷爷的爷爷就是河北保定人。我的爷爷跟我讲过他爷爷小时候生活过的村子，但我忘记它的名字了。我爷爷也会武术的。"约兰达把头歪向李虎申，鲜红的嘴唇稍稍撇了一下，一脸的自豪和得意。

"真的？约兰达，这么说咱们还是老乡呢！"李虎申兴奋得瞪大了眼睛，"那你赶快打电话问问你爷爷，问问他是不是还记得他的爷爷是哪个村子的？还没准儿咱们是一个县，是一个乡，一个村的呢！快、快、快！快打电话呀！"李虎申激动得要站起来了。

"我爷爷已经去世好多年了。"约兰达望着斜对面一棵高挺的白杨树梢儿托举着的夕阳幽幽地说。她蓝色眼睛里的光黯淡了下来。

"对不起，对不起啊，约兰达。我不知道的。"

"没关系的，李虎申同学。"约兰达眼睛望着正一点点往树后面沉下去的夕阳，一只胳膊挂在膝盖上，手掌托着腮继续说："我爷爷在的时候，每到黄昏都要在我们家门前的草坪上练拳，他穿着戏装，就跟你们中国现在电视剧里演的古代人物一个样。我爷爷的功夫就是跟他的爷爷学的，我爷爷多么潇洒、多么帅气呀！你没见过的，他能不费什么力气，一下就把腿举到这里！"约兰达说着，那种干净、澄澈的光又回到了她的眼里，她伸出另一只手，拍了拍自己的肩头。

"你爷爷教你武功没有？"李虎申见约兰达说起爷爷如此沉醉，就笑眯眯地问她。

"没有。爷爷说真正练好武术不是一件容易的事情，要吃很多苦。爷爷最爱我，就没让我练。这对我，是一件非常、非常遗憾的事情。"约兰达说着，一只手掌不停地、轻轻朝下劈去。

"所以，你现在想学武术。可武术最好是从小的时候就开始练才好呀。"

"不不不！李虎申同学，你说的那是杂技。我爷爷跟我讲过，武术是一辈子的技艺，是跟人的心灵相通的精妙的技艺。习练它，从什么样的年龄开始都不晚。"

"也许，你爷爷说得对。"李虎申听了约兰达的话，若有所思。他忽然发现身边的这位俄罗斯女孩对中国武术的认识程度，要比自己深。

"李虎申同学，你的爷爷和哥哥习练武术，也穿那种中国古代的服装吗？"约兰达问。

"有时候会穿的。我们老家有一种戏剧，就叫'武术戏'，只有会武术的人才能演，演戏的人们都要穿上你说的那种古代的服装。"

"武术戏？哦，太神奇了！它一定非常、非常棒的！"约兰达一脸好奇，期待着李虎申说下去。

"是非常棒的！武术戏有故事情节，演出的人物有唱段，唱腔是河北梆子，更有各种武术套路、招式的表演。我也演过，只是没有我爷爷和哥哥会得多，演得好。"提到武术戏李虎申变得眉飞色舞，神采奕奕："对了，约兰达，你听过河北梆子吗？"

"河北梆子？没有。"约兰达嘟起嘴巴，瞪大了眼睛，摇了摇头。沉默了片刻，她随即又变得兴奋起来，接着说："我要看到'武术戏'！真的，李虎申同学，你一定要帮我看到它！"

"这都不是事儿！等春节的时候我爷爷再组织村里人演武术戏，我一定约上你一起去看！"

"李虎申同学，你要说话算数，中国有句古话叫，人无信不立！"约兰达侧了一下身子，又把一只胳膊拄到了膝盖上，双手捧着脸看着李虎申，嘴里喃喃道："武术戏，武术戏！什么时候可以看到呢？必须要等到春节吗？"她白净的脸颊上因为热切的期待，飘起来两抹如天边的晚霞一样绚丽的红云。

"约兰达，我虽然答应了带你看'武术戏'，可我真不知道爷爷还能不能再组织起人来演戏。我们村里会武术的人都来城里打工了。即使想演，恐怕也凑不齐人手的。"李虎申看了一眼约兰达，把目光转向别处："现在的人们一心想着多挣钱，把日子过好，演武术戏又不能带来经济效益，所以呀，村里人对这个热情不大。组织起来还是有些困难的。"

"那怎么办？那我还能看到它吗？"约兰达有些紧张了，她拿开了拄在膝盖上的两条胳膊，耸了耸肩，摊开手问李虎申。

"放心吧，约兰达，会有办法的！"

"这都不是事儿，对吗？"

"对着呢！哈哈哈……"见约兰达竟然说了自己的口头语，李虎申哈哈哈大笑起来。

约兰达却没笑。她站了起来。

约兰达问李虎申："李虎申同学，你家在什么方向？"

李虎申伸手指了指南面。

两个人共同望向李虎申手指的方向。两人的目光越过绿茵场上来回奔跑着踢球的几个学生的头顶，越过学校里几幢宿舍楼的顶层，越过更远的地方众多错落着的楼群，望向南方。

在楼群的缝隙间忽上忽下穿行着一群鸽子，鸽子的羽翅亮闪闪的，不知道照亮它们的是灯光还是夕阳。李虎申想，在最远处的楼群后面还有数不清的楼群，等到了没楼群的地方，就是平坦开阔、一望无垠的大洼了，李家佐就在那大洼的深处。

李虎申注意到约兰达把一只手伸到胸前，紧紧攥着 T 恤里的一样东西。他想，那一定是她白金项链的一个坠子。

12. 都是人，为啥城里人总是瞧不起俺们这些乡下人呢

李继承坐火车回到北京已是夜里十点。从地下通道出来，挤过摩肩接踵的人群，快到车站广场边儿上了，他反身平端着手机录了个

西客站的全景，发了微信朋友圈。其实，李继承的微信好友除了李虎申、赵香梅还有李家佐村里两个年龄相仿的玩伴之外，也没有几个人。他这个小视频与其说是发给朋友圈里的人看，倒不如说就是发给赵香梅一个人的。他期望赵香梅能看到，期待她看到之后问他到西客站干吗来了。哪怕赵香梅一个字也不跟他说，在这条朋友圈下面点个赞，他心里就踏实了。

坐上地铁之后，李继承一直把手机攥在右手掌里，不时用大拇指戳着手机屏，眼睛盯着那条朋友圈看，到站了，最终也没等来赵香梅的回复。

出地铁站D口，南行200米，拐过街角就是花月街，穿过花月街，往东再过两个红绿灯，就能望见槭林大厦了。北京那么大，李继承只对这一块儿熟悉，这一块地界就是他心目中的大北京。往花月街拐的时候，李继承险些撞到穿着肥大校服的两个半大孩子。李继承是个燥猫子，平时见不得人多，一到人多的地方就感觉有千百双眼睛在盯着自己看，弄得惊慌心悸，浑身不自在。自从来到北京之后，李继承平时不怎么出门，万不得已上街，也是低着头贴着路边走，竟慢慢养成了习惯。贴墙边走得小心翼翼的李继承从街角冒出来，迎头撞见两个正为一筒冰激凌嬉闹的学生。跑在头里的男孩冲到李继承面前，李继承本能地一闪身，身子紧贴在了身后的墙上。男孩刹住脚，扭回身望着正笑骂着追过来的女孩。等女孩来到跟前儿，伸出两只小手捶打男孩时，男孩猛地伸出一只胳膊将女孩揽在怀里，俯身把嘴里含着的冰激凌送至女孩嘴边，女孩推搡着、躲闪着……

纠缠中的一对孩子最后在李继承面前开始热吻。李继承脑子里嗡的一声，血开始往头顶上冲撞，想挪动脚步走开，双腿却没了力气，他傻呆呆看着眼前的两个孩子，脑瓜里一片空白。

女孩半眯着的一双眼斜睨到了李继承，她一把将男孩推开。此时，男孩也注意到了身边这个两眼发直的高个子男人，他伸手揽住女孩的腰，狠狠瞪了一眼李继承："傻×！"

李继承脸上一阵发烧，脑袋耷拉下去，不敢与男孩愤怒的目光相对。

直到两个孩子消失在街角，李继承抬头看看四下无人，用力在自己火辣辣的脸上拍了一掌，这才拉开双腿，继续往花月街走去。

此时的花月街仍然热闹非凡，这次李继承加了小心，他闪转腾挪，避让着不断走过身边的每一个人。走着、走着，花月街派出所的指示灯箱蓦然出现在头里。李继承心头一凛，一想到投案自首之后，自己这辈子可能再也见不到爷爷、兄弟还有赵香梅了，他的手脚开始发软，步子也不由自主慢了下来。

派出所门口围着一群人在喊喊喳喳地争吵，李继承没心思听他们吵嚷些什么，眼睛盯着灯箱上那庄严的国徽，他感觉自己身上的气力随着越来越急促的呼吸在往外飞，都快迈不开步子了。李继承索性将身子靠在马路边的一棵粗壮的国槐上，脑袋木木地抵着树干，他的眼睛始终没有离开那刺得人眼生疼的灯箱。这样过了好一会儿，李继承心里冒出来一个念头：我可以先不投案，去寻找被撞的那个孩子，如果找不到再来投案自首。这样在投案自首之前，就能见上虎申和香梅一面。这个想法一出，李继承身上的力量又一点点积攒了起来，他想再发一条朋友圈，让赵香梅看到自己此时就在花月街，与她也就咫尺之遥。于是，李继承又把手机掏了出来，摄像头对准了派出所的灯箱。

李继承录完了小视频，正捧着手机琢磨在这条朋友圈里写段什么话可以吸引到赵香梅，手机却被突然伸到怀里来的、五根纤细的手指给攥住了。

"你不能录！"果断、干脆的女声。

李继承被吓了一跳，猛抬头看见眼面前是个留着齐耳短发的青年女子。这女子皮肤白嫩，一双大眼里投射出来的目光看似平静却又威严。

"我怎么了？"李继承往怀里拉了拉手机，那女子攥得紧，他只往自己这边拉了一小点儿，又被她拉了过去。

"你不能录！你们有什么诉求，可以通过正常渠道一级一级向上反映，但不能利用网络给政府部门施加压力。"

"我没有！"李继承被她说得云里雾里，根本听不懂她在说什么。他又往自己怀里拉了一下手机。没想到，女子抽个冷子，一用力把他的手机抢了过去。

"哎！你们这些城里人怎么齐着伙儿欺负人？"刚才被男孩骂作"傻×"就一直憋着的火气重新在心里燃了起来，李继承一边愤怒地说着，一边揪住了女子拿着他手机的那只手的手腕子。

"给我！"李继承吼道。

那女子被李继承攥得皱紧了眉头，一脸痛苦的表情，但她硬挺着大声说："你答应删了刚才录的，我就还给你！"

李继承不吭声了，攥住她手腕的那只手稍稍加力，女子张开了手掌。在轻松拿回了自己的手机之后，李继承松开了女子的手。

"你、你、你……"灯光底下，女子气得浑身发抖，瞪着李继承，眼里好像有泪光一闪。

"我录着玩儿，又没妨碍你什么，你说你抢我手机干吗？"见女子这样，李继承的气也消了大半，他瓮声瓮气地说。

"不管什么原因，我还是恳请你把刚才那个视频删了！"可能是因为刚才争抢手机消耗掉了大部分体力，女子说起话来有些气喘，声音也明显弱了下来，听起来柔和了很多。

"删就删！我还不稀罕录呢！"李继承心里已经没了气，开始觉得自己那么用力去攥一个女人的手腕儿确实有些过分，女子这样一说，恰好给自己找了个台阶，他的话听起来像是仍在生气，其实已经有了几分道歉的意味了。说着，李继承把手机举到女子眼前，当着她的面，在那个小视频下面按下了删除键。

"刚才……"李继承感觉自己一个大男人对一个柔弱女子动粗，心里开始懊悔不迭，就想说句道歉的话。没想到那女子见他删掉了视频，一转身，头也不回走向派出所门口正吵闹着的那一群人当中去了。

看着她高挑的身影消失在人群中，李继承嘟囔了一句："你也别怪我，这不都是事儿赶事儿赶的嘛！"接着，他从派出所门口走过时，大老远抻直了脖子，瞪圆了眼睛往人堆里找寻刚才那女子。终于找见了。一个中年妇女正拉着那女子的手，哭哭啼啼。李继承恍恍惚惚听见那妇女称呼她什么主任来着。

李继承继续往前走，快出花月街的时候，他在人行道边儿的一棵大槐树的树干上发现了一只知了猴，他用手把它从树干上摘下来，放在手心里托着。那知了猴就在他的手掌上爬动起来，后来沿着他的胳膊爬上了他的肩头，最后顺着他的脖子竟爬上了他的脑袋，李继承顶着这只知了猴一路走下去，直到回到樾林大厦楼底下，他都没有动它一下。

13. 财富真的能够改变一个人的生活质量吗

星期六早上的地铁里，人不太多。一脚踏进车厢来的李虎申朝门两边望望，见空荡荡的车厢里散坐着的几个乘客，都在低着头，专注地摆弄着手机，竟没有一个人抬起头来看他一眼。中国人百分之八十都得了手机依赖症，天天睁开眼第一件事就是跟手机较劲。李虎申这么想着，就近找了个座位坐下，也把手机掏了出来。他偷着乐了一下，开始在手机上翻找昨晚跟范女士的聊天记录。

范女士是在一个健身 APP 上找到李虎申的，她看了李虎申留的个人资料后，想聘他做自己的私人健身教练。互加微信之后，李虎申本来想先了解一下这位女客户的身体状况，对方却说去她家里当面谈。随后，就给李虎申发来了自己的住址。位置显示的是昌平北七家镇的一个别墅区。来北京上学三年多了，李虎申还是第一次去昌平。他坐在地铁里，按照范女士发来的位置，在手机上规划着路线。

从天通苑北下车，出了地铁站，李虎申跟着手机导航寻找 114 路公交车。在马路边的一个早点摊上，他买了几根油条，用纸托着往前走。一座天桥边上，有块绿地里一丛月季开了几朵花，阳光下，艳艳的在那里闪着光彩。李虎申踩着厚厚的草坪凑过去，蹲下身子，用拿着手机的那只手的手背轻轻碰了一下轻薄、柔嫩的粉红色花瓣，甜腻腻的花香丝丝缕缕被李虎申吸进鼻孔，又渗到肺腑里去，他开始就着那沁人心脾的月季花香，狼吞虎咽地吃起油条来。李虎申感觉现在的生活真的如花一样诱人。

上午九点来钟，李虎申被保安挡在北七家那片别墅区的正门，他被告知没有业主打到门卫来的电话，不能放他进去。李虎申赶紧跟范女士联系，不多时，门卫室里的一个保安隔着敞开的一扇小窗口，冲立在李虎申身边的这个保安喊："D17的客人，让他进去吧。"

保安按动手里攥着的遥控器，电动闸门缓缓打开。李虎申抬腿往里走，保安热情地指着前面的青石板路告诉他直走，见路右转，然后再右转，最后直走几百米就到了。李虎申客气地跟保安道了谢。

路两边栽种的国槐，棵顶棵高大、粗壮，看那一抱来粗的树身，应该是前几年才移栽过来的。路上没有人，树上啁啾的鸟鸣衬得这一大片别墅群更加幽静。走在遮天蔽日的林荫路上，李虎申身上的汗落了下去，双脚踩在青石板上，他感觉身轻如燕，心旷神怡。环顾一条条望不到边际的、幽深的小路，李虎申想，如果不是亲眼所见，说什么也想象不到在闹嚷嚷的大北京，还有这么一处比俺们李家佐村不小的、安静的所在呀，这里简直就是世外桃源！看来，人还是有钱好啊！

李虎申立在一扇有着黄铜兽面门环的黑漆木门门口，按响了门铃。

"来了！来了！"院子里有女人的声音应了，李虎申往后撤了撤身子。

"您是健身的教练吧？"小门开处，露出一张女人的笑脸。女人身条细瘦，眉眼清秀，看上去也就三十来岁的样子。

"嗯嗯。您是范女士？"李虎申点了点头，接着问。

"不是！我是保姆。太太正在屋里等您呢。"

李虎申随着保姆进了院子，趁保姆在身后关门的工夫，李虎申四下打量了一下。这是一个二层的小楼，院子不小，迎门七八个畦的菜地，其中的一架黄瓜，已经有顶花带刺的小黄瓜从翠绿的黄瓜叶间露出来细长的身子。菜地周围是几棵枝丫遒劲的石榴树，火红的石榴花缀满枝头。

"您往这边走！"保姆抢在李虎申头里，走上了往屋里去的大理石台阶。

两扇房门朝两边敞着。保姆撩开纱门的一瞬，李虎申瞥见在富丽堂皇的客厅角落里，一个圆滚滚的女人窝在沙发里。

"李教练吧？来，坐，坐！你喝什么茶？我这里有几十万一饼的普洱，有几万一两的西湖龙井，你随便选，让保姆给你泡。"范女士把低着的头抬起来，看了李虎申一眼，又接着用手指划拉起手机屏幕，边划拉边对李虎申说。

李虎申隔着茶几看着一脸倦容的范兵兵，站也不是，坐也不是。最后，他把一口唾沫咽进热吼吼的嗓子，对保姆说："我不喝茶，麻烦您给我来杯白水吧。"

看到保姆转身走了。李虎申对范兵兵说："范女士，您家里现有的健身器材都有哪些？"

"跑步机、哑铃、瑜伽垫都有的。哎，你怎么没有问我，我健身的目的呢？"

"范女士，您说说看。"

"把这身肉减下去！"

"如果您长期坚持科学、规范的有氧运动，这不是问题。"李虎申用手推了推鼻梁上的眼镜说。见保姆用托盘端着一个玻璃杯子进来，他站起身，迎了过去。

"我要减成她这样！"等李虎申从保姆手里接过那杯水，双手捧着，准备回身坐回到沙发上时，斜躺在沙发上的范兵兵用手里攥着的手机指着保姆对李虎申说。

"我刚才说了，只要您坚持持续有效的训练，从理论上讲完全没问题的。"李虎申笑了，他接着说："范女士，我想，您现在应该带我去看看您家的跑步机。"

"好！正好我们一起合个影，发朋友圈。"范兵兵变得眉开眼笑，"今天是我健身的第一天，意义特殊，发个朋友圈纪念一下。"说着，她从沙发上爬了起来，摆动着一双粗腿四下里划拉着穿拖鞋。

李虎申试着抿了一小口杯子里的白开水，发现水温不凉不热，索性一饮而尽。他把水杯轻轻放在茶几一角，追着范兵兵水桶一样滚圆的后背，走向客厅里一扇红木屏风后面的电梯。

保姆早把电梯门打开，侧着身子，一只手臂挡在电梯的门框上，直到范兵兵和李虎申进到电梯里之后，她才进来。

"李教练！"范兵兵回身叫李虎申。

"范女士，您说。"

"李教练，如果你真能帮我减到她这样，月薪我给你加到一月一万五！"范兵兵拿嘴冲面朝电梯门、背对着两个人的保姆努了努嘴。保姆听见了，红着脸回过头，不好意思地朝两人笑了笑。

"谢谢您。不过健身是一件需要长期不懈、努力坚持的事情，这就需要您的配合。健身的目的当然重要，要想持之以恒，首先我们得培养对健身的兴趣，从中找到欢乐，进而乐此不疲。"

范兵兵认真地点了点头。

电梯开处，李虎申眼前一亮。顺着一束束斜照到地毯上来的阳光往高处望去。阳光是从远处一块宽阔的玻璃板上透进来的，几棵高大、茂盛的热带植物环绕着一个椭圆形的水池，水池里耸起一座假山，哗哗的水流从假山顶部奔涌而下，在池中溅起来银亮的水花。水池这面摆放着一溜半圆形的红木书架，红木书架中间是个硕大的写字台，看样子也是红木的。这个跟广场一样大的房间的四壁挂满了字画，墙根底下摆放着瓷瓶、雕塑等各式各样的摆件。有一段木质楼梯延伸下来，连接着眼前的底层。

底层是一带狭长的空间，铺了厚厚的地毯，四面的墙上也挂满了字画。一架跑步机趴在地毯的中间。

"买来后，就一直放在这里，两三年了，我们都没动过它。"走在前头的范兵兵用手抚了一把跑步机说。

李虎申一从电梯里出来，就感觉两只眼睛不够使了。此时听见范兵兵说话，忙着把目光收回来，紧走几步来到范兵兵身边。

"范女士，我们现在开始吗？"李虎申也伸出手来，抚摸了一下这台西班牙产的 BH 跑步机。

"先照相，先照相！"范兵兵说着，把自己的手机递给了保姆。

"来，我们一起先在跑步机前合个影。生活需要一些仪式感！"范兵兵说着冲李虎申招招手，不断挪移着肥胖的身子寻找自己满意的拍摄角度。

"一定要拍到负二层的花草、书架。"等到范兵兵和李虎申站在跑步机前，范兵兵一再叮嘱保姆。李虎申注意到半蹲着身子的保姆双手端起来的手机上，耷拉下来一个黑色的、毛茸茸的小兔子，正随着保姆的手臂来回移动，跳跃着。

连着拍了几张照片之后，保姆把手机递回到范兵兵手里，范兵兵仔细看了，不是很满意。站回到刚刚站过的位置，稍稍往旁边移了移，又冲李虎申招手。

"既然是仪式，就得虔诚到一丝不苟。"范兵兵一脸郑重，边调整着站姿，边对又立到自己身旁来的李虎申说。

李虎申点头答应着，心里却偷着乐，这范女士真有意思！

这一次保姆拍得总算让范兵兵满意了。她点着手机上的照片给李虎申看："看看，我有没有正朝梦想出发的范儿！我发的这个朋友圈就叫'朝梦想出发'！"

李虎申看了一眼，点点头，嘴里支支吾吾地答应着。

"开始吧！"范兵兵收起手机，竖起一只粗壮的胳膊，果断地做了一个下劈的动作。

"您得把鞋换了。"李虎申看着情绪高昂的范兵兵，轻轻说。

"鞋？哦，鞋！"范兵兵看了一眼脚上的拖鞋，对保姆说："去楼上把那双我昨天才买的运动鞋拿来。"

保姆转身走向电梯，范兵兵盯着她窈窕的背影看得出神。直到电梯门关严，范兵兵才收回目光，仰头对李虎申说："李教练，你跟我说句实话，我从今天起，老老实实按照你的要求训练，真能练成我家保姆那样的身材？"

"您放心吧，这个真的没问题！"李虎申用坚定的目光看着范兵兵的眼睛，深深地点了点头。

"那太好了！"范兵兵欢喜得像个孩子。她接着说："你知道我为什么选你做我的教练吗？网上那么多人，我为什么选中了你？"

"您说！"

"你太像我刚跟我老公认识那会儿他的样子了。我不是说身高啊，我是说脸形、眼神，都像！他也戴眼镜。"

"是吗？那我太荣幸了！"李虎申憨厚地笑了。

"唉！可惜，这世界变化太快了，时间能改变一切！"范兵兵叹了口气，脸上掠过一丝忧悒，但很快就消失了。

"会好起来的！一切都会在有方向的努力之下，越来越好的！反正我现在是信心十足的。"范兵兵笑着说。

保姆抱着一个鞋盒从电梯里出来了。

范兵兵坐在地毯上，在保姆的帮助下，换上了一双崭新的阿迪运动鞋。李虎申对那双鞋多看了两眼，这个样式是他没见过的，他想，这鞋子一定价值不菲，一定比自己脚上这双还要贵。

"哇！点赞的人这么多，瞬间刷屏呀！"换好运动鞋，从地上站起来的范兵兵又开始摆弄手机，那个黑色的小兔子趴在她一只手掌的虎口上。

"范女士，如果我们正式进入训练，你我都是不能带手机的！"李虎申严肃地说。说着，把自己的手机从兜里掏了出来，递给保姆：

"麻烦您帮忙给找个地方放一下。"

"也请您把手机给她！"李虎申对范兵兵说。

范兵兵看一眼手机，又看一眼立在原地等她把手机交出来的李虎申，犹豫了片刻，有些不情愿地把手机递给了保姆。

"好的！谢谢您的配合。"李虎申忽然提高了嗓门，他一步跨到跑步机旁边，转身对范兵兵说，"接下来，我们将要进行的是塑身训练。塑身训练就是通过持续有效的有氧运动来消耗掉我们身上多余的脂肪，从而让我们的身体变成我们喜爱的、健美的样子。利用跑步机进行训练，是室内有氧运动的一种重要的方法。"

"你给我看一眼，我刚发的那个朋友圈，又有人点赞没有？"范兵兵对手里握着手机，站在自己身边的保姆悄悄说。

"范女士！"李虎申大声叫着范兵兵。

"嗯，我听着呢。"范兵兵嘴里答应着李虎申，眼睛却注视着保姆。

"那等您看够手机我们再开始训练吧！"

"好了。你接着说吧。"见保姆冲自己摇了摇手，示意没有人点赞时，范兵兵这才把目光转移到李虎申的身上，她看着他，嘴角儿挤出来一丝微笑说。

"在跑步机上运动，一般分为慢走、快走、慢跑几个阶段。无论是走，还是跑，每次开始之前，我们必须要进行充分的热身准备活动。这个热身准备活动非常重要，它有单腿站立、左手抱左脚踝、右手抱……"

"有人点赞啦！"保姆兴奋的尖叫声，再次打断了李虎申。

"我看看！我看看是谁？"范兵兵一把从保姆手里夺下了手机。

李虎申看着范兵兵，苦笑着摇了摇头。他开始担心月底时，自己能不能顺利拿到眼前这位范女士赏给的薪酬。

第二章　主动寻找

1. 城市很大，大到你无法想象那么多的骗子都藏在哪儿

下了一天的雨，从清晨到黄昏，整整一天的工夫，绵密的雨丝缠绕在一起，像一张张柔软而又韧劲十足的大网，在高楼间兜来甩去。这入夏来的第一场雨荡尽了溽热，掸尽了灰尘，把空气都刷洗得干净、清凉了。揳入夜空的樾林大厦与街对面的另一幢高层在夜空里险些儿牵了手，中间挤出来一条狭长的缝隙，看不见月亮，仅从那里漏下来几点晶莹剔透的星光。

有风从阒寂无人的街口吹过来，身着保安制服的李继承把怀里抱着的一摞《寻人启事》往怀里搂了搂。为了找到那个孩子，他在心里以"虎池"健身房为中心画了个大圆圈，他计划先在这个圈子里找找看，不行就再往外拓展。他想好了，如果找遍北京城都找不到，就去投案自首。

花月街当然首当其冲被李继承圈在里头，在整个北京，花月街是他最熟悉的街道。他打算把《寻人启事》先从花月街贴起。

花月街的街口有棵歪脖子国槐，枝繁叶茂，树干有一抱粗。正是上次李继承从李家佐回北京时，捉到知了猴的那一棵。李继承在它跟

前儿停了下来。他先拿手抚了一把树身，发觉皴裂的树皮上布满湿漉漉的雨水，就捏起袖筒在上面抹了几把，这才从裤兜里掏出一管胶水挤了一些上去，随后按上了一张《寻人启事》。李继承往后撤了一步，仰头端详着，《寻人启事》是他自己写的，他除了写清楚了自己驾车撞到人的时间、地点之外，还表达了自己寻找伤者的迫切心情，最后留的是自己的手机号码。当他把自己写在烟盒纸上的《寻人启事》草稿，交给樾林大厦底层打字复印店里的一个戴眼镜的女店员时，那女店员眼镜片后面的一双眼睛眨了两眨，然后把那张巴掌大小的烟盒纸搁在电脑键盘上，抬起头惊诧地看着他，直看得他心里发毛。他赶紧凑过去，捏起那张纸又仔仔细细看了一遍，感觉自己的语法修辞确实没什么毛病，正想把那张烟盒纸放回到原来的位置去，忽然想起了什么，跟那个一直看着他的店员要过一支笔来，在自己手机号的后面画了个括号，然后工工整整填进去："本人微信号即手机号码。"他把烟盒纸递给女店员，女店员看后，扑哧一声，笑了。他用握着笔的那只手搔了搔头，也跟着嘿嘿地笑了起来，嘴里连连说着："头一回写这个，头一回写！写得不好，不好！"

现在李继承左瞅右看贴在大槐树上的这张《寻人启事》，觉得打印上去的字稍稍小了些。他想，如果再去樾林楼下打印一定得告诉那个女店员至少得把字体放大一号，不，两号！李继承冲着黑黢黢树干上有些白得扎眼的《寻人启事》晃了晃拳头，离开大槐树继续往前走。接下来，他连着在马路边的树上、护栏上贴了几张。一路走来，灌了一肚子凉风，李继承肚子有点儿下坠，恰好前面是个公厕，他搂着那一抱《寻人启事》匆匆跑了进去。

解完手出来，李继承看到男厕这边的墙上有一处地方用黑漆喷了方方正正"办证"两字，后面的电话号码则是一溜秀气的阿拉伯数字。紧挨着"办证"，李继承在旁边儿贴了一张《寻人启事》，他又是往后撤了一步，仰头看看自己这张，再瞧瞧那黑漆的广告，两相比较，怎么看都觉得人家那广告比自己的大气。李继承扭头看看女厕那边墙上也有办证广告，跟这边儿的一模一样，他侧着耳朵仔细听了听女厕那边，里面一点儿动静没有。于是，他一个箭步蹿过去，麻利地挤出胶水，往墙上按《寻人启事》时，这才发现挤到墙壁上的胶水离旁边办证的广告太近了，《寻人启事》贴上去之后，遮挡住了办证电话号码的后几位。他想揭下来重贴一次，可心里敲着小鼓，慌乱得不行，只好揭起盖着电话号码的那个角儿，折了一下，然后，撒腿从公厕外跑了出来。

做贼一样从公厕跑出来的李继承，心仍狂跳不止，直跑出几十米，他回头望望，见公厕那里连个人影子都没有，这才放下心来，嘘出一口长气。又往前走，李继承看到一个用铁艺围墙圈起来的小院，围墙上爬满繁茂的蔷薇。李继承来北京之前不认得蔷薇花，后来跟赵香梅在花月街散步，正赶上蔷薇花开得热烈，一嘟噜、一串串，煞是好看。李继承就跟赵香梅打听这叫什么花，赵香梅告诉他是蔷薇。赵香梅说，等在北京挣足了钱，就回李家佐翻盖房子，把墙头都拆了换成这样的铁艺围栏，也在围栏底下种满这种蔷薇花。"我有一处小院，繁花爬满篱笆。"赵香梅说这话时，一副陶醉的样子。笔挺的鼻子仰倒下，鼻孔朝天。她微眯着眼睛，眼睛上的假睫毛翻卷起来，在阳光底下一闪一闪地散发着莹亮的光芒。

跟赵香梅失去联系快一个月了吧？李继承知道赵香梅气性大，可这么下去两人的关系不就越撂越凉、越撂越冷了吗？刚过去的麦收，他听常锁叔的话，和虎申都没有回李家佐。常锁叔更是说到做到，今年麦收帮了大忙，不仅帮着爷爷把家里的麦子收了，还亲自去县城的种子公司给买了玉米种子，看着把家里的十几亩地给耩上了玉米。李继承越来越拿这个男人当自己长辈，当自家的亲人了。他暗下决心，这两天说什么也得见上赵香梅一面！这么想着，他扒拉了一把铁艺围栏上的蔷薇，手指肚麻了一下，然后是钻心的疼。李继承甩了几下沾满雨水的、湿漉漉的手掌，把被蔷薇茎上的硬刺扎破的那根手指送到嘴里，用力吮了一下，又用袖子在围栏上擦了擦，端端正正贴上了一张《寻人启事》。

　　李继承贴着街边，在寂静的花月街上走着，隔一小段就贴一张《寻人启事》。这样边走边贴，他想健走队的人一定是土城或者住在土城附近的人，只要《寻人启事》贴出去，就肯定能找到那个被自己撞到的孩子。不管接下来迎接自己的将是什么，他为自己能有勇气迈出这一步感到骄傲和自豪，甚至于心里有了一种悲壮的感觉。李继承觉得多少天来堆积在心里的一块块石头在松动，在滚落。赵香梅没准儿也会看到他贴的《寻人启事》，她会怎样？恼恨自己？怜惜自己？痛骂自己？李继承实在拿不准赵香梅对待这件事的态度。他继续往前走着，边走，边贴。路过赵香梅租住的吉祥胡同时，李继承朝胡同里看了一眼，整条胡同就靠近马路这头的一盏路灯亮着。灯光所及的湿漉漉的地面上，泛着幽冷的水光，倒衬得胡同深处愈加黑暗了。李继承踯躅了一小会儿，就快速朝前走了。

　　李继承已经横穿过马路，绕到对过的便道上来了。他贴了两张之后，又望见了花月街派出所的灯箱。他边走边盯着那个国徽看，他想，如果此时从派出所里冲出来几名警察盘问他，他会不会投案自首？如果不投案，《寻人启事》上已经写得清清楚楚了，证据确凿，根本没办法抵赖的！这么一想，李继承的心里不由又是一紧，但这次他很快就松弛了下来，该来的早晚会来，迟来不如早来！李继承停下脚步，在旁边的墙上又贴了一张。

　　虽说想开了这件事，但当李继承走过派出所门口时，还是往里偷看了一眼，不由自主加快了脚步。刚过派出所门口，没走多远，李继承兜里的手机响了，半夜三更谁来电话？李继承一惊。他赶忙掏出手机来一看，是个陌生号码，显示是北京的区号。

　　"是李继承吗？"对方是个女的，普通话。

　　"是我、是我！"

　　"你这人缺大德了，撞了我孩子就跑！你、你、你还是人吗？"听筒里的女声情绪激动，带着哭腔斥责着李继承。

"我、我、我……"李继承被骂得有些晕头转向，但很快意识到被撞的孩子终于找到了，不由得欣喜若狂，急急地问："孩子怎样？"

"孩子！你还记得我家孩子呀？你要是但凡有一点儿人性，那天你就不会肇事逃逸！现在事情过去快一个月了，你感觉良心上过不去了，才来找我们，你知道我们是怎么熬过来的吗？你知道吗？"

"对不起，对不起！都是我的错。孩子怎样？"

"呜呜呜……"

"……"电话那头突然大放悲声，让李继承惊恐万状，怀里那一摞《寻人启事》散落到了地上。

"你个没良心的！我们花了一万多，你知道吗？花钱事儿小，我们孩子受罪事儿大呀！"

"您是说，孩子、孩子没……"

"没什么没！孩子刚出院，我们住院的钱都是借的。"

"我拿！我拿！我拿！"一听孩子出院了，李继承心花怒放，那堆积压在心上的块垒"哗啦"一下子都碎开了，如同骄阳暴晒下的雪堆，点点消融，化作清澈的溪流，淌过心田，整颗心都变得滋润、柔和起来。"您在哪？我这就把钱给您送过去，捎带着看看孩子！"

"你不能见孩子！自从被你撞伤之后，孩子的心灵受到了巨大的创伤。现在每天正接受专业的心理辅导师进行心理疏导，这又是一笔不小的开销！"

"您算算，一共花了多少钱？还需要花多少？我都拿！我给您送过去。"

"我不见你！一想起你丢下我们孩子不管，我就有气！你要是真的良心发现，就给我微信转账吧！我也不多要你的，孩子的医药费和心理辅导师的费用加起来也就两万多块钱，你给我转两万就成。我已经按照你留的这个电话加你了，你通过一下。"

"好！好！好！"李继承嘴里说着好好好，一想自己微信根本没连着银行卡，正想跟对方说明这事儿，那头已挂断了电话。

李继承打开微信页面，看到请求添加他微信的叫"苦命人"，头像是一个大嘴巴、大眼睛的女人照片。李继承赶紧通过了对方的请求。他多看了两眼那张照片，照片上的女人满脸、满身都洒满了金色的阳光，两片薄薄的大嘴唇抿出来的微笑透着坚强和自信。他心里想，面相这么好的女人，怎么会是"苦命人"呢？

手机"叮咚"一响，"苦命人"微信上发过来一个笑脸儿。

李继承回过去一个握手的表情。

"转吧！你给我两万，这件事咱们就算 OK 了！""苦命人"发过来一条信息，"OK"是用一个小手的表情代替的。

"我手机没连银行卡，晚一点儿转给您行吗？"李继承赶紧回了过去。

"你个骗子！""苦命人"在这句话的后面缀上了至少七八个愤怒的表情。

"真的！一会儿我回到单位让我同事帮我连一下。我真的没骗您，我就在樾林大厦当保安。不信，您可以去那里找我！"李继承见对方误解了自己，慌忙解释。

"找你？会有人找你的！明早八点之前收不到钱，我肯定报警，《寻人启事》上有你的手机号，现在公安局的侦查手段那么先进，我不信警察找不到你！这世界上骗子太多了！""苦命人"又在这微信的末尾坠了一溜大哭的表情。

"我现在就回单位，让值班的同事帮我连上银行卡之后，马上给您转。我如果不转，就让我再也见不到我对象赵香梅！"一听对方说要报警，李继承彻底慌了，他边回复着微信，边沿着花月街的街边急匆匆往樾林大厦的方向走。

"我可怜的孩子！""苦命人"发来一句话，依然在末尾坠了一溜大哭的表情。

李继承疾步走着，看了看这条微信，想安慰对方几句，想了想再说什么也不如快点给她把钱转过去实惠，于是干脆把手机装回裤兜，蹽开大步，一溜烟儿朝樾林大厦方向跑了起来。

到樾林大厦十七层，从电梯里出来的李继承身上的汗还没有落下去。他看了一下手机才凌晨三点半多一点儿，正心里思谋着此时叫谁帮自己连一下银行卡呢，打远看见大胡子队长光着膀子仅穿一条红色的三角裤衩，晃晃荡荡穿过走廊往对过的洗手间去了。从老家回来之后，大胡子对李继承的态度大变，明显对他客气了很多，不再动不动就叫他"虎哨子"，而是把对他的称呼改作了"小李子"。不仅仅这个，大胡子还经常会把他自己的好烟时不时抽出一支来甩给李继承。这着实让李继承有种受宠若惊的感觉。

李继承踌躇着，慢慢挪到洗手间门口，垂下手，悄没声儿立在那里等大胡子出来。

大胡子挺着将军肚，两只手往上揪着红裤头走出洗手间时，被戳在走廊里的李继承吓了一跳。

"你、你、你干、干哈？"大胡子铃铛一样的一双大眼瞪起来，丝丝缕缕惊诧、恐惧、慌张的表情缠绕在一起，在他眼神里交替着掠过。趴在肥胖身躯上的那条恶龙也开始蠕动起来。

"队、队长，我、我想求、求您件事。"李继承不知道自己怎么突然之间也结巴了起来，这句话从嘴里秃噜出来之后，他吓了一跳，尴尬地立在大胡子对面干搓着手，不知如何是好。

"你、你的眼、怎么血、血红、血红的？"

"没、没有啊！"李继承抬手揉了揉眼睛，手耷拉下来时顺势撕扯了自己嘴巴一下。

"你、你刚、刚从、从外、外边回、回来？"大胡子狐疑地上下打量着李继承说。

"是、是的。我、我有、有点事，刚才出、出去了一下。"李继承发现根本控制不住这突然而至的口吃了，他感觉自己就要哭了，急得恨不能跺起脚来。

"你、你求、我、我什、什么事？"

"我想、让您、帮我把、我的、微信、跟、银行卡、连在、一起。"李继承开始单字、单词地往外蹦了。虽然还是感觉别扭，但他认为比刚才一个字重复好几遍的口吃强多了。

"连、连那、那个干吗？"

"转账。"

"给、给谁、谁转？"

"不认识。"

"你、你是、是不是、真、真虎啊？"大胡子皱了皱眉，又伸下两只手去提溜红裤衩，丢下李继承，趿拉着拖鞋往走廊那头自己的宿舍走去。

李继承正要拦他，兜里的手机响了，他掏出来一看，还是那会儿打进来的那个号码。李继承按下了接听键。

"怎么？还没有连上银行卡？我看你就是成心骗人呢吧？"电话里的女声气愤地大声说。

李继承看了一眼快走到房门口的大胡子，赶紧把手机贴在脸上，双手捂着，嘴对着话筒压低了声音急急地说："马上！马上！"

挂断电话的李继承追到大胡子门口，伸手撑着房门，生怕大胡子一生气把它关上。李继承带着哭腔对已站在屋里的大胡子说："队长，我跟您坦白了吧！我那天请假是因为开车撞了个小孩……"

接下来，李继承一五一十跟大胡子讲述了他在哪儿撞的那个孩子，自己因为当时胆儿小，怕被警察抓起来，就请假逃回了老家。又怎么为寻找那个被撞的孩子打印了《寻人启事》，刚才在街上正贴时，刚好就被那被撞的孩子妈看到了《寻人启事》，联系上了他……

李继承说得滔滔不绝，说了大概得有十分钟，竟然半下都没磕巴。他惊异于自己怎么一下子就说话如此流利了呢！

大胡子住的是单人间，可屋子里贴墙竖满了保安队员们盛装备的铁箱子，这就让整个房间显得逼仄而狭小了。大胡子的床被一人多高的铁箱子挤在靠窗的位置。此时他已盘腿坐在床沿儿上，一直低头听着立在他身边的李继承讲着事情的经过。可能是感觉房间里有点儿凉，大胡子随手扯过来床上一条乱摊着的毛巾被搭在有着毛茸茸黑色汗毛的腿上，又反手从枕头底下摸来了烟和打火机。他用手弹了几下烟盒的底部，好容易一支烟露出来半截，他捏出来递给了李继承，李继承诚惶诚恐地接了，大胡子又不紧不慢地弹起来，终于，又有半截烟从烟盒里露了出来，大胡子捏着烟盒凑到嘴边上，张开嘴，把那支烟叼了出来。李继承忙把早预备出来，一直攥在手里的打火机打着，递了上去。

"他、他妈、妈的！刚、刚才、上、上、上完、厕所，忘、忘记、洗、洗手了。"大胡子叼着烟深深吸了一口，伸过俩手指把烟夹开之后，有些尴尬地说。

李继承这才明白他为什么不去用手拿烟，不禁想笑。这种笑的念头刚冒头，很快被焦躁的情绪压了回去，他急切地盼望在得到大胡子的理解和同情之后，帮他把钱转了，越快越好！

大胡子又把烟送到嘴上，深吸一口，吐出来的烟雾弥漫在他的一张大脸上，他半眯起右眼看着李继承。

"我、我现、现在、跟、跟你说、你、你撞的、那、那个、孩子、是、是我、我儿、儿子，你、你是、是不是、也、也信？"沉默了好一会儿，大胡子不错眼珠地盯着李继承问道。

"啊？怎么会？队长您不是还没结婚吗？"李继承大惊失色。

"那、那你、你怎、怎么、知、知道、加、加你、微、微信的、娘、娘们儿、结、结了婚？"

李继承被问得哑口无言。他突然间意识到了什么，想了想，快速掏出手机，摆弄了几下，找到那个微信头像，然后递过去给大胡子看："她有照片！"

"我、我、我靠！她、她呀！"大胡子"嘎嘎"狂笑了起来。

李继承陪着干笑了几声，等他笑够了，这才问道："队长，你们认识呀？"

好容易才止住笑的大胡子听李继承这么一问，眉头一皱，脑袋一歪，拿手捂着肚子连连冲李继承摆着手，一副告饶的样子，嘴里又"哧哧"笑出了声。

"认、认识！她、姚、姚晨、你、你都不、不认识啊？"

李继承听到"姚晨"二字，想起《武林外传》里的郭芙蓉，再仔细看那微信头像，不是姚晨又是谁呢？李继承心里就明白这照片是网上下载的了。正要跟大胡子讨教接下来该怎么办时，手里的电话突然又响了起来。吓得李继承一哆嗦，险些把电话扔了。他扫了一眼，见是"姚晨"的号码，就用祈求的目光看着大胡子说："她又打过来了！"

大胡子示意李继承把电话递过来。

李继承仿佛手里攥着的是块热山药，忙把电话塞进了大胡子手里。

大胡子接了电话吼道："谁？"

"骗子！"电话那头怒道。

"老、老子、知、知道、你、你是、骗、骗子！要、要钱，来、来土、土城、刑、刑警队、拿！"大胡子说完，打开了电话的免提，把它放在了盘起腿来的裤裆中间，低头看着，微微发笑。

电话那头沉默了好一会儿，又冒出一句："骗子！"

"你说！"大胡子这句接得紧，丝毫显不出自己口吃。

"滚！"电话那头儿只骂了一个"滚"字，再没声响。

大胡子把手机拿起来看看对方已经挂断，就把手机递向已经紧张得脸色惨白、满头热汗的李继承，李继承躲着，不敢接。

"看、看把你、吓、吓得！现、现在、给、给她、打、打回去，肯、肯定、不、不接！"大胡子笑着说，说完又按下免提回拨了那个号。电话那头传来服务台小姐甜美的声音："您拨打的号码已关机。"

"来，你、你给、给这、这个、姚、姚晨发、发条微、微信、试、试试看！"大胡子坏笑着，又把手机冲李继承擂过去。

李继承接了，犹豫了一下，给那个微信发了一个笑脸，发现对方已将自己删除了。

"接、接下、下来，你、你的、电、电话……哈哈哈，瞧、瞧好吧！你、你……哈哈哈……"大胡子哈哈大笑。

李继承立在原地傻呆呆看着手机出神，现在他已彻底明白对方肯定是骗子无疑了。想想那会儿自己急着打钱的那股冲动劲儿，如果自己的手机连着银行卡，如果不是恰巧遇见大胡子队长，两万块钱现在已经趴在骗子的账户上了。吓出来一身冷汗的李继承心里对大胡子队长充满了无限的感激。

2. 雨后的清新空气驱不散重重心事

星期六的早上，施雅东五点多就醒了。过去的一星期里，她带领着下属们在吉祥胡同连续工作了好几天，对那栋旧楼里的外来务工人员软硬兼施，使尽了浑身解数，总算监督着把楼里楼外堆积着的杂物，不留一点死角，彻底清除得干干净净。但是，整栋楼里的线路安全却让施雅东一直捏着一把汗。她给区里的电力部门打了请示报告，之后来了两个负责花月街这一片儿的电工，那两人工作倒是认真，可要是对整栋楼好几个单元的线路进行整改，单靠他俩，还不把活儿干到年底？施雅东心里焦虑万分，针对这件事，她给区里分管此项工作的领导写了书面报告，见领导一直没回音，就找到了区里那领导的办公室去当面汇报，希望领导出面跟区电力局的领导协调一下，力争最短时间内把这个巨大的消防隐患剔除掉。区领导笑眯眯地看着施雅东，答应了她的请求，可转头又说，也不要太急嘛！现在有香港的开发商相中了吉祥胡同所处的地理位置，打算拆了里面的楼房建个花园酒店，正在跟区里谈判。此时对一栋将要从这世界上消失的旧楼投入太多的人力物力，那是给国家浪费资源，是对不住党也对不起人民的乱作为。

星期五下了一整天的雨，雨下得忽疾忽缓。望着窗外被风吹斜了的雨箭镞一样射到窗子上来，施雅东已经放下的心又悬了起来，她生怕风雨中的那栋旧楼里有连电、漏电的地方。日有所思夜有所梦，由于挂记着那楼里住户的安全，本来就睡得很晚的施雅东凌晨做了个梦。她梦见下大雨，把吉祥胡同里那栋楼淹了。等她赶到现场，看见男男女女在没到脖子的水中哭喊着从院子里鱼贯而出。她也在水里了，独自一人在逆水而行，向着跟那些人相反的方向走着。水面快贴着她的嘴唇了，她用力吹着气，两条腿在水里艰难地迈动……终于到了一个楼门口，她望见里面漆黑一片。她依然在水里，可她已经进到楼门洞里来了，她开始摸索着寻找楼梯，准备往楼上走，想去看看还有没有租住在这里的居民。就在这时，她的手腕子却被一只大手牢牢钳住，她拼尽力气挣脱，却怎么也挣不开。她瞪大眼睛往那只手伸来的方向使劲儿看啊、看啊，借着外面照射进来的水光，眼前浮现出一张男人黑红的脸膛，那张脸像映在水皮儿上，来回荡漾着，一会儿拉长，一会儿变圆，一会儿又恢复到本来的样子。她觉得自己认识面前这张脸，她使劲儿想啊、想啊，最后想起来了，竟是那晚在派出所门口跟她争抢手机的那个男人。

　　醒来之后的施雅东满身热汗，发现自己的头正压在梦里被那个陌生男人攥住的那只手的手腕子上。她把那只酸麻的胳膊从头底下抽出来，甩动了几下，边甩边回忆着梦里的情景。怎么会梦到他呢？一个毫不相干的人。太可笑了！那个晚上，从小在城市长大的施雅东只一眼，就判断出躲在槐树底下偷偷录视频的那个男人，是从农村来城里务工的。对，就一眼！不用看穿着，不用听谈吐，这种准确的判断力来自直觉，来自大都市生活中几十年的熏染，恰是这样的熏染，让施雅东具备了像轻而易举分辨出日常生活中熟悉的气味一样的能力。想想小时候的北京多好啊！那时候可没这么些的人啊，这么多难打交道的、复杂的人！施雅东想起微信上看过的一句话：圈子不同，不能强融。因为教养的原因，她一直对这句话充满了警惕，但现在她感觉着这句话还是有些道理的。她在心里自己跟自己说，想到这句话可丝毫没有看不起乡下人的意思，只是她个人觉得，把生活习惯、文化背景不同的人放置在同一个生存环境当中，难免就会生罅隙、起冲突，这时候，最最需要的就是一颗包容的心。她之所以从小就对北京充满无比的热爱之情，不仅因为这里是她的家乡，更是因为它博大的胸怀。几千万形形色色的人聚集在它的怀里，它给这么多人提供赖以生存的、五花八门的职业。而所有受到它庇护的人们又反过来成为这座古老城市的建设者、塑造者。她欣赏这种彼此成就、相互塑造的关系，她希望她的亲人、朋友、同事以及她的工作对象都能认识到这一点的可贵，并与她一道精心经营这样一种关系。那将是一件多么美好的事情啊！思想到这里，施雅东不由为自己这种过于理想化、也略显幼稚的想法，轻笑了两声。事实怎样？事实是花月街现在被这帮外地人糟蹋得太不像样子了。那还是条街吗？简直比过去的杂货市场还要乱，一丝儿的秩序都看不到了！施雅东又想起来她那些递给区里、市里的关于治理花月街的报告材料，都这么久了，却如同石沉大海一般没了讯息，她不由轻轻叹息了一声。

穿着睡衣的施雅东从床上爬起来，趿上拖鞋，来到窗前。她打开了窗子，雨后清新的空气扑面而至，昏暗中错落着延伸到远方去的一幢幢高楼，时有灯光闪现。像层层叠叠的山峦间亮起来的渔火。北京这些年的变化实在是太快了，它变得太大了，大到连她这个从小在这里长大的人都快不认识它了。有时候看新闻，报道北京市的哪里哪里发生了什么新奇的事情，对那个地点，她不仅没去过，甚至连听说过都没有。如此令人目不暇接、眼花缭乱的快速发展，让人享受日益繁华、便捷的生活的同时，也在失去一些东西。施雅东心里涌动着一股莫名的惆怅，她久久在窗前伫立着……

隔壁小毛卧室的门"吧嗒"一声开了，很快卫生间里传来哗哗的水声。施雅东把痴呆呆的目光从灯火阑珊的远方拽回来，朝房门走去。

"毛毛，这么早醒了？"当只穿一条三角裤衩的小毛出现在卫生间门口时，施雅东问。

"嗯。妈妈早！"小毛打了个哈欠，揉着眼睛，从施雅东跟前走过，看样子还没完全从睡梦中醒来。

"今天星期六，毛毛不用去学校，可以多睡会儿。"施雅东柔声说着。

"嗯。"小毛答应着，肉墩墩的身子消失在他卧室门口。

施雅东看着儿子进了他的卧室，就把自己的房门轻轻掩上，又回到床上来。她打算再眯一会儿。可当她躺在床上，一闭眼睛，儿子身上那抖动着的赘肉，就如波浪一样奔涌到眼里来了。儿子在学校学习认真，成绩优异。宅在家里时，乖巧听话，踏实沉静。就是不爱运动，所以小小年纪胖得有些蠢笨。前些日子，在她再三说服下，小毛答应跟姥姥健走，之后，好像瘦下去一些。自从出了车祸，眼瞅着这孩子比先前又胖了很多。现在小毛身上那两块擦破肉皮的地方已彻底恢复，施雅东琢磨着得赶紧督促这孩子加强锻炼了，如果把那一身肥肉减下去，小毛该是怎样一个帅气的少年呀！施雅东这么想着，就再也躺不住了，她决定立即起床，先去吉祥胡同瞅瞅，然后在附近转转，看看有什么健身、减肥之类的儿童班，给儿子报一个。

清晨六点钟整，施雅东出现在花月街口。在家开窗子时，她已感受到外面天气的微凉，所以临出门她特意从衣柜里翻找出一件春季里穿过的黑色半袖毛衫套在了身上。穿着牛仔裤、脚蹬运动鞋的施雅东走在已经很有些烟火气的花月街上，感觉自己浑身上下轻松而又清爽，若不是人行道上推车、挑担，正忙活着摆摊的商贩们熙来攘往，她都有了想奔跑起来的欲望了。就在施雅东迈着轻快的步伐，穿行在那些商贩中间时，不经意间，她瞥见了路边一棵槐树上贴着的一张白纸，那白纸直扎她的眼睛。施雅东心说，怨不得人都说这屡禁不止的小广告，是城市的牛皮癣。你说好好的一棵树上，贴张白纸，要多难看有多难看。施雅东这样想着，脚步就往那个方向移动，她寻思着把那张纸从树上清理掉。

来到国槐前的施雅东抬手正欲将那张纸揭下来，却被《寻人启事》

里的内容吸引住了。看时间、看地点，施雅东左思右想，怎么都觉得这《寻人启事》要寻的人就是自己。施雅东想，这件事已经过去一个来月了，小毛的伤也好了，这时候这个叫李继承的肇事逃逸司机良心发现了？看起来人心真是个难以测量的东西！不管这李继承找的是不是自己，也不管这人出于什么原因肇事后逃逸，事情过去这么久了，在无人知情的情形之下，仍然敢于出来承担责任，这个人的人品还是值得肯定的。有那么一瞬间，施雅东看着这张《寻人启事》，心里竟掠过一丝温暖的感觉。施雅东立在那棵树跟前，犹豫了一会儿，还是掏出手机记下了李继承的电话。

当施雅东费了好一会儿工夫把那张《寻人启事》清理干净，把团在手里的、揭下来的碎纸片丢进马路边上的垃圾桶里，再举目往前看时，她光洁的额头不由又紧蹙了起来。远远望去，马路两边儿的树上、墙上、路灯杆上甚至连铁艺围栏上，跟刚才这张一样大小的白纸，贴得到处都是。施雅东紧走几步，凑到前边不远处贴着的一张一看，果不其然，正是一模一样的《寻人启事》。刚才还在为这事儿有一些小感动的施雅东此时郁闷起来了。她揭下眼前这张，就决定等八点之后通知城管，这要是她一个人揭，一早上她都揭不完。吉祥胡同的事还在她心里压着，她得先去那里看看。施雅东一路朝前走去，没走多远，就路过了好几张《寻人启事》。什么人啊！一点儿也不讲公德。你在街口贴一张还不行？竟恨不能将整条街都糊严了！施雅东越想越生气，掏出手机来给那个叫李继承的人拨了过去，对方的手机占线。又走了一会儿，施雅东再打，那头仍在通话。

等进到花月街吉祥胡同这栋旧楼的院里，施雅东在院子里走了几个来回，最后立在院子中间，看着眼前张着嘴巴的六七个楼门洞以及墙壁上从下到上那些整齐排列着的、数不过来的窗口，一时陷入了茫然。自己来这里干吗？大清早的，要挨家挨户敲开门，叮嘱一遍用电安全吗？

施雅东你没病吧？她这样带着嘲弄的口吻在心里问着自己。整个人一下子变得恍惚起来。其实，她从没想过来这里具体做什么事，她就是不放心，就是想来看看，只有来亲眼见到这里是正常的，她那颗悬着的心才会多少有了点儿着落的地方。

"老天帮帮忙，让电力局快点儿加派人手吧！"施雅东在心里默念着、祷告着。

"施主任！"中间的一个楼门洞里闪出个窈窕的女子，边跟施雅东打着招呼，边兴冲冲朝她快步走来。

"哎呀，施主任我在楼上看了您老半天了，这大清早的，您一个人立在这院子里干吗呢？"等这女子笑嘻嘻来到近前，施雅东认出来是那天陈晓康带的那个人。

"早！"施雅东冲她微微点了点头，面无表情地打量着面前这个穿着吊带背心、运动短裤的女孩。她扫了一眼这女孩两条白嫩、细瘦的长腿，又扫了一眼女孩高耸着的胸脯。

"您忘了我了？我是赵伊蕾呀！那天就在这儿，我和您同学陈总，咱们见过面的啊！"这赵香梅被施雅东的冷淡弄得有些手足无措，尴尬得脸红了。

"你和陈晓康是亲戚？"施雅东想借这个机会对陈晓康跟这个女孩的关系一探究竟。

"不是！"赵香梅紧着摇了摇头，故意把"不是"这两个字扯得老长。

"噢？"施雅东一惊。

"陈总是我们酒店的老板。他的公司多，我们酒店只是他好多、好多买卖里的一个小买卖而已。"

"嗯，嗯。"施雅东点着头，目光注视着女孩一头染成金黄色的头发，期待着她继续说下去。太阳从东面一栋高楼的楼角里露出来半张红彤彤的脸，有一束金线穿透了女孩蓬松着的一绺头发，好多根发丝闪着亮光，清晰地映现在施雅东的眼里。

"说老实话，陈总那人真的挺好的。"

"他怎么个好？"施雅东为了掩饰自己内心急于想弄清楚这两个人到底啥关系的想法，故意冲赵香梅笑了笑。

"怎么个好啊？"赵香梅见施雅东的脸上终于露出来笑意，也趁机笑着调皮地仰起头来，装作认真回想的样子。"比如……比如他做那么大的生意，干那么大的事业，却从来不瞧不起我们这些下边的人，每次去酒店对我们这些服务员都挺礼貌的，从来没骂过我们。不管我们谁有什么过不去的坎儿，求他帮忙，都是有求必应。"

"完了？"施雅东追问道。

"施主任。"赵香梅忽然压低了声音，四下里瞅瞅，见没人，就把身子往施雅东身边贴了贴，脑袋凑了过去。施雅东看着她神神秘秘的样子，以为她马上要进入正题了，不由心怦怦地跳得慌乱起来。

"施主任，我跟您说，别看陈总人前八面威风、风光无限，实际上他一点儿也不幸福！"

"噢……"

"我绝不是因为上次听到您跟陈总说起他跟他太太的事，就乱猜的。我说这话完全是凭直觉，就是我们女人的直觉！虽然他从来没给我们讲过他的烦心事，老早我就看出他不幸福了。您看他都瘦得皮包骨头了！啧啧……要是有人心疼他，能让他成那样儿？"

"哦！"施雅东接着问道，"看起来你们关系挺好啊？"

"嗯嗯。我不是说了嘛，正是因为他人好，拿我们这些下面的人当亲人，我们也就都拿他当亲哥哥看待！"

施雅东点了点头，若有所失地笑了笑。

"施主任，光顾着跟您说话了。今天的天有点儿闷，您看您都出汗了，快到楼上我屋里喝口水吧？"

"不了，我还有事。"施雅东下意识地抬起手，用手背揾了揾额角上的汗，看到赵香梅脸上流露出失望的表情，就又跟了一句："谢谢你啊小赵。"

"施主任，您以后千万甭跟我客气。今后有用得着我的地方，您尽管说。我虽没什么学历，可我们农村出来的人肯吃苦。陈总说您人特别好！"

施雅东笑笑："谢谢！我还有事，真的该走了。"

施雅东转身走向门外。

"施主任，您等一下。"施雅东刚走出几步，听到身后那女孩叫她，只好停了下来。

"施主任，我、我想加您个微信。"追上来的赵香梅红着脸说，"施主任，我可没别的意思啊，就是想您以后有什么事了，联系我方便。"

"我平时很少上微信的。你留我个电话吧。"施雅东接着说了自己的电话。

赵香梅握着手机，赶紧记了下来。

"我给您打过去了，您存一下吧，赵伊蕾。'所谓伊人，在水一方'的'伊'，花蕾的'蕾'。"

施雅东兜里的手机响了，等她拿在手上时，赵香梅挂断了。

"这个就是我，尾号3337。您存一下。"赵香梅满意地笑着说。

看着阳光照耀下，赵香梅脸上灿烂的笑容，施雅东实在不好意思拒绝她的请求，当着她的面把电话存好，这才跟她挥挥手，匆匆走出了院子。

来到吉祥胡同口，施雅东又被墙上贴着的那张《寻人启事》扎了一下眼睛。她再次给李继承把电话拨了过去。

这次通了。听着电话里的振铃声，眼睛追着花月街上来来往往的人群的背影，施雅东忽然感觉有些慌乱，她拿不定主意电话接通之后，是说小毛被撞的事情呢，还是说乱贴《寻人启事》影响市容市貌的事情。

"我撞了您家孩子对吗？"电话接通之后，对方劈头一句，让施雅东有些措手不及。她机械地"嗯"了一声。

"好！既然您认为是我撞了您家孩子，那您给我个地址，我过去找您。或者，您来樾林大厦找我。总之一句话，在没有亲眼见到孩子和孩子的住院证明之前，我不会给你转钱的。嘿嘿……"

施雅东彻底蒙了。她想，这什么人啊！精神病吧？我跟你提钱了吗？正说为乱贴小广告这事儿找你算账呢，你还气儿气儿地"嘿嘿"我，我倒要看看你是个什么货色！

"你来花月街办事处吧，孩子、住院单据肯定让你看到。"

施雅东说过这句话之后就后悔了，她在心里已经认定这就是一场恶作剧。她坚信这个叫李继承的人不会来，甚至连"李继承"这个名字都是假的。于是，她果断挂断了电话，随手就把通讯录里的"李继承"删除了。

在熙来攘往的人流里，施雅东向办事处的方向走去，她要为吉祥胡同里那栋旧楼电路改造的事，再打几个电话，争取尽早获取电力部门的大力支持。

3. 这尘世间没有什么比让人内心变得安宁更幸福的事了

果不出大胡子所料，从清晨到上午这个时间段，李继承的电话快被认领车祸受害者的人们打爆了！他用大胡子教他的方法应付着这些骗子对自己的狂轰滥炸。

"你、你有、千、千变、万、万化，我、我有、一、一定、之、之规。不、不见、见人，不、不给、给钱！"他牢牢把大胡子这句话记在了心里。有好几次，他的情绪被对方痛哭流涕的诉说感染了，险些儿就动了心，一想大胡子这句话，他就镇定下来了。在他提出见面之后，对方都会以各种理由推托，他狠着心把这些电话挂断，之后就顺手从手机里把这些电话挨个儿删除，一个都不留。我们主人公的心开始硬起来了，他慢慢变得能够心平气和地、微笑着接听打进来的电话了，有时甚至听着对方千篇一律的套话，他就试着揣测他们下一秒、下一句话要怎样说，说什么？每次被自己猜中，他都会兴奋无比，有时候抑制不住，"嘿嘿"地笑起来，还没完没了地笑个不停，弄得对方不知所措，恶狠狠骂他一句"神经病"，就匆匆忙忙把电话挂了。

这些打进来的电话里，只有一个说是可以见面，并能给他出示孩子住院证明的，李继承唯独存了这个电话。对方没有告诉他姓名，却约了见面的地点是花月街街道办事处，李继承存电话时，在手机电话簿姓名一栏里填写的是"花月街"。经过半宿加一早晨的折腾，李继承已经对凭借一张《寻人启事》，找到那个被自己撞倒的孩子不抱什么希望了，他认定所有打进电话来认领孩子家属的人，都是骗子。他存这个电话是因为对方跟他约了地点，他想将计就计，把这个骗子戏弄一番。在接听这些骗子的电话过程中，李继承通过一次次揣摩猜测这些骗子的心理活动，让他获得了前所未有的满足感和巨大的成就感。

"花月街"一个人站在街道办门口东张西望，翘首盼望他的到来，而他则躲在樾林大厦宿舍内睡大觉。嘿嘿，一想到这，李继承不禁心慌气短，兴奋得一塌糊涂。老实惯了的李继承在被人折腾得一塌糊涂的时候，竟思谋着捉弄一下别人。天知道他是怎么想的！李继承捧起手机，抑制不住的兴奋让他口干舌燥，他颤抖着双手，给"花月街"发了一条短信："今天上午八点，带上孩子的住院单据，花月街办事处门口，不见不散。"

樾林大厦的保安实行早、中、晚三班倒的上班制度，李继承昨天上的白班，今天该着倒下午四点的中班。过去的这一晚把李继承折腾得够呛，早上去餐厅吃饭，他脑袋瓜子发涨、发沉，整个人没精打采坐在大胡子对过，猛然间瞥见大胡子的眼泡肿得老高，一双眼睛里布满了红血丝，心里甭提多愧疚了。偷眼瞅着大胡子一小碗稀饭喝完，李继承倏地站起身，端起大胡子的饭碗就去帮他打饭。

"不、不喝！"大胡子叫住李继承，冲他招招手，示意他坐回到座位上。

"队长，再喝碗吧？昨晚让我耽误得您没睡好，真不好意思。"坐回到座位上来的李继承讨好着大胡子，手里还捏着大胡子的饭碗。

"快、快拉、拉倒吧！客、客气、个、个啥？"大胡子白了李继承一眼，接着说："你、你今、今后、行、行为、做、做事，别、别太、太喇、喇忽了，妈、妈了个、巴、巴子的，这、这城、城里的、骗、骗子、老、老鼻子了！"大胡子说着，站起身向李继承伸出手去："碗！"

李继承慌忙立起来，绕过餐桌，来到大胡子身边，把手里的碗递给他。"队长，真心谢谢您！"李继承感动地说。

"城、城市、套、套路深，我、我们、都、都该、回、回农村！"大胡子接过李继承递到手边来的饭碗，用另一只手轻轻在李继承膀子上拍打了两下说。说完，径直朝餐厅外面走去。

李继承看着大胡子的背影消失在了餐厅门口，颓然坐在了大胡子刚才坐过的椅子上。一束阳光从窗外射进来，照严了他的脸，他感觉自己的眼睛又涩又痒。

"在城里活着，真麻烦！"李继承使劲儿揉了揉眼睛，小声嘟囔了一句。再看一眼餐桌对过自己吃了一半的饭菜，已没了半点儿的食欲。

往宿舍走的路上，李继承又接了一个被撞孩子"家属"打来的电话。李继承只听了几句，发现对方竟然把出事地点给说错了，气得他电话都没挂，就直接把手机装进了裤兜里。

李继承住的是四个人一间的宿舍，屋子里摆了两张上下铺的方管铁床，他睡的是下铺。走进屋子，李继承见宿舍里那三位同事都不在，知道又到了早八点交班的时间，他来到自己床边，从拉在两根床柱间的一根晾衣绳上扯下自己的毛巾，去洗手间洗了把手脸。回到床上来的李继承，准备关了手机，好好睡上一觉，他平躺在床上，伸直胳膊把手机从裤兜里摸出来，拿在手上，正准备按下关机键时，忽一下想起了什么，他翻到"花月街"的电话，拨了过去。

"喂！哪位？"电话里是平静、稳重的女声。

"您是花月街吗？"被对方问到哪位，这可是李继承接打过的所有"骗子"电话里没有遇着过的事，慌了神的他不知怎么竟问了这么一句。

"是的，我这里是花月街办事处。您有什么事？""花月街"那边儿很安静，不像在街上，她说话的语速不紧不慢，心气也平和，跟电话里那些骗子急赤白脸的语气一点儿都不一样。

"我，我是李继承啊，那会儿给您发信息了，您把孩子住院的单据什么的拿上没？"

"你到了？"电话那头儿沉默了好一会儿才问。

李继承心里"咯噔"一下，顺嘴"哦"了一声。

"我刚才处理点儿单位上的事儿，没去门口，你进来吧！一楼大厅右转，靠左第五个房间，我办公室门开着呢。"听"花月街"这么一说，李继承躺不住了，他一骨碌就从床铺上爬了起来。

"您真的把孩子的住院单什么的都准备好了？我真的是撞的您家孩子？"李继承一边趿拉着穿鞋，一边把手机凑到嘴边上来问着。

"切！没影的事儿，我能把你叫到单位来？你先进来再说吧！"李继承听出来对方因为感觉到了他对她的不信任，从言语里表现出来了对自己的不满。

"对不起，对不起！我不是不信任您，是老有人打电话骗我。我现在马上赶过去。马上赶过去！您千万等我！"李继承的心怦怦狂跳着，不等对方说话，就把电话挂了，蹲下身子提鞋的时候，他感觉自己的两条腿直打战。

出了樾林大厦，李继承几乎是一路狂奔着来到花月街的。当他走进花月街办事处的院子，路过那棵高大、挺拔的银杏树时，保安服的后背已经被汗水浸湿，好几块精湿的地方跟身上的皮肉黏在了一起。推开办事处的玻璃门，在凉爽的大厅里，李继承稍稍放慢了一些脚步，按照"花月街"说的向右拐进走廊时，他停了下来，用手在宽厚的胸脯上轻轻拍打了几下。他想让自己一直激动的心情先平复平复，也借此机会寻思寻思见了"花月街"之后该怎么跟人家解释，可是撞了孩子之后不顾人家的生死跑掉，给他带来的羞耻感和内疚感，在此时无比强烈地搅扰着他的内心，让他的大脑一片空白。他只好摆出一副豁出去、任凭命运摆布的姿态，机械地迈动双腿，又朝走廊的深处走去。

李继承从斜侧里看见走廊的左边，果然有一扇房门是敞开的。由于心跳得太快了，他感觉两条腿在发软、发抖，他再次停了下来，背靠在走廊的墙壁上，喘着粗气。一丝凉意从脊背那里蔓延开，直沁到心里。李继承把头也抵在了墙上，起初后脑勺那里被冰得生疼，但一直昏昏沉沉的脑袋里像被清水洗过一样，慢慢清凉起来了。他一下接一下用后脑勺轻轻撞击着凉气袭人的墙壁。

"谁在外面？"敞开的房门里传出来婉转柔和的女声。

李继承浑身一激灵，开始一步步朝那扇洒了一地阳光的房门口蹭过去。

等李继承站立在门口时，屋里屋外的两个人同时认出了对方。

阳光，金子一样迸溅着光芒的阳光，让局促不安站立在房门口的李继承感觉头晕目眩，更让坐在办公桌后面的施雅东幻若梦中。怎么会是你？两人同时从心里发出疑问。

"这，啧啧……"李继承用力搔着脑袋。

"这太巧了对吗？真是不是冤家不聚头啊！"施雅东冷着一张脸，用嘲讽的目光看着李继承说。

"大、大姐！您看这事儿，怎么会？啧啧……"李继承整张脸像起了火，烧灼得眼睛都眯起来了，他两手交叉，使劲儿搓着手掌心，说出来的话语无伦次。

"大姐？你叫谁大姐呢？谁是你大姐？"施雅东剜了他一眼，把手里的圆珠笔竖起来，一下接一下在办公桌上戳着。

"妹妹！对不起，是妹妹！"

"你这人还真是行啊！不仅会欺负女的，撞了人跑得也够利索，贴个《寻人启事》吧，恨不得把大街上的墙整个儿糊一遍，我说你怎么就这么脸大呢？"

"我、我才从农村出来，不懂咱大城市的规矩，您多担待。"

"大城市的规矩？你农村里就时兴男的欺负女的？就时兴肇事逃逸？就时兴糟践公共场所？"

李继承被施雅东损得哑口无言，立在门口，进也不是，走也不是，额头上沁出来细密的汗滴。他此时恨不能脚底下裂出一道缝来，那样他一准儿会毫不犹豫地钻进去。

"你不是三番五次地跟我强调要孩子的住院证明吗？实话告诉你，住院证明我有，但不在这儿。我只问你《寻人启事》上没写的，就一句话！你撞的孩子当时是不是正跟着'土城健走队'在健走？"

李继承先是一愣，随即脸上现出惊喜的表情，他小鸡啄米样紧着点头。

"看来真是你了！"施雅东戳动圆珠笔的手停了下来，一双大眼睛一动不动地看着李继承，脸上似笑非笑。

"孩子怎样？他现在在哪儿？"李继承变得迫不及待，他开始往施雅东的办公桌前凑。

"停！"施雅东伸直胳膊，用手里的圆珠笔指着李继承制止他再往前走。

"干吗？你不会又想着用你那不值钱的蛮力气逼迫我说吧？"见李继承猛地刹住脚，怔怔地看着自己，施雅东又开始嘲讽他。

"不，不是，我求求您，快告诉我孩子现在怎样了？"李继承知道眼前这个女人还在记恨他那晚跟她争抢手机的事，他懊悔当时自己对眼前这个女子下了狠力气，可现在后悔也来不及了呀。那孩子的安危在自己心里悬着，不管结果是好是坏，能让他立马释然的就是眼前自己曾经伤害过的这个女人的一句痛快话，可看这样子，她根本就不想说。李继承急得眼泪都快掉下来了。

施雅东看着眼前这个肩宽背阔的男人眼圈儿一点点红了，心就慢慢软了下来，脸上的表情却依旧平静着，她就是不肯开口。

屋子里的空气跟凝滞了一样，让人窒息。李继承手伸进裤兜里摩挲了一会儿，摸出一支烟来。

　　"这里不能吸烟！"看李继承把一支烟卷衔在嘴上，施雅东又来了气，大声制止他。

　　李继承吓得一哆嗦，赶紧把烟放回到裤兜里，抬起头看着施雅东。

　　施雅东又开始用笔帽一下下戳击办公桌了。

　　"那我去外面走廊里抽一支。"见施雅东不理自己，李继承实在难以忍受这尴尬的处境，他对施雅东说着，就往外走。

　　"走廊里也不让抽！国家有规定，公共场合不让吸烟，你不知道？这个社会最令人讨厌的就是不守规则的人了！"施雅东轻蔑地看着手把在门框的李继承说。

　　李继承僵在了原地。

　　"对待不守规则的人不加以惩罚，他们是不会引以为戒的。你不是想知道孩子现在的情况吗？你现在出去，把整条花月街你贴的《寻人启事》都揭了，我就告诉你。"施雅东用纤细的手指在圆珠笔上绕来绕去，慢条斯理地说着。

　　"真的？"李继承瞪大了眼睛。

　　施雅东继续摆弄着手里的圆珠笔，没有看李继承，却微微点了点头。

　　李继承像得到特赦的囚犯，沿着走廊，朝楼外飞奔而去。

　　李继承至少用了近一个小时，才把花月街上的《寻人启事》揭干净，等他拖着疲惫的身子回到花月街办事处，回到施雅东办公室的房门前时，门紧闭着。李继承蜷起来一只手指轻轻在那扇门上叩了叩，屋里一点儿动静没有，这时候他发现了门缝里夹着一张纸，他小心取了出来。展开，上面一行娟秀的小字："孩子当时只是受了皮外伤，现已康复。你是个老实人。祝好！"李继承反复读着施雅东写的这两句话，手开始抖起来，鼻子一酸，大滴的眼泪扑簌簌滚落到了水泥地上，他顾不得擦一把，任泪水奔涌着……

4.改了名字的赵香梅，改不掉对青梅竹马恋人的惦念

出了花月街办事处的大门，再次走到街上来的李继承感觉浑身松快，他伸展开双臂，扩了扩胸，嘘出一口长气。置身繁华闹市，他不再因为它的喧闹感觉压抑和烦闷，经历过一场漫长的、孤独的心灵煎熬之后，现在他已得到彻底的释放。他现在渴望见到人，越多越好！他想融入他们中间，把最温柔、最轻软的目光投射到这大街上每一个人的身上、每一棵树上、每一栋楼上。他不善言辞，讷于表达，他只想用软软的目光，告诉这世界上与他相遇过的人们他所看到的一切，告诉他们，他是多么地爱这人间！

虽然那孩子的家属只是在门缝里给他留了张字条，就走了。但已经知道了她的办公室，就不愁找不到她，他一定得把那孩子的医药费付给人家。她会是孩子的什么人呢？姐姐？妈妈？姑姑？李继承实在是猜不准城里女人的年龄，也不想为此再伤自己已经快伤不起的脑筋了。现在可以完全确认，跟她有亲戚关系的这个孩子，就是自己撞到的那个，那孩子安然无恙地活着！孩子没事儿，自己的生活就能回归到原来正常的状态了，没有比这更令他欢欣鼓舞的事了。李继承已经想好了，从明天开始，他就开始练戳脚，练武术戏，地点就选在土城公园那一片银杏树林里。他之前跟赵香梅去土城公园遛过弯儿，那里搞健身活动的人不少，可那片银杏树林挺安静，他可以在那边习武，边练武术戏里的唱腔，不会妨碍到别人。他可以一心一意"好"他真心喜爱的戳脚了，给爷爷个交代，也给自己个交代！

李继承虽然仍是贴着马路边的墙根儿走着，可他走路的架势竟有些雄赳赳、气昂昂的样子了。走着走着，李继承兜里的手机又响了。令李继承万万没想到，电话竟是失联多天的赵香梅打给自己的。咦！刚刚想到赵香梅的时候还寻思怎么跟她联系上呢，心里就那么动了一

下，没想到她的电话就来了。这可真中了那句话："踏破铁鞋无觅处，得来全不费工夫。"李继承按捺不住心里的喜悦，立马接通了赵香梅的电话。

"李继承，你死哪去了？"赵香梅怒气冲冲。

"我在花月街呢，你住的这儿。"

"我在樾林，找你有急事儿。"

"哦，哦，我往回走呢。"

"你快点儿滚回来！我在樾林 A 口等你。"

李继承心里猜测着赵香梅嘴里说的"急事儿"，健步如飞奔樾林大厦方向而去。

赵香梅真是美人胚子。她一袭拖地长裙亭亭玉立于樾林大厦门口，那染成金黄色的秀发，那凹凸有致的身材吸引得路过她身边的男男女女很多人都要回一下头，多看她两眼。这也让李继承一眼就从川流不息的人流里把她找了出来。

"李继承，我问你，你是不是真撞了人了？"当气喘吁吁的李继承挤过人流，立在赵香梅跟前时，赵香梅劈头就问。

"嗯呢。"李继承马上明白赵香梅看到他贴的《寻人启事》了，也知道了她说的"急事儿"就是他撞人的这事儿，她在为自己着急呢！李继承心里甜滋滋的，憨笑着点了点头。

"真有你的啊？李继承！你还'嗯呢'？还能笑得出来？"赵香梅气得在地上直跺脚，"你撞了人了，跑了就跑了。都过去这么些天了，人家没找你，这事儿说不定就算过去了，你闲得没事儿发什么神经？还到处贴《寻人启事》找人家，你真是榆木脑袋瓜子啊！万一人家那头真被你撞出了毛病，你拿什么赔人家？你赔不起就得蹲监狱。你知道不知道啊?！"赵香梅连珠炮一样数落着李继承，说着说着，眼里的泪花就闪出来了。

李继承拿眼扫了扫身边过往的人流，见有人停下脚步，正朝他俩站的方向观望，就迈步上前，搂过赵香梅的肩膀，压低了声音说："没事啊！你别担心。"

"什么没事啊没事，你是没事，你一个人吃饱了全家不饿，你只顾你自己，能有什么事？我看你就是自私，就是脑子有病！"赵香梅身子一摆，甩脱了李继承已经抚到自己肩膀上来的手。

"真没事！你耐心听我说，被我撞的那个孩子已经找到了，当时身上只是擦破了点儿皮，现在早好了。你刚才给我打电话那会儿，我刚跟那孩子的家属见过面。我也不知道那个女的是他妈妈，还是他姐？反正那个人告诉我，孩子没事了。"李继承笑着对赵香梅说。

"真的？"赵香梅半信半疑，上下扫了李继承两眼。

"我骗你干吗？那个孩子的亲戚就在你住的那条街上上班，我都到她办公室去了。"

"在什么单位？"

"花月街办事处。"

"李继承，我先说好了，我可是认识花月街办事处的领导，这事儿，我一个电话就能打听出来。到时我知道了你骗我，我可跟你没完！"赵香梅的语气明显缓和了下来。

"我哪敢呀！"李继承搔搔头，咧开嘴笑着说。

"你少跟我油嘴滑舌的！我饿了。你上楼请我吃凉皮！"赵香梅瞪他一眼，嘟起嘴来说。

"正好！我早上也没怎么吃东西，肚子早抗议了。走，去楼上，咱吃大餐，庆贺一下！"李继承说着，又伸出手去搭在了赵香梅肩膀上，这一次赵香梅没有躲。李继承搂着赵香梅的肩，两个人并着膀子朝大厦里面走去。李继承趁着这机会问道："这些天我给你打电话、发信息你都不回，是不是不想搭理我了？"

"是！搭理你干吗？不光是没钱，脑子有时候还不好使！"赵香梅扭回头来白了李继承一眼。

李继承见赵香梅说得半嗔半喜，知道她说的不是真心话，就嘿嘿乐着，不再说什么。

樾林大厦六楼整个一层都是餐饮店，有高档餐厅，也有特色小吃。李继承跟赵香梅进了一家凉皮坊，找了个靠窗的位置坐了下来。赵香梅自己点了一碗凉皮，她知道李继承饭量大，给他点了两碗。在等服务员上饭的当口，赵香梅从随身背着的挎包里摸出一沓子钱放在桌子上，推给坐在自己对过的李继承。

"借你的钱。拿去！"赵香梅对一脸惊讶的李继承说。

"你这是干吗呀？我又没管你要。再说我还有呢。"李继承说着把那沓钱推了回去。

"我改名字那件事，前几天回了趟家，找的那个熟人说现在户籍都是全国联网的，严得很，没人敢收钱。我就在咱们乡派出所填了申请表，估计得老长时间才能下来呢。"赵香梅再次把钱推到李继承的怀里，这次她的手没有缩回去，而是按在了钱上，歪着头看着李继承说："这钱没送出去，我拿着它又不能生小的。你现在正用钱的时候，快拿着！"

"我用钱干吗？又不买什么东西。"李继承听赵香梅说自己正是用钱的时候，一时没反应过来她什么意思，就笑着问她。

"你寻思你撞了人就白撞了？想什么好事呢你？这是大城市，不是咱李家佐，乡里乡亲低头不见抬头见的相互有个看顾，这城里人可不讲那个！人跟人就是个相互利用的关系，你帮了我，我还人情，还了人情咱两清！等到你再用到我时，你当然也明白该怎么对我。城里人情薄如纸，懂吗？人家就这样活着！"赵香梅说着站起身，把钱从桌子上捡起来，掰开听她说话听傻了的李继承的一只手，拍在了他的手掌心里。

"她跟我说那孩子只是擦破了点儿皮，早好了。擦破点儿皮能花多少钱？"

"花不了多少钱？还是那句话，你以为这是在你武鼎县啊，是在你李家佐啊？傻小子，这是大北京，是首都知道不？一进医院沾点儿就得个万八千的。现在人家知道是你撞的了，碰上好人你给了医药费这事儿算拉倒，碰上难缠的主儿，跟你要多少你也得拿。这事说大就大，说小就小！先说你驾驶的是机动车，撞了人跑就是肇事逃逸，肇事逃逸就是全责。这把柄在人家手里攥着呢，到时人家往交警队一报，吊销你驾驶本是小事，闹不好还得把你关拘留所。最后打了官司你也得赔人家医药费和护理费，对了，还有精神损失费。你重考个驾驶本多少钱？一溜子这费、那费加起来多少钱？你进了局子耽误多少钱？说不定，人家早替你算好了。你给人留电话了对吧？留这儿的住址了对吧？哼！我知道你就会这么做。等着吧，闹不好这一两天人家就找上门来了！"李继承一听赵香梅提他撞人的事，脑子就有点乱，现在又听她这么一说，早又吓得脸上一点血色都没了，只顾着在那里连连点头。

"那、那怎么办呢？"李继承抓着那把钱站了起来，边往裤兜里塞，边近乎哀求地问赵香梅。

赵香梅沉着脸，坐回到自己的座位上，没言语。这时候，服务员用托盘端着三碗凉皮走过来，两个人都沉默着看着那服务员摆放碗筷。

等到服务员走了，赵香梅捏起自己面前的一次性筷子，抽掉套在筷子上的塑料袋，立起身把这双筷子递到李继承手上，自己又拣了李继承跟前那双，才又坐了回去。见李继承把手里的筷子插在碗里的凉皮上，看着发呆，赵香梅来了气："你看看你吓得这个尿样子！我最看不上的就是一个大老爷们儿遇见点儿事儿就慌里慌张的没了主意。人常说，是福不是祸，是祸躲不过。兵来将挡，水来土掩。车到山前必有路，快吃呀你！"

李继承捡了一筷子凉皮送到嘴里，只嚼了两口，就囫囵着吞了下去。

"其实吧，她也怎么不了你。"赵香梅俯着身子，边往嘴里扒拉着凉皮，边拿眼瞄着闷头小口吃着的李继承说，"好吃！好吃！你快把醋递给我。"

"我来！"李继承放下筷子，拎起手边盛醋的小壶，举到赵香梅碗边就要倒，被赵香梅一把夺了，她在碗里只点了几滴，见李继承不动桌上的筷子，仍盯着自己看，就笑着说："你忘了我认识他们领导了？下来我去找她，跟她讲讲这事儿，求她出面跟那孩子的家属好好说说。她毕竟是领导，我就不信下边的人为了几个钱愣是不买她的账。你呢，找时间买点儿营养品什么的，也找找那孩子家属，郑重其事跟她道个歉，征得她的谅解。咱这样双管齐下，我就不信这事儿没个成！"

"香梅，你真有脑子！"李继承不错眼珠地认真听完赵香梅一席话，心里豁然开朗，忍不住冲赵香梅竖起大拇指，由衷地夸赞她。

"赵伊蕾！"赵香梅瞪一眼李继承，接着抢白他："你真是记吃不记打，属老鼠的，抬爪就忘啊！"

"是！是！是！"李继承笑了，又抬手搔起了脑袋。

"快吃饭吧，吃完好好休息一下。你今天中班吧？"

"嗯。"李继承点点头，抄起筷子，把碗端起来送到嘴边，三下五下就把满满一碗凉皮扒拉进了肚里。

赵香梅看着他狼吞虎咽的吃相，用一小块餐巾纸掩着嘴直乐。

李继承吃完，又跟服务员要了两杯白开水。他是想多跟赵香梅待一会儿呢。

"这个麦收我和小申都没回去，常锁叔可是帮了家里大忙了。"李继承用手抚着杯子说。

"他也没让我回。"

"我上次回去，在咱村西洼里碰上他，俺们爷俩唠嗑来着。"

"你还说呢！你不提这个，我不来气。到家了连我爸我妈那院里也没去转转。别人是怎么对你的，你心里没数儿，你说你这人脑子是不是有病？"赵香梅剜了李继承一眼。

"我那不是心里有事嘛！到家光想着撞人的事了，没顾过来。等春节回去，我多买东西，好好孝顺他们二老。"

"他们在乎你那点子东西？他们在乎的是你的心呢！"

“我知道，我知道。这次回去，跟常锁叔唠了一会儿，我这心里是真把他当亲人了，真把咱两家当成一家人了。”

“哦，合着以前你还拿着俺们家人当外人呢？”

“哎呀，不是，不是呀！只是现在觉得更亲了！”

“现在没啥，他们还年轻，还能帮着你干活，帮着你照看地里。你当然说他们好。关键看以后，看他们老了，干不动了，你怎么对他们！”

“这个你放心吧。自从父母没了之后，我在这世界上除了爷爷，也没个遇见事能给出出主意的长辈儿，今后我就拿常锁叔跟婶子当老的，当爹娘看待。咱结了婚，走动起来就更方便了。”

“哎，哎，哎，李继承我说你想什么呢？我可没答应嫁给你呢！反正这辈子我是不回李家佐过庄稼日子的，你在北京不好好努力，不在这里扎下根来，等到有一天你拽我回去，到时可别怪我绝情。你自己考虑着吧！”

“我知道，我知道！”

两人说了会儿话，赵香梅见李继承的眼睛里布满血丝，知道他昨晚肯定没睡好，有些心疼他，就故意说酒店里还有事情，要过去看一下，说着站起身来拉上李继承就走。

两人从凉皮坊出来，李继承执意要送赵香梅下楼。

赵香梅拦他：“你看你眼睛红的！赶紧回去睡觉吧。”

“不差这一会儿。回去也睡不着，就送你到楼下。”李继承推着赵香梅的后背往前走。

两人正说话的当儿，李继承远远望见大胡子傍在一个穿一身运动装的女孩身边朝这面的电梯走来，边走边不住地冲那女孩弓起身子连连点头。近了，大胡子小跑几步来到电梯门口。

“队长。”李继承跟大胡子打招呼。

大胡子看他一眼，点了下头，没吱声。只顾伸出手去，又按了一下已经亮着灯的电梯下行按钮。

"大哥！"穿运动衣的女孩从大胡子身后闪出来，笑眯眯地问李继承："啥时候回来的？"

李继承这才抬眼仔细打量跟他说话的女孩，竟是梅朵。

"早、早回了。"李继承有些不自在。

"哦。那次虎申见你发朋友圈，知道你回来了，还跟我说呢，咦，大哥请了一个星期的假，咋这么快就回来了？"

"回去就是为了看看爷爷，见他老人家好好的就放心了。"李继承脸一红，抬起手来搔头，又见赵香梅一脸的疑惑，就指着梅朵对她说："这是小申的老板。"

"您好！"赵香梅冲梅朵笑着点点头。

"您好！"梅朵回了赵香梅个微笑，转头问李继承："大哥，这位美女是？"

正在这时，电梯门开了。

大胡子抢在头里，一脚门里，一脚门外，背靠电梯门侧，摊开手示意梅朵先上去。

"我是他未婚妻！我叫赵伊蕾。"赵香梅不看大胡子，进电梯直接按了一层的按钮，回头对电梯口的梅朵说。

"大哥好福气！未来的嫂子这么漂亮啊。"梅朵站在电梯门口笑着对李继承说，抬手示意他："大哥，您先上。"

"你，你先！"李继承站在原地不动，脸比先前还红。

梅朵走进电梯，立在了赵香梅身边。

"您这运动装穿起来真好看！"赵香梅上下打量着梅朵，掩饰不住眼里的羡慕。

"哦，谢谢。"梅朵对赵香梅微笑着点下头，又对大胡子说："您忙您的去吧！不用下去了。"

"好。那、那您走、走好！"大胡子把身子撤到电梯外面。

电梯门慢慢合拢，李继承从门缝里看到，身着保安制服的大胡子冲着电梯里打了个敬礼。因为自己正对着电梯门，他被大胡子这个敬礼给吓了一跳。

电梯下行中，三个人沉默了一会儿，梅朵先开了口："大哥，在这里工作还习惯吗？"

"嗯、嗯。挺好的，非常好！"李继承心里正琢磨着大胡子那个敬礼肯定不是打给自己和赵香梅的，那他为什么会对梅朵如此恭敬呢？听到梅朵问自己，李继承一怔，连连点头。

"我已经跟你们队长打过招呼，他以后肯定不会再为难你了。"梅朵笑着说。

李继承感觉脸上火烧火燎地难受，偷着瞟一眼赵香梅，再瞄一眼梅朵，嘟哝道："你和我们队长认识？"

"认识，见过几次了。"梅朵说，微笑始终挂在她脸上。

"俺们虎申这几年可是越长越洋气了！"赵香梅插进话来，"北京的水就是养人，这才来几年啊！你看那皮肤白得，嫩得，啧啧……你再看看他哥这张脸，焦黄蜡气的，要不说这大学没白上的，平时出来进去接触的人层次高了，眼界肯定比咱一般人宽啊，要不人说了嘛，你想观察一个人是一个什么样的人，看他的朋友圈子就知道了。"这话，电梯里的另两个人，不用想也知道是说给梅朵听的。

"您说得有道理。不过，大哥人家也挺帅的呀。"梅朵笑眯眯地看着赵香梅说。

"我当初为啥说什么也得从农村走出来，到这大北京来闯荡，就是为了来感受这大城市的文明气息。"赵香梅见梅朵对她笑，更加来了精神，"我平时老跟这个说，虽说这北京不怎么好混，可到处充满了机遇。这里是哪儿？全中国的高人差不多都聚到这儿了。你知道哪天、哪块云彩能给你下场雨？你得善于寻找机会呀！可他呢，整天闷着个头，大门不出，二门不迈，上趟街都怵劲儿。你不走出去，机会能自己找到你身上来了？切！"

"北京这么好，你还总想着回咱李家佐盖房？"李继承瓮声瓮气嘟囔着顶了赵香梅一句。

梅朵"呵呵"地笑了起来。

"回李家佐盖房那叫追求生活质量！再说了，即使盖房那也是以后的事儿。你现在不努力创事业，咱拿啥盖？用气儿吹吗？"赵香梅狠狠瞪一眼李继承，又转过脸看着梅朵说："你说他跟虎申是亲哥俩，人家虎申将来肯定得把家安在城里头，日子也肯定比他过得红火舒坦，到时候，如果你过不好，总不能靠着人家接济你过日子吧？哥俩齐着心，摽着劲，你帮我，我帮你，都奔着好生活去，你说那多好！"

"是呢！是呢！这话有理。"梅朵笑着不住地冲赵香梅点头。

有了李继承夹在两个人中间，大家的话题亲切、自然。出电梯的时候，赵香梅已经顺利地加上了梅朵的微信，两人约好找机会叫上李虎申，四个人在一起坐坐。

送走了赵香梅和梅朵，李继承紧着返回楼上，找到大胡子，打听他跟梅朵的关系。

大胡子一脸错愕："你、你不、不知道？她、她是、是咱们、老、老板的、千、千金！"

李继承听了，登时抻直了脖子，瞪圆了眼睛，傻了。等他缓过劲儿来，一句话没说，转身拖着疲惫的身子回宿舍休息去了。

5. 健走队能够把公园当成活动场地，真是一件令人开心的大喜事

范兵兵看施雅东从不给自己发的朋友圈点赞，就单发了几张自己健身的照片给施雅东。施雅东看到的时候，已是傍晚，那时她刚陪着小毛看了几个小时的书，正在卫生间里蹲马桶，施雅东有个习惯，就是当着小毛的面，从不摆弄手机，把手机静了音搁在身边，不是有电话打进来，她动都不会动一下。她要求孩子读书的时候，也一定是自己先找一本书来，然后坐在孩子身边安安静静地读。这样的氛围，让小毛从幼儿园起就养成了做事专注的好习惯，学习成绩一直在班里名

列前茅，小毛在学习上如此优秀的表现，让施雅东挺为自己教育孩子的方式自豪的。

施雅东看见范兵兵站在跑步机前的照片，就明白这是范兵兵在告诉自己，她听了自己的劝告，开始瘦身了。于是，她给范兵兵回复了个竖着大拇指的动态表情。施雅东再看那些照片，发现有一张是范兵兵跟一个戴眼镜的男的站在跑步机前，她仔细端详那男的，怎么看，怎么觉得面熟，想来想去到最后竟认定是没见过的。

施雅东洗干净手，从卫生间出来，范兵兵的微信就跟着来了："听从你的指引，我已瘦身半月有余了。跟晓康的谈判务必抓紧，拜托老同学了！"

施雅东笑了笑，给她回复了个"OK"的动态表情。

施雅东听到胡兰芬正在厨房的案板上"当当当"剁肉馅，就走过去夺了她的菜刀："妈，我来！"

"我说您买肉的时候让人给绞一下，多省事儿。费这劲！"施雅东挥动着手里的菜刀，扭头对身旁正拿碗接水准备和面的胡兰芬说。

"机器绞的那肉不进滋味，妈吃不惯。再说剁剁肉馅还锻炼了身体呢。"胡兰芬手里拿个瓢，正往面盆里倒面粉，她停了下来，看着施雅东，一本正经地说："杏儿，我老琢磨件事，你说这随着科技的发展，各类机器越造越智能，人类也越来越依赖机器。你说咱人类会不会有一天让机器给毁喽？"

"毁什么毁！科学技术的发达必然会让人类的生活越来越便捷。人类是这地球上最智慧的生物，科技只能是给人类带来幸福感，怎么可能让自己造出来的东西毁了自己？你看，没地铁之前，从咱这儿到昌平挤公交得多半天时间，可现在出门坐上地铁，一个多小时就到了。你能说这不是科技带来的好处？"

"这和我说的是两码事儿！不管怎么说，我还是怀念过去的日子。"胡兰芬嘟哝了一句，开始和面。

"妈，现在非洲跟咱过去差不多，您去那儿住一程子吧，看看哪儿好？"施雅东笑着说。

"这孩子！怎么说话呢?！"胡兰芬瞪一眼施雅东，也笑了。

饺子馅调好了，面和得了，母女俩坐在餐桌旁开始包饺子。施雅东喊小毛："毛毛，快来！帮姥姥和妈妈包饺子。"

"孩子看了半天书了，你让他歇会儿。"

"妈，您甭管。您当过大夫，也算知识分子。这叫劳逸结合，有张有弛才是文武之道嘛。"施雅东得意地说。

"什么叫也算啊？"

"说错了！您不仅是知识分子，还是高级知识分子。行了吧？哈哈哈……"

胡兰芬冲施雅东耸了耸鼻子，不再言语。

小毛的卧室门响，之后卫生间传出来"哗哗"的水声，不多时，小毛出现在厨房门口。

"来！你先学着给姥姥、妈妈擀皮儿。"

小毛晃荡着肥胖的身子走过来，接了妈妈手里递过来的擀面杖，坐到姥姥身边，低着头认认真真地擀起面皮来。

施雅东偷眼看一眼小毛比碗口都要粗的胳膊，心想范兵兵都开始塑身了，自己说什么也得帮着小毛把他这身肉给减下来。

"毛毛，你们还有多长时间放暑假？"施雅东问。

"还得十来天吧。"

"那好，这个假期你除了看书学习之外，妈妈希望你多进行锻炼，争取减肥成功。上午妈妈给你看了几个儿童健身馆，有游泳的、打网球的，都是专业儿童健身的，妈妈去的时候，看到好多小朋友在那里锻炼，现在妈妈想知道毛毛喜欢什么样的体育运动？"

"有拳击没有？跆拳道也行！"小毛兴奋地问施雅东。

"毛毛喜欢武术啊！是不是看武打片看多了？"施雅东笑着问。

"不是！我练好了功夫，将来好保护姥姥和妈妈。"小毛认真地说。

"你听听，咱小毛有多懂事。这可真是成小男子汉啦！"胡兰芬在一旁夸赞着小毛。

施雅东听了儿子的话，不知怎么，差点儿眼泪没流出来。

"那就给咱毛毛报个跆拳道的班。"施雅东怕小毛和胡兰芬看见自己眼里的泪花，故意起身去橱柜上的面盆里揪一团面过来做面皮。

"谢谢亲爱的妈妈！"小毛变得兴高采烈了，大着嗓门喊道。

"妈妈知道毛毛是个有志气，也有很好自制力的孩子。如果要想让身体真正健壮起来，毛毛从现在起，就得下决心少吃甜食了。妈妈知道你喜欢吃冰激凌，但今后必须要克制自己了。"回到餐桌前的施雅东板着脸孔对小毛说。

"一星期吃一次行吗？"小毛停止了擀面皮，看看施雅东，再看看胡兰芬，像是哀求。

"一个月！"施雅东果断地说。

"只要增加训练强度，隔个十天八天的吃一次，不会有事儿吧？我看半个月给他吃一次就行。"胡兰芬对施雅东说。

"毛毛是个意志坚强的孩子，肩负着保护姥姥、妈妈的重任，毛毛你自己决定吧！"施雅东听胡兰芬这么说，心里有些不悦，可嘴上却温和地对小毛说。

小毛仰起头，嘟起嘴巴，用眼睛左翻一下施雅东，右翻一下胡兰芬，拿不定主意。

"别难为我们宝贝了。我外孙的事我说了算。半个月吃一次，姥姥负责给买。"

"妈！"施雅东大声喊道，语气里明显带着埋怨。

"不过呀，小毛你得答应姥姥，继续陪姥姥健走。"胡兰芬不理施雅东，脸对着小毛说。

"好吧！"小毛大人一样，点了点头，一副郑重的样子，随后调皮地冲施雅东吐了下舌头。

施雅东冲小毛一皱眉，但还是憋不住，被他逗乐了。

"哎，对了！早上健走队有个队员给我打电话，说有个人在街上贴《寻人启事》，寻找前些日子被撞的一个孩子，她说，看着像说的是咱毛毛那事儿！"胡兰芬对施雅东说，"想起这事儿我就来气，太缺德了！如果真是他，咱得找他去！"

"一个外地来北京务工的农民，人看着倒挺实在。"

"啊？你见着他了？"

"上午见着了。"

"怎么说的？"

"事情都过去这么些天了，他能主动站出来承担责任，说明他人还是善良的。毛毛又没住院，咱也没花多少钱，他倒是老提医药费的事儿，我想这些外地人来北京打个工也不容易。事情既然过去了，就过去吧。咱花的那几百块钱，咱觉得没什么，可搁那些人身上就是钱了。"

"也是，还头次听说撞了人跑了，返回来贴《寻人启事》自己来认账的。"

"我其实也是因为这个才原谅他的。"施雅东说着，把头转向小毛："毛毛要记得，男子汉就该大气！自己做过的事，无论对的还是错的，都要敢于负责任，要有勇气承担后果！"

"妈妈，上星期我不小心把我同桌莉莉的铅笔盒给踩坏了，她当时没看见，后来，我告诉了她这件事，用过年时的压岁钱赔给了她！"

"毛毛做得对。这就是男子汉气概。妈妈为你骄傲！"施雅东一脸的惊喜，不顾手上粘着面，对小毛竖起了大拇指。

"哎哟喂，我外孙子真是长大出息了！"胡兰芬眼睛笑得眯成了两条缝，眼角上的皱纹层层叠叠的，堆得老厚，"抓紧捏饺子吧。吃完饺子带着我这宝贝外孙健走去！"

"妈，今晚我也跟你们去。我最近这腿上、肚子上可没少长肉。"

"你？"胡兰芬听女儿说也要去健走，有些怀疑，她撇了撇嘴说："你不是极力反对我们上街吗？"

"我们可以去土城公园呀！那里有树、有水，晚上不仅安静，空气还清新，环境清幽呀！"

"我知道你就会这么说！我们不去公园。"胡兰芬当即沉下脸来说。知女莫若母，一听施雅东要跟着健走，胡兰芬马上就有了警惕，现在女儿提出去土城公园，她就彻底明白了施雅东参加健走是可有可无的事，把健走队往公园引才是女儿的真实意图。胡兰芬接着说："杏儿，行啊你，跟妈还要起套路来了！"

"妈，您看您说的，您肯定是误解我了。我哪敢套路您呢！我这不是心疼您外孙嘛，上回出那事儿到现在也没多少日子，毛毛肯定还有心理阴影呢。毛毛，快告诉姥姥，你想不想去公园里健走？"施雅东见母亲一眼识破了自己的心思，赶紧跟胡兰芬赔着笑，最后又把小毛拉了出来，她心里清楚小毛是胡兰芬的心尖子，小毛想做的事，胡兰芬肯定无条件答应，百试不爽。

"你们以后都不要再提我出车祸那事儿了，那次也怪我自己不小心。我当时是看见马路边有个纸盒子挺漂亮的，想拿回家盛我的贴画，跑去捡的时候也没顾上看车。"小毛说着看一眼施雅东，见妈妈急得直冲自己眨眼睛，就明白了妈妈的意思，把头又转向胡兰芬："姥姥，公园里的空气肯定比大街上新鲜，我也老长时间不去公园了，挺想去的。"

施雅东见冰雪聪明的儿子完全领会了自己的意思，悬着的心一下落到了实处。她故意不拿眼睛去看胡兰芬，单等着她答应，可胡兰芬却迟迟没有吱声。

"健走队虽然是我牵头组织起来的，可活动时间、活动范围都是我们大家协商的，不是我一个人说了算。"过了好一会儿胡兰芬才说话，脸上的表情已经柔和了很多。

"您德高望重，您提议，大家肯定响应。"施雅东笑呵呵地说。

"那你是街道办主任，你怎么不直接说？"

"我说，那是代表组织，得等我们街道办正式开过有关健走的专题会议，我才能发声。我可不能做任何违反组织纪律的事，我亲妈也不能看着我犯错误吧？让您老人家说，是因为您群众基础好，一呼百应！"施雅东捧着胡兰芬说，边说边乐，她已经从胡兰芬逐渐软下来的话口里，看见了胜利的曙光。

夜幕下的土城公园，像一个道行高深的修行者侧卧在那到处充斥着喧闹之声的、活色生香的生活边上，它仿佛早看透了尘世间的纷纷攘攘不外乎都是内心欲望驱使下对名利的追逐，无论闹腾得多欢，到头来也不过是一场空。它身在繁华之内，然而繁华又似乎与它无关，它只顾着它的静。

习习凉风从橘黄色灯光笼罩下的树林深处吹来，吹拂到施雅东的怀里、脸上，也痒酥酥抚过她的心灵。施雅东牵着儿子小毛的手，夹在健走队伍的中间，她仰头望天，竟从一棵直冲云霄的银杏树枝叶间的缝隙里，望见了她久违了的晶莹闪烁的星光。那一刻，施雅东不由得在小毛肥厚的小手掌上用力攥了一下。

胡兰芬的组织宣传能力是毋庸置疑的，她只找了健走队的几个骨干，几个人头碰头在健走队伍边上悄悄嘀咕了一会儿，就把几十人的队伍轻轻松松拉到土城公园里来了，这个队伍里有不少人是认识施雅东的，当她拉着小毛站进整齐的队伍里来时，有人对她点头致意，她礼貌而谦恭地一一报以微笑，但她一直沉默着没有说话，仿佛今晚健走队改变行程跟她一点关系没有。

不知道谁提议，关掉了音响。长蛇一样的队伍游走在宽阔的林荫路上，所有人都沉默着，只有"嚓嚓"的脚步声，掠过林间的小草梢头，掠过倒映着几点星光的人工湖的湖面，飘向远方。施雅东想一定有很多人如她一样看见了那点点星光，也一定有很多人如她一样发自内心地爱上了这寂静中的行走。施雅东坚信，这样美好的感受一定会引导土城健走队来到公园的。她不再为健走队上街影响交通的事忧心忡忡，她现在一门心思想的是一会儿回家，将这一身的热汗冲掉，再把自己洗得干干净净扔到床上去，是一种怎样惬意、舒坦的感觉。

健走快结束时，施雅东接到了陈晓康打来的电话，约她明天中午见面，这让施雅东深感意外。她翻到范兵兵的微信，想把这个消息告诉她，想了想，觉得还是先看看陈晓康的态度再说。借着昏黄的灯光，施雅东又端详了端详范兵兵发来的照片，忽一下记起来站在范兵兵旁边那个戴眼镜的男子长得跟今天上午去办公室找她的那个保安有些像。那个保安叫什么来着？施雅东想了半天，也没能想起他的名字来。

6. 会说中国话的外国女孩，李继承还是第一次见

已经有两星期了，俄罗斯留学生约兰达见到李虎申就缠着他问，李虎申同学，马上要放暑假了，暑假里你可以帮助我见到你的哥哥还有爷爷吗？约兰达说，你每次都会说"这都不是事儿"，可现在这个事儿在我这里真成了事儿！你知道吗？

李虎申最近虽没有与哥哥李继承通过电话，但从微信朋友圈里，他早就知道了那次哥哥夜里回李家佐，第二天就返回北京来了。他之所以一直没有答应带约兰达去见哥哥，是因为最近他实在是太忙了。这倒不是因为学校里的课程紧，主要是梅朵"虎池"的生意现在简直火到爆。不断有新会员加入"虎池"，"虎池"需要他，需要他待在那里的时间比原来要长很多；为了多挣些钱，他把自己的个人资料发到健身平台后，很快就被富婆范兵兵选中，并顺利成为她的私人健身教练，范兵兵的毛病出在自控能力太差，要想让她树立起健康积极的健身理念，那就得在短期内对她进行强化训练，让她看见健身的成效，这同样需要他进行实时监督，言传身教。李虎申感觉自己的时间越来越紧张，越来越不够用。可李虎申又是个特别好面子的人，他的那句口头禅："这都不是事儿！"没少让他吃苦头，在意识到这轻易承诺别人的性格，会给自己招致不必要的麻烦之后，他也曾试图把这个坏毛病改掉，可人的性格一旦形成，又哪里是那么容易改变的呢？

本质上的善良让李虎申察觉出美丽、单纯的约兰达有些不高兴之后，马上付诸行动，他给哥哥打去了电话，哥俩在电话里约好，在土

城公园里见面。李虎申并没有把约兰达想要跟哥哥学习戳脚的事告诉他，李虎申想哥哥要是一听外国女孩给他当学生，肯定得吓着他。

按照跟李继承约定的时间，星期天上午九点，李虎申领着一路上都紧绷着脸的约兰达，准时来到土城公园。李虎申知道，别看约兰达不说话，其实她的内心不定多兴奋呢。在公园门口，李虎申掏出电话来打给哥哥时，眼睛瞅着约兰达直乐。此时的约兰达把一只细瘦的手掌抚在胸口之上，反复捏弄着衣服里的项坠，深蓝色的眼睛因为紧张而不断眨动着。

"约兰达，你可别把我哥想象成什么了不起的大人物，他只是个保安。"李虎申笑着说。

约兰达没说话，眼睛一直紧张地盯着打电话的李虎申。

天阴着，却阴得不沉。走在公园的林荫路上，抬头就能望见好多块铅灰色的阴云在天空里泊着，像旷野里星罗棋布的湖泊。

李虎申和约兰达并肩走着。前边不远，路边的石凳上坐着一个人，身旁放着一个巨大的包袱。近了，李虎申注意到那人头发蓬乱，满面灰尘，这个季节了还穿着脏乎乎、辨不出颜色来的臃肿的衣裤，身边的包裹是用塑料绳子捆扎起来的铺盖。这是一个流浪者，李虎申想。当他和约兰达走过那个人身边时，那人拎起身边的一个漆面斑驳的黄颜色茶缸，用一只黑黢黢的手举着，朝两人伸了过来。李虎申只看了一眼，就继续朝前走。约兰达却离开李虎申身边，径直走向了那个流浪者，在他身边蹲了下来。李虎申站住，看见约兰达从身上掏出一张纸币递给了那个人。李虎申继续往前走，听到约兰达从后面追上来，他问："你给了多少钱？"

"五十元人民币。"

"那他发财了。"李虎申觉得约兰达给得有些多了。

"他能舍掉自尊，向人求助，一定是遇见了很大的难处。"

"现在中国伪装成乞讨者的骗子很多，你或许不知道，有的人真因为干这一行发了大财呢。"

"他不是的！"约兰达说着，回过头又望了一眼那个乞丐，"李虎申同学，你如果看到他眼神里的忧伤，你就不会这样说了。"

"好吧！愿上帝保佑他，祝他好运！"李虎申看着约兰达说，夸张地在自己胸前画了一个大大的十字。

约兰达看着李虎申，正要说什么，见他抬起手指了指前边的银杏树林。

"看到没？那个人就是传说中的我哥哥！"

一个穿黑色吊带背心的高大男人的身影正在一棵棵粗壮的银杏树之间展腰伸腿，闪转腾挪，快速敏捷的身形犹如黑色的旋风在树林深处刮过。

李虎申刚要开口，约兰达忙伸出一根手指戳了他胳膊一下，然后把那根手指压在自己的嘴唇上："嘘！"约兰达冲李虎申摇摇手，示意他不要惊动哥哥。

树林里的李继承并没有发觉站在路边的李虎申和约兰达，此时，他扎稳脚跟，张开双臂，一个怀中揽月收住手脚，又一拧身，背对着二人高声唱道：

> 那一日参军要离李家佐，
> 思过往
> 念兄弟情才将妻儿嘱托
> 哪承想生死关头你弃大义
> 将我的儿抛下
> 想到此不由我肝胆裂
> 气炸心窝
> 今日里誓与你决高下
> 斗个你死我活！

李虎申听出来，哥哥唱的是武术戏《李家佐》里师弟的经典唱段。

河北梆子高亢、激越的唱腔与李继承宽广、浑厚的嗓音完美结合，把师弟此时悲恨交加的心情表现得淋漓尽致。约兰达似乎也被这慷慨激昂的演唱所感动，她一只手掌缓缓抬起来紧紧压在了胸前的项坠之上，白皙的脸上泛起潮红，嘴里嘟噜了一句俄语。

"约兰达你说什么呢？"李虎申见她一副迷醉的样子，悄悄问她。

"Oh！ My God！"约兰达眯起眼睛盯着李继承的背影感叹道。

"哦！买嘎登啊！嘻嘻，怎么样，我哥厉害吧？"李虎申嬉笑着问约兰达。

"我爷爷也像他这样唱过。"约兰达幽幽地说，思绪似陷入回忆当中。

"约兰达，你能听懂我哥唱的是什么？"李虎申吃惊地问。

"不懂。我爷爷唱的，我也不懂。可是这歌声听起来，一模一样。"

"这叫唱腔。河北梆子唱腔。你说过你爷爷老家在保定，他当年肯定是唱的河北梆子，所以你听起来一样。"李虎申笑了。

"嗯、嗯。"约兰达使劲儿点了点头。

李虎申与约兰达一前一后，穿过一条小径进到银杏树林里面，这才看到林子的正中凹下去有两个篮球场那么大一块地儿，是个小广场。小广场的地上铺了大理石，四面围着斜的长条石阶。

"哥，在这地方练功那可真是太享受了。这么好的地儿，你咋找到的？"李虎申立在石阶上，对站在广场正中的哥哥大声说。

李继承正要回答，忽然看到从李虎申身后闪出来、也立到台阶上来的约兰达，不由一愣。

"嗨！您好！"约兰达冲李继承摆摆手。

李继承被眼前这个会说中国话、金发碧眼的外国女孩弄得有点儿蒙，他胡乱地点着头，嘴里小声嘟哝了一句"你好"，就往两人立着的台阶底下来，眼睛却一直望着李虎申，心说这才几天不见，你这是又从哪儿认识个外国人？

李虎申和约兰达迎着李继承下到了小广场里，李虎申给走到跟前来的哥哥介绍约兰达："哥，这是我同学，她叫约兰达，是从俄罗斯来的。不过，她是中俄混血，她爷爷的爷爷是咱老乡，保定的。"

李继承眼睛在一直朝他点头微笑的约兰达身上扫了一眼，又转头看着弟弟。

"哥，约兰达特别喜欢咱中国武术，今天是特意让我领着来找你拜师的。"李虎申嬉笑着说。

"对！拜师。跟您学习中国功夫，还要学您刚才那样唱戏。"约兰达侧着头等李虎申说完，把头转过来，仰起脸对着比自己高半个脑袋的李继承认真地说。

李继承第一次跟一个外国人离这么近，还是个如此漂亮的外国女孩，他的眼光与从那双深蓝色的眼睛里闪出来的清澈如水的光影碰了一下，就慌忙躲开了。

"不行、不行，我怎么能教得了人家呢？"他红着脸，急赤白脸地对李虎申说，"你净弄这种钻过脑袋不顾屁股的事儿！"

"哥，刚才你唱那段《李家佐》的时候，约兰达就跟我说，她好像也听她爷爷唱过呢。人家是真心喜欢武术，喜欢武术戏，才来找你的。咱爷不是总怕武术戏失传吗？这会儿人家外国人都主动找上门来学了，你又不教了。你这不是明摆着跟咱爷唱对台戏嘛！"李虎申见哥哥当着约兰达的面，粗了脖子红了脸地训斥自己，不由得一脸的尴尬，急忙把爷爷搬出来对付他。

"武术戏你也会不少，你们是同学，你教她不就行了吗？"李继承想起这次回李家佐爷爷跟他说的话，心里动了一下，就瓮声瓮气地问李虎申。

"哥，虽说约兰达爷爷的爷爷是咱河北老乡，可人家现在的身份是国际友人。我学的那些，早忘得差不多了，我教人家，将来要是闹出笑话就是国际笑话。丢咱爷、丢咱李家佐村人的脸不说，丢了咱中国人的脸，那还了得！再说，我现在不是正紧着给咱多挣些钱，将来咱哥俩一起回燕云新区发展吗？"

"照你这么一说，我更不敢教人家了。"

"哥哥！"一直在旁边看着哥俩争论的约兰达插了话，"我想跟您学习，一个是我认为中国武术它是一种文化，我想更多地去了解它、理解它。另外，我特别、特别爱我的爷爷，我想用这样一种特殊的方式来纪念他、想念他。"约兰达说着说着，深蓝色的眼睛里竟蒙上了一层水雾。

本来眼前这个外国女孩一句亲亲切切的"哥哥"，就已拉近了彼此的距离，看见约兰达说到最后竟有些哽咽，让李继承立时变得手足无措起来，他伸出手来，用力搔了搔头，看着李虎申，一脸的无可奈何。

"哥，既然约兰达这么真诚，你可以让她先跟着你了解、了解的。等过段时间，她真的喜欢，想学，你觉得她也行，能学会，到那时咱再提拜师的事。"

"拜什么师啊？还拜师！我是怕被人家笑话！"李继承皱着眉对李虎申嘟哝道。

"习武不就是为了强身健体吗？人家约兰达也是我们学校国际文化学院的研究生，大家互相学习嘛。约兰达，我哥哥其实是特别想跟人一起演练武术戏的，只是他见你是外国人，有些不大习惯。你瞧瞧他，都紧张得脸上冒汗了。"李虎申笑着说。

"哥哥，我爷爷的爷爷是中国人，还是你们保定的。我们就都是自己人。您懂吗？"约兰达看着用手背抹汗的李继承说。

"我只有不上班的时候才能过来练，她得上学，时间点不一定能对上。"李继承对李虎申说。

"哎呀，哥，这都不是事儿！一会儿你俩互加个微信，多会儿你来，招呼她一声。她有时间呢，就来。她没时间，你就自己练呗。"

"哥哥，李虎申同学说得对。你们中国有句谚语叫师父领进门，修行在个人。我也可以在学校练习的。"约兰达说着，把手机从斜背着的挎包里掏了出来。

"我的在那儿，我去拿。"李继承指了指搭在广场边一张长条石凳上的自己的保安制服，然后朝那边跑去。

李虎申冲约兰达挤了挤眼，约兰达耸了耸肩，脸上露出来灿烂的笑容。

在李继承与约兰达互加微信之后，李虎申也掏出手机来，看了一眼时间后对二人说："好了，我的任务完成了。今天上午健身房有我的课，我得赶紧走了。"说着，就转过身去，轻松跃过几级台阶，准备踩着来时的小径原路返回。

"小申。"李继承叫住了弟弟。他本来想把见着梅朵的事跟他说一下，话到嘴边，瞥见约兰达孤零零立在广场边上，左顾右盼，一副无助的样子，就改口说："去吧，路上注意安全。"

"哥，约兰达中文水平很高，你们好好交流。Goodbye，约兰达！"李虎申朝两人挥挥手，匆匆而去。

李继承迟迟不收回送弟弟远去的目光，他利用这个间隙，脑子飞快地转动，他想接下来跟身边这个外国女孩单独相处时，自己第一句话说什么呢？

"哥哥。"李继承先是嗅到一股浓郁的馨香，接着听到已经站到自己面前的约兰达招呼自己，他慌忙转过身来。

"哥哥，把您的衣服给我，您接上刚才的，继续练习吧。"约兰达冲李继承伸出手来。

"嘿嘿，我这衣服好些天不洗了，有点儿脏，还是放那边去吧。"李继承尴尬地笑笑，把手机揣进兜里，朝那边的石凳走去。

"您还是交给我吧。"约兰达挡在了李继承前面，手依旧伸着。

李继承无奈，只好把衣服递给了她。他心想要知道有这一出，我提前多放些洗衣粉，把衣服洗得干干净净多好。这要让人家外国人笑话，多丢人哪！此时的李继承心里充满了懊悔。

约兰达接过李继承的保安制服，用一只手抻着领口，伸出另一只手把衣服的前襟、后背仔细拍打一遍，然后小心折起，搭在了臂弯里。这一幕被李继承看在眼里，他的心头不由得一热。

凉风吹过，灰蒙蒙的天空飘落下零星的雨滴。再次立到广场中央去的李继承抖擞精神，扎牢马步之后，气沉丹田，猛地一声大吼，踏脚、虎步趋进，不断地出拳踢腿，真是拳如流星、腿似闪电，他的身子大开大合地动作着，与刚才判若两人。

这一趟戳脚拳李继承打得用心用力，约兰达看得如醉如痴。直到细雨打湿了李继承的头发，直到约兰达把臂弯里的保安服紧紧贴在了胸前……

李继承和约兰达顶着绵密的雨丝往公园外走时，李继承把自己的保安服披在了约兰达头上。

"就是有些脏。"李继承苦笑着说。

"这里有哥哥的汗水味，很好闻的！"约兰达用两只手抻着保安服，露出来半个脑袋，调皮地说。路过那个流浪汉身边，见他已经用一块破塑料布把自己和随身带着的行李罩了起来。

"我进来的时候，给了他十块钱。"李继承指着那块不断被风吹动的塑料布对约兰达说。

约兰达伸手撩了一下鬓边被雨打湿的一缕黄发，微笑着朝李继承点了点头。李继承被衣服底下那一对熠熠闪光的、深蓝色的眸子撞到了眼睛，不好意思地红了脸。

来到公园门口，约兰达提出来请李继承吃午饭。李继承说不用，你既然是小申的同学，你们学生哪有多少钱？要请也是我请你。两人于是约定去李继承工作的樾林大厦六楼去简单吃点儿东西。就这样，李继承和约兰达迎着越下越紧的小雨，朝地铁站跑去。

7. 没想到曾经的冤家救了自己和孩子的命

施雅东醒来已是早上七点多，她感觉两条小腿又酸又胀，就知道是自己老长时间没锻炼过了，昨晚上乍一健走给闹的。想想夏夜里土城公园的凉爽，还有那沉默着的百十来人踩出来的"嚓嚓"的脚步声，她有些兴奋，暗下决心，自己一定要陪着儿子和母亲把健走这项运动坚持下去。

好的运动带给人最显著的改变，往往在于精气神儿。施雅东起床之后，感觉神清气爽。洗漱完毕，来到厨房见母亲胡兰芬手里把着个勺子正熬小米粥，问过妈妈早上好，施雅东赶紧抓起拖把开始墩地。施雅东墩地时竟哼起歌儿来，等她发觉，不由一惊，就偷着乐了一下。接着她就看见了摆在门口鞋柜上小毛的运动鞋，那双鞋脚后跟那块儿已经磨出来个月牙。施雅东想，今天得带毛毛上街去买双鞋，就去樾林买，陈晓康不是约自己今天中午吃饭吗？正好带上毛毛，就在樾林六楼吃好了。

多半个上午，施雅东都是牵着小毛在樾林大厦五楼的运动鞋专柜之间流连，最后总算买成了两双运动鞋，小毛一双，胡兰芬一双。给母亲买鞋的时候，施雅东给胡兰芬拍了照片，然后微信发给她，问她喜欢不喜欢这个样式。胡兰芬给她回过来，你这是把我健走队拉进公园的计划得逞了，在贿赂妈妈吗？胡兰芬发这句话的时候，在后面缀了个捂着嘴笑的表情。施雅东看着手机笑出了声，她给母亲回复个翻白眼的表情。

施雅东看看表，见快十一点了，就给陈晓康发信息，问他在哪儿。陈晓康回，你就说你在哪吧，我马上开车过去。施雅东就告诉他在樾林大厦。陈晓康再回她：正好，外面下雨呢，你在樾林六楼选个好点儿的餐厅，提前过去订位子吧。

施雅东和毛毛来到六楼，找了一家叫"金鼎轩"的粤菜馆，见餐厅里已经坐了不少的人。

"毛毛，妈妈等一下要和一位舅舅谈一件重要的事情，你单独吃好不好？"母子俩找了个角落坐下来后，施雅东对小毛说。她不想让儿子听到自己与陈晓康有关家庭矛盾的对话。

"嗯。"小毛懂事地点点头，"那我坐这里，妈妈去那儿坐，这样毛毛就可以看到妈妈，妈妈也能看得到我。"小毛指了指不远处一个空着的餐位对施雅东说。

"好的，那毛毛想吃什么自己点。"施雅东看着儿子，伸出手去，怜爱地抚了抚他的头。

"我就点这个，再加一碗米饭，可以吗妈妈？"小毛拿起餐桌上的菜谱翻了翻，然后一手托着菜谱，一手指着菜谱上萝卜牛腩煲的照片凑过来指给施雅东看。

"当然可以。你不够吃，还可以自己做主点。"施雅东说着，站起来冲小毛摇摇手，"那妈妈过去了。"

施雅东在小毛刚才手指的那个餐位上坐下来，给陈晓康发了信息，告诉了他自己所在的位置。她侧着身子，胳膊挂在椅子背上，托着腮，痴痴地看着儿子仰着头跟服务员说话，心里莫名涌动起一股酸痛的热流，那热流一路往上，直奔鼻孔。等到施雅东见服务员正从小毛餐桌旁走开，她慌忙坐正，从餐桌上的纸抽里扯出两张餐巾纸，压住了鼻子。

施雅东向餐厅门口张望着，恰在这时，她模糊的泪眼里闪现出一个穿黑色吊带背心的高个男子和一个金发碧眼的外国女孩，一前一后走进了餐厅。施雅东用餐巾纸揩了一下眼角的泪水，见那男子手里拎件衣服，抻直了脖子，转动着脑袋四处寻找餐位。怎么又是他！施雅东赶紧伸出一只手拄在太阳穴上，侧过脸去看小毛。那个保安和外国女孩一前一后从被她遮挡着的眼皮底下走过去了。小毛正稳稳地坐在座位上，端着茶壶往已经打开来的一次性餐杯里斟水。施雅东看着他小大人的样子，偷偷笑了。

"施大主任，想什么好事呢？这么高兴！"立在餐桌边的陈晓康把手包往桌子上一掷，笑呵呵地问施雅东。

"外面下雨了？"施雅东站起身，见陈晓康手里已经收拢的雨伞是湿的就问道。

"小雨。"陈晓康把雨伞靠着脚边的椅子戳好，环顾着四周说，"怎么找了这么个地方，乱糟糟的。他们这没雅间吗？"

"这不挺干净的嘛，能说话就行了。"施雅东坐了下来，拿起桌上的菜谱朝陈晓康递过去，"看看吃什么吧，今天我请你。"

"我请！我有事要求施大主任的。"陈晓康扶了扶眼镜坐了下来，两只伏在餐桌上的精瘦的胳膊，像两根干柴棒。施雅东看到了，在心里暗暗感慨，这人怎么瘦成这样了！

"你跟兵兵到底怎么回事？"趁陈晓康看菜谱的当儿，施雅东问他。

"咱先甭提她！一提她，我就没胃口吃东西了。"陈晓康的眼镜滑到了鼻梁上，他瞪着眼窝里一双大眼，目光从眼镜上方平射过来，看着施雅东，然后伸出一根手指，把滑到鼻梁上来的眼镜往上推了推，接着又看菜谱。

"你们之间到底发生了什么？怎么弄成这样！"施雅东不理会他，继续说。

"什么也没发生，什么也发生不了！"陈晓康说着，见服务员走过来，就把身子斜靠在椅子上，举着菜谱，一个接一个地点菜。

"好了服务员，就这些，我们不要了。"施雅东见陈晓康已经点了五六个菜了，菜谱还被他拿在手上翻动，赶紧阻止，"知道你是大款，点多了浪费，我可不想暴殄天物！"

"那再来个猪肝枸杞菠菜汤。"陈晓康说着，合上了菜谱。

"你喝点什么？啤酒还是饮料？我是不能喝，开着车呢。"陈晓康问施雅东。

"我喝白水就行了。"施雅东回答。

"哎，你还记得我那个叫赵伊蕾的小妹妹吗？"服务员走后，陈晓康问施雅东。

"谁知道你有多少好妹妹？我又怎么分得清哪个叫雷，哪个叫雨？"施雅东故意逗他。

"哎呀！我可没你想的那么不知轻重！我说的这个赵伊蕾，就是上次在吉祥胡同里你遇见的那个。她跟我说，后来见过你的。"

"她咋了？"

"这不她求我找你办事嘛！"

"我可没那么大能耐给她安排工作。"

"不是工作的事。她说她有个亲戚撞了你单位一个同事的孩子，当时因为胆小跑了，后来她这亲戚发《寻人启事》，才把你单位的同事找到。她让你帮着做做对方的工作，多给点儿医药费，只要别不依不饶盯着她这亲戚不放就行了。哎，雅东，你怎么了？脸色这么难看。"

"谁跟她说我单位那同事不依不饶了？"施雅东已经气得脸煞白，她转动身子往后看了一眼，见那保安和外国女孩就坐在她左后方仅隔一张桌子的餐位上，两人正埋头看着菜谱。施雅东狠狠盯了他们一眼，回过身来。她稍稍平静了一下自己，对陈晓康道："陈晓康，我约你出来是受兵兵的委托，跟你谈谈你俩之间的问题，你上来就跟我扯这些子虚乌有的事有意思吗？"

"雅东，你别急，更不要生气，我也是出于好心帮她问问。"

"切！出于好心？你这么卖力气帮她，不会你俩……"施雅东说到这，见服务员端菜过来，就住了嘴。

"这个还真没有！"施雅东一句话弄得陈晓康有些窘迫。

等服务员把菜在餐桌上放稳离开，陈晓康又去扶了扶眼镜，对施雅东笑着说："这个赵伊蕾在我店里表现特别出色。为人泼辣、热情，很有思想。说实话我很欣赏她，但人家早名花有主了，她未婚夫也在北京打工呢。"

见施雅东依旧绷着脸，他一边把桌上的菜往施雅东那边推，一边紧着把话岔开："来！尝尝这儿的粤式蜜汁叉烧，看着这肉的颜色还行！"

施雅东刚夹了一小块儿肉放在嘴里，冷不丁听到餐厅外一声凄厉的尖叫，抬头时透过餐厅的玻璃窗看见外面楼道里跑过去一群人，有个满脸惊恐的中年男人一肩撞开餐厅的门跑了进来。他进门就喊："砍人了！砍人了！"边喊边一头冲向餐厅的最里面。施雅东感觉身边刮过一股冷风，刚刚跑过去的那个男人慌乱中踢翻了她身边的一把椅子，陈晓康的雨伞也被踢到了一边。

餐厅外面传来妇女和孩子此起彼伏的哭喊声，楼道里跌跌撞撞狂奔着的人越来越多。餐厅里所有人都立了起来，有人开始推开椅子朝后面跑。陈晓康一把抓起手包，对施雅东喊道："快跑！"就绕过餐桌来拉她。

施雅东望见小毛站在餐桌旁正朝窗外张望，急得狠劲儿甩脱陈晓康的手，疯了一样奔向小毛的餐位。

餐厅内乱作一团。跑动起来的食客已经汇成人流，施雅东要横穿这人流去到小毛身边谈何容易？她的肩膀、胳膊、大腿不断受到来自别人身体的没轻没重的撞击，但她浑然不觉，那个穿着黑色吊带背心的、宽厚的臂膀在她眼前一闪，她望了他一眼，他也看到了她。

"哎？"拉着约兰达朝后面跑去的李继承见到施雅东的一瞬间，吃了一惊，他松开了拉着约兰达的手，停了下来，约兰达随即被人流涌到后面去了，而李继承则被挤到了翻倒的两张餐桌之间，孤零零立在那里。

施雅东终于抓到小毛的手了："毛毛，别怕！"

施雅东嘴里说着别怕，浑身上下却抖个不停，她的心快跳到嗓子眼儿里来了。施雅东看见一个长头发的男子闯进餐厅里来，正抢起一把沾满血污的长刀劈向一个朝这边跑来的、肥胖男人的后背。那男人栽倒在地的位置离施雅东和小毛站着的餐桌只隔着三个餐位。跑是来不及了，施雅东松开了小毛的手，抄起手边的一把椅子，把小毛护在了身后，她清清楚楚看见了那长发男子充血的眼睛，他正拎着滴血的长刀绕过扑倒在地上的那个胖男人，奔他们母子而来。施雅东感觉自己的双臂很软，攥着椅子腿的双手一点儿力气也没有了。

从施雅东身后飞过去一只玻璃茶杯，长发男子把头一偏，闪了过去，"哗啦"一声，茶杯砸破了紧邻外面楼道的玻璃窗。

那个被黑色吊带背心紧箍着的宽阔的后背像一块厚实的门板严严

实实挡在了施雅东和小毛的前面。施雅东能看见他臂膀上凸起来的、坚实的肌肉在突突地跳动。

"黑背心"在慢慢往前移动。

"呀!"长发男子嘶叫一声,抡圆了的长刀直直劈向"黑背心","黑背心"脚一点地,跃到了一边。长刀劈在一张餐桌上,盘子、碗筷稀里哗啦震落了一地。

"妈!"小毛惊呼,死死扯住了施雅东的衣襟。

"黑背心"又挪移到施雅东的正前方了,这一次他的后背塌了下来,两只胳膊弯曲着,拉开了架势。

长发男子双手握刀,一步步逼过来。眼看两人就要撞到一起了,长发男子手里的刀"唰"地一下横着扫向李继承。李继承一侧身子,左脚扎牢在地上,右脚已经飞起,正中长发男子手腕,刀飞了出去。长发男子愣怔了一下,攥着双拳扑向李继承,一拳杵向李继承的面门,李继承歪头闪过,顺势钳住对方手腕,一个拧身,整个人跃起,两腿紧紧夹住长发男子脖子,李继承扑向地面时,把长发男子"叼"了起来,在半空里旋转半圈,将其四脚朝天重重摔在地上,再也动弹不得。

施雅东被眼前的一幕惊呆了!好半天,手里的椅子被她轻轻放在地上,将小毛紧紧搂在了自己怀里。

李继承一个鲤鱼打挺从地上跃了起来,围着躺倒在地上的长发男子绕圈,仿佛一副没打够的样子。

整个餐厅里都静着,几乎每个角落都能听到李继承脚下的长发男子龇牙咧嘴发出来的嘶嘶声。

掌声!雷鸣般的掌声和欢呼声在一瞬间爆发了,有排山倒海之势。施雅东也抬起手来拍起了巴掌,小毛拍得最热烈。有人开始掏出手机来试着一点点接近李继承和躺在地上的长发男子录视频。

大胡子带着樾林大厦的保安们赶来了,全副武装的警察赶来了,穿着白大褂的医护人员抬着担架赶来了,刚才空荡荡的走廊里、餐厅里再次挤满了人。

"王、王八、犊、犊子！"大胡子用脚狠狠踢了一下长发男子的腰骂道，刚要再踢第二脚，被警察扒拉到了一边。两名警察蹲下身子给长发男子上了背铐，有一名警察站在被李继承踢飞的那把长刀边儿上，不时告诫着人们不要踩到它。几名医护人员把倒地的胖男子身上的伤口简单处理了一下，扶上担架，抬走了。李继承被举着手机的人群包围起来。

约兰达扯着李继承的手从施雅东旁边走过，施雅东听到那外国女孩说："哥哥，我刚才看到你的手上有血，快看看是不是受伤了？"

"没有。那是蹭的他身上的血。"李继承接过约兰达递过来的湿巾，擦掉了手背和胳膊上蹭上去的血。李继承一抬头，看到了正望着他的施雅东母子，他想凑过去安慰她们两句。追着李继承拍照的人又涌了过来，很快就将他与那对母子隔开了。

8. 梅朵是个聪慧又体贴人的好姑娘

一个女学员把中午发生在樾林大厦的砍人事件告诉李虎申的时候，李虎申正平伸着双腿坐在"虎池"健身房的地毯上，背靠着墙壁打盹。正晌午的工夫，梅朵接了个电话对他说家里有事，就急匆匆走了。他要的外卖是咖喱鸡块和两大碗米饭，吃得有点撑，刚刚去了趟卫生间。因为下午两点半还有自己的课，他想借这段时间好好眯一觉。

"李老师，刚刚樾林大厦有人拿刀砍人了！"那个女学员从外面走进来，径直来到李虎申坐着的地方，半蹲下身子推了推他的肩膀惊慌地说。

"什么？"李虎申揉了揉眼睛，脑子里快速闪现出自己给哥哥请假时远远望见的樾林大厦的样子，立时清醒过来，双手撑地，忽一下子从地上跃了起来："谁砍谁了？"

"您看手机吧，现在朋友圈儿都传疯了！估计一会儿得上头条。"女学员说着，把她的手机递了过来。

手机正在播放的是一段小视频，李虎申第一眼就看到了哥哥和约兰达，视频里哥哥李继承正在擦胳膊上的血。李虎申慌了神，把手机还给那个女学员，掏出自己的手机来给李继承拨了过去。

　　"李虎申同学吗？哥哥在接受采访。"电话是约兰达接的。

　　"你们没事吧？"电话那头人声嘈杂，李虎申大声问。

　　"Oh！My God！李虎申同学，你不知道刚才发生了什么，你不知道。哥哥太伟大了！太伟大了！"约兰达声音颤抖着喊道。

　　"到底怎么回事？"

　　"李虎申同学，你错过了最惊心动魄的一幕，我为你感到遗憾。"

　　李虎申听约兰达说得云山雾罩不着重点，索性把电话挂了。

　　李虎申接着又给梅朵打了过去，想跟她请个假，亲自去一趟樾林大厦，看一看那里到底发生了什么，哥哥怎么样。梅朵的电话通了，却一直无人接听。李虎申来到窗前，眼睛望着樾林的方向，窗外灰蒙蒙的天空下，四环路上的车一辆挨着一辆行驶在迷蒙的雨雾里，排着整齐的队伍，像缓缓蠕动的虫子。李虎申的心里跟长了草一样，焦急地在窗前来回踱步。

　　半个小时之后，梅朵终于出现在训练大厅的门口，李虎申迎了上去。

　　"咋打电话不接？哎，你怎么了，脸色这么难看？"李虎申上上下下来回打量着顶着一头湿漉漉的短发、一脸疲惫的梅朵问道。

　　"哦，我去了趟樾林大厦。里面人声嘈杂，没听到你电话。"梅朵说着，往办公室走。

　　"樾林？是不是刚刚有人拿刀砍人了？"

　　"是。一个精神病患者，拿刀砍伤了五个人，有个男的脖子上挨了一刀，挺严重的，正在医院抢救。"

　　"我刚才看视频，见我大哥也受伤了。你当时在现场？大哥怎么样？"李虎申快走两步，拦在了梅朵前面，紧张地问。

　　"你放心吧，我看到大哥了，他半点儿事没有，可以说毫发无损。

今天多亏了他，不然，还不知道出多大事儿呢！"

"嗯嗯。"李虎申连连点头，一直悬着的心放了下来。他接着问梅朵："砍人那小子最后怎么着了？"

"被大哥制服后，公安带走了。真没想到大哥平时沉默寡言，关键时刻那么勇敢！"

"你没听人说艺高人胆大嘛！就凭大哥那一身的功夫，别说收拾个把神经病，转眼放平三五个小毛贼，那都不算事儿！"听到梅朵说大哥没事儿，李虎申又来了精神，他得意地说着。

"回来的路上我就想，大哥身怀绝技，做个保安有些屈才了。"梅朵若有所思地说，"不过，我想经过这件事，大哥展示了自己的本事，随之而来的将会有很多的机会能够助力他，让他在北京站稳脚跟。"

"何以见得？"

"我从樹林出来的时候，好几家首都媒体记者已经在采访大哥了。相信用不了多长时间，大哥的名字全国各地就都知道了。"

"嚯！瞧你说的这玄乎劲儿！打趴下一个精神病，能火了大哥？"李虎申笑嘻嘻地问。他虽然装出一副不以为然的样子，心里却认可梅朵所说的话，他清楚网络时代一个新闻事件的传播速度到底有多快。这个时代的绝大多数人都抱着"事不关己，高高挂起"的心态，社会最稀缺的就是大哥这种敢于出头的人。媒体肯定得揪着正能量这个由头大加宣传。他一边为大哥高兴，认为李继承这纯粹是搂草打兔子，捡了个大便宜，一边又有些怪他愣了吧唧的，那刀可不长眼睛，何况还是个神经病手里的刀，万一伤着自己了，那可不是闹着玩儿的！

"火不火的，反正大哥今后的生活肯定会有所改变。不信，咱走着看！"梅朵说着，从李虎申身前绕过去，"准备准备！该上课了。"梅朵说着，进了自己的办公室。

李虎申站在原地，伸出手来在额头上拍打了两下，嘴里嘟哝道，大哥呀，我的大哥！竟哧哧笑出声来。

在下午的课上，李虎申因为一直想着大哥的事，就显得有些心不在焉，以至于纠正一个做俯卧撑的女学员的动作时，他竟拍打了一下人家的屁股，这让李虎申惊出了一身冷汗。好在当他红着脸跟那个女学员讲解动作要领时，偷偷瞄了一眼这个女学员脸上的表情，并没有察觉出有什么异样，这才稍稍松了口气。直到下课，李虎申不敢让自己再有一丝的懈怠。

好容易挨到下课，李虎申背上自己的双肩包往梅朵的办公室走，打算跟她打声招呼，就去樾林大厦找李继承，他现在的心情是恨不得一下子就立在哥哥跟前。

"坐下来，我们聊几句。"坐在办公桌后面的梅朵，看了一眼李虎申，目光又回到面前的电脑上，握着鼠标的手，在鼠标垫上轻轻滑动着。

"我想去看一下大哥。"李虎申看着梅朵说，他发现从梅朵短发底下延伸出来的下巴颏线条特别柔和，有一种形容不出来的美。

"我正想跟你聊一聊大哥的事呢。"梅朵转过脸来，抽回握着鼠标的那只手，顺势拄了一下办公桌沿儿，老板椅驮着坐在上面的她往后面退去。

"你不觉得大哥在保安队一直这样做下去，太委屈他了吗？"梅朵冲李虎申微笑着问。

"他就是个高中毕业，除了从小练戳脚，也没什么别的能耐。现在哪里用人不是先看学历？学历是敲门砖，没学历用人单位理都不理。大哥可不像我，他容易知足，我看他对现在这个工作挺满意的。"

"他那么好的武功不是技能？对现在的工作，他很满意那是他的事情。大哥身怀绝技，不事张扬，为人朴实厚道，又有正义感。这么好的一个人，只是对城市生活还不太适应，依他的本事，他应该拥有更富足、更有质量的生活。为了让他活得更好，你难道不应该帮他？"

"哪有一奶同胞的亲兄弟不希望对方好的？我当然希望大哥混得好了，可是怎么帮呢？"

"有个一线演员，跟我是朋友，在网上看了关于大哥的报道，刚才联系我，想聘大哥做她的保镖。年薪七位数。"

"多少？七位数？我看看……好家伙！百万啊！"李虎申平摊着两只手，一个手指接一个手指地合拢起来，最后，脸上现出又惊又喜的表情，"照这么说，大哥很快就成大款啦！"

"大款不大款的，最起码经济上会有所改善。只是不知道大哥愿不愿去，你先跟他通一下气儿，看看他什么意思。我那个朋友为人挺好的，再说有我这层关系，只要大哥做得好，她也不可能亏他！"

"啧啧啧！这、这难道就是我们平时说的'时来运转'吗？啊？哈哈哈……"李虎申是真心替哥哥高兴。

梅朵也会心地笑了。

"那我现在赶紧走，去把这个大大的好消息告诉大哥。"李虎申说着朝门外走去，到了门口又转过身来对正注视着自己的梅朵说，"对不起，刚才忘了替我大哥谢谢你了！"

当李虎申背着双肩包、迈着轻快的步子从过街天桥上走过时，俯瞰着桥下车水马龙的街道，他像个孩子一样伸出手，五根手指如同拨弄琴弦，在天桥护栏上滑过，哥哥生活前景一片光明，感染了他。李虎申为哥哥高兴，也为自己这个多灾多难的家庭高兴，与此同时他也开始憧憬自己的未来了，而他的未来跟以往一样，是与哥哥紧紧联系在一起的。

李虎申怎么也不会想到，接下来当他跟李继承谈起当保镖这件事的时候，李继承会断然拒绝。而李继承拒绝的理由听起来让人可气又好笑，李继承说，做保镖那么危险的行业，自己胆小！这让李虎申对哥哥大失所望。

9. 他黑红的脸膛上绽出难得一见的笑意

连续的雨天让施雅东的情绪像天空中跑动的阴云，裹挟着大泡的雨水，却不能倾泻个痛快，只是零零星星甩下那么几滴，让人憋闷得慌。自从那天领着小毛离开槭林大厦之后，那个高大、匀称的身影总在自己眼前晃动，晃得她心绪不宁。这可不是一贯行事果断、沉稳的施雅东的风格，她为此对自己非常恼火，但又无能为力。

施雅东已经从各类媒体铺天盖地的报道中知道了那个人的名字叫李继承。李继承！呵呵，一个多么俗气的名字。想起来那晚他那么用力攥自己的手腕就来气，一个没受过什么教育的农村小子罢了！她在心里气哼哼地念叨，差点儿就出了声。可是很快李继承那被吊带背心箍紧的、肌肉发达的后背，他凌空跃起，双腿夹住那个精神病脖子的瞬间又在她眼前闪过，那强壮的体魄也真是没谁了！如果那天不是他及时出现，自己和毛毛肯定被那人拿刀砍了，能不能保住命还得另说另论呢！他是善良的、忠厚的，要不他撞了小毛之后会到处贴《寻人启事》？你看他到自己办公室那拘谨的样子，还有媒体采访他时，那脸都红成什么了？呵呵，这到底是个什么人啊？这几天，小毛不是老跟自己说要拜他为师，跟他学习武功吗？让孩子去还是不去呢？他肯好好教孩子吗？一个接一个的疑问在施雅东心头升起，她反反复复追问着自己。

对吉祥胡同里那栋旧楼电路进行改造的工作，在施雅东不断催促下，电力部门终于有了确切答复，至多再过十天，将给吉祥胡同的电力改造加派人手，由两人增至十人，这给施雅东被迷雾包裹着的心打开了一条缝隙，她暗暗祈祷，在这十天时间里，老天千万别下大雨。就在这时，施雅东接到了上级领导安排她所在的花月街街道办深挖李继承事迹，为他申报北京市见义勇为模范的任务。

施雅东后悔那天自己把李继承电话删了，让她跑了一趟槭林大厦才找到他的手机号，就这样辗转半天才在土城公园见到了正在演练武术戏的李继承。

施雅东带着张晓玉踩着小径上的石板，往银杏树环绕的小广场走的时候，远远又望到了那个高大、匀称的身影，她心跳的速度莫名地快了起来。

"李继承，快过来！跟你了解一些情况。"施雅东远远地招呼立在小广场中央、已经看到她们的李继承，她的声音听上去跟树林里的鸟鸣一样，清脆而又欢快。

李继承朝这边的台阶走来。他的肩真宽，腿好长！施雅东盯着走过来的李继承看，心里感叹着，脸顾自红了起来。

"就那么点事儿，您当时也在场的，都反复说了十多遍了！"李继承听完施雅东说明来意，拿手用力挠着后脑勺，鼻子旁边的肉耸起来，挤得右眼睛成了一道缝，满脸痛苦的表情，对施雅东道。

"这次是咱们区里给你报的这个先进，如果上边批下来，您就能得五万奖金呢！"张晓玉见李继承不情愿的样子，就插了一嘴。

"反正就是网上报道的那些，要是再问，我也说不出什么新鲜的了。"李继承嘟哝着。

"我们这次来，不问你什么。事迹材料我们给你写，你需要做的就是填个表。"施雅东见李继承跟个孩子似的嘟起了嘴，觉得又好气又好笑，但还是沉着脸，一本正经地对李继承说。

"还得提供两张一寸蓝底免冠照片。"张晓玉笑着补充道。她也注意到了李继承的孩子气，一时没忍住，被他逗乐了。

"照片？我没有照片呀！"李继承又去搔头。

"没说现在就要照片！回头你有了，抓紧给我们送到办事处去。"施雅东瞪了李继承一眼。

李继承的目光无意跟施雅东的碰到一处，脸唰的一下子红了，他乖乖接过张晓玉递过来的公文夹和碳素笔，看了一下公文夹里面夹着的表格，就躲到一边的台阶上去了。他坐下来，把公文夹平放在膝盖上，认真填写起来。

"最后的事迹一栏空着，回去我们给你总结好后再帮你填上。"施雅东冲李继承大声说道。

"嗯、嗯。"李继承坐着没动，却连连点头答应着。施雅东看着李继承塌腰弓背、老老实实坐着填表的样子，心想，自己刚才瞪他，被他看到之后，这个高大魁梧的壮汉怎么一下子就变得唯唯诺诺了？难道他还对撞了毛毛那件事情放不下吗？施雅东决定等他填完表之后，把毛毛想跟他习武的事说一说。

"填完了，您看看行不行？"李继承从台阶上站起身，走过来把公文夹和笔递到张晓玉手里。他的眼睛躲着施雅东，不敢看她。

"中！就是这样填。没想到恁写字这么漂亮啊！"张晓玉把目光从摊在手上的公文夹上挪开，惊讶地看了一眼李继承，然后把公文夹托给施雅东："主任，恁看看这字写得，真棒！"

"这材料要得急，你抓紧时间把照片给我们送去。"施雅东瞥了一眼表格上李继承写得确实俊美的字体，心里动了一下，嘴上却又催李继承照片的事。

"嗯、嗯。"李继承诺诺连声，眼睛在张晓玉脸上打转，依旧不敢看施雅东。

三个人正说着，见六七位穿着运动装的老头、老太太沿着银杏树林里的小径，一路上有说有笑，朝小广场这边走来。

"李老师早啊！"走在最前头的一个老头朝李继承招招手，笑着打招呼。他身后的人也纷纷抬手招呼着李继承。

施雅东看着老人们纷纷在小广场的台阶上坐了下来，互相之间也不再交谈，一个个胳膊肘拄着腮帮子往这边瞅着，再想刚才这帮人跟李继承非常熟络的劲头，就故意拿他打趣："这些人都是李老师的粉丝吧？"

"您、您千万别这么说！我哪里敢称'老师'？他们只是喜欢看我演戏呢。"李继承脸憋得通红，看了一眼施雅东，见她正忽闪着一对杏眼，抿着嘴冲他乐，赶紧又避开了。

"乖乖！恁还会演戏？那俺们可来着了。主任，快坐下，咱也欣赏欣赏这大英雄唱戏。"张晓玉说着，兀自一屁股坐在了台阶上。

施雅东听李继承说他会唱戏也感到新奇，又听张晓玉叫她，就答应了一声。心说，我倒要看看眼前这个闷葫芦是怎么把戏文唱出口的。见李继承窘立在台阶底下，抓耳挠腮的样子，她就催促道："李老师，快别端着架子啦！没见大家伙都期待着您吗？您掏点儿真本事出来，给我们开开眼。"

李继承听出来施雅东话语里夹着枪棒，又羞又恼，可又不敢发作，绷紧一张红布样的脸，赌着气，噔噔噔快步走到小广场中间去了。

李继承将身形站稳，双腿并拢，双肩端平，目视前方，深深吸了一口气，总算稳住了心神。他猛地提拳，出弓步，这拳脚一出，转眼间，他整个身子就在小广场里旋风一样转动起来。招招式式，虎虎生风，干净利落。那群老头、老太太坐着的地方很快响起了掌声和叫好声。

施雅东听见身边坐着的张晓玉也拍起了巴掌，她没有鼓掌，更没呐喊着叫好，只用目光追着李继承的脸看。李继承目不旁视，眼神只在自己打出去的拳头、踢出去的脚上，早全身心投入到拳脚中去了，仿佛周围的人不存在一样。对李继承身上透露出的这股子专注劲儿，施雅东心中暗自佩服，却又有些莫名的失落。

一套拳脚过后，李继承收了招式，冲着坐在台阶上的老头、老太太们一抱拳，亮开嗓子唱道：

> 你我兄弟出生在这李家佐，
> 未敢忘
> 月亮地里学功夫只有你我
> 打麦场上舞枪棒
> 我们同把武艺切磋
> 每忆起这师生谊、兄弟情
> 兄长我泪盈眼窝
>
> 你离家数余载
> 受苦累、品孤单

四海漂泊

为兄我护妇孺守家门

也不好过

重感情、讲义气

是咱男儿本色

你千不应、万不该

不问青红皂白羞辱我

说什么出狠手斗个你死我活

来来来，啊呀呀……

我倒要看一看

这几年你武功长进几多

……

《李家佐》里师兄这段河北梆子唱腔被李继承唱得字正腔圆、声情并茂。虽是清唱，然而从李继承嘴里吐出来的铿锵而又悠扬的音韵如行云流水般在小广场里激荡，在银杏树林间回旋，感染了在场的所有人。掌声再次响起来。

施雅东没有听过河北梆子，她不能完全听清李继承唱的是什么，但当李继承唱到"来来来，啊呀呀……"那一句时，那一声从一个男人胸腔里迸发出来的、摄人心魄的啸叫，震慑住了她。一声拉得不能再长的啊呀呀的嘶喊是感情压抑太久之后的爆发，是排山倒海般酣畅淋漓的宣泄。人在滚滚红尘里挣扎，谁又能逃过真情的缠绕与碾压？我施雅东难道就不向往美好的感情吗？难道自己不是一直在压抑、在捆绑着自己的这种向往，不给它自由的空间吗？我多想能够像李继承刚才一样喊上那么一嗓子呀，可我敢喊吗？我有机会喊吗？我到底在惧怕什么？施雅东不断地反问着自己，不知不觉已是泪眼蒙眬。她感觉人类之间的情感是不应该带任何附加条件的，她开始后悔自己之前对李继承轻蔑、嘲弄的态度了，她转动着头看了看那些带着和善的微笑冲李继承鼓掌的老人，又看了看那瞪着一双惊讶的眼睛、半张着嘴巴呆望着李继承的张晓玉，还有那些摇动着小扇子一样叶片的银杏树，她对自己看到的一切充满了深深的怜爱与感激。

施雅东轻轻拉开挎包上的拉链，取出自己的保温杯，迈着坚定的步伐朝满头大汗立在小广场中间的李继承走去。

当施雅东把水杯盖子拧开，将杯里的水倒在盖子里，递给李继承的时候，李继承腼腆地笑着说声谢谢，却犹豫着没有伸手去接。

"喝吧！我还有事求你呢。"施雅东又把那个盖子往李继承跟前递了递。

"怎么能说求呢？您是领导，我愿意听您的。"李继承终于接过那一杯盖子水，抿了一小口。

"我儿子想拜你为师，跟着你学习武术。"施雅东说着，冲李继承伸出手去，示意他把盖子递过来。

"是我撞的那个孩子吗？"一提这事儿，李继承的眼睛开始躲闪着施雅东看向自己的目光，说话的声音明显小了下去。他的脑海里浮现出那天在樾林六楼的"金鼎轩"偎在施雅东怀里的那个胖墩墩的男孩。

施雅东点了点头。

"我早想把孩子的医药费给您的！您说吧，多少？"李继承慌慌地把水杯盖子递还给施雅东，低下头，用脚搓着底下的大理石说。

"给！"施雅东重又把杯盖倒满水端给李继承。

"到底是多少呢？"李继承不接，等着施雅东说医药费的数额。

"毛毛当时只是擦破了点儿皮，没住院，花不了几个钱。如果你执意要给，那就顶了毛毛跟你学武术的学费吧。"施雅东笑着说。

"他叫毛毛呀？"

"是呀！毛毛是我给他起的小名。好听吗？"

"嗯嗯，毛毛、毛毛，这么一叫，就想摸摸他！"李继承说着竟拿手比画了两下。

"这算是答应了？"

　　"什么？"

　　"收徒弟呀，医药费顶学费！"

　　"毛毛要是喜欢跟我练功夫，我一定好好教他，但医药费必须得给您。要不，我心里总疙里疙瘩的。"

　　"医药费的事，以后再提。你要是现在答应了带毛毛习武，就把水喝了。"施雅东把手里端着的杯盖又朝李继承手里递过去。

　　"好！只要我不上班，毛毛随时都可以找我。"李继承端起施雅东手上的水杯盖子，把盖子里的水一饮而尽，然后抹了一把嘴角，看着施雅东说。他黑红的脸膛上绽放出难得一见的笑意。

第三章　疼痛成长

1. 爷爷咳嗽得有些吓人

李继承做了一个梦，梦里那只火狐狸来到了北京。他在花月街旁边的一条马路上见到它时，它正蓬松着一身的红毛，卧在过街天桥顶部的扶手旁边，居高临下注视着向上去的通道。过街天桥上，连个人影子都没有，李继承从桥底下的人行道往上走，一抬头，就遭遇了火狐狸那冰冷的目光。李继承心尖上一抖，浑身上下的汗毛都竖了起来，他想跑开，却迈不动步子，只好将眼光看向别处。马路上的车一辆接一辆从他身边疾驰而过，他大叫了两声，试图拦下一辆汽车，却没有一辆车停下来。正在内心万分焦急的时候，他听见身后传来一个女人的叫声，像是呼唤他的名字。他扭回头去，远远看见一个年轻的女人沿着身后的马路朝他奔跑过来，那女人身后闪着光怪陆离的灯光，那些灯光有的像奔跑着的怪兽的眼睛，有的像星辰密密麻麻布满在一片黑暗当中，有的像被风吹动的五颜六色的花海，翻卷着，涌起一层层的浪波……正是这些灯光影响了李继承的视线，对这个朝自己跑来的女子，他一会儿看着像施雅东，一会儿看着像赵香梅，一会儿又看着像约兰达。

李继承正急切地想看清那飞奔而来的女子到底是谁时，天桥上突然传来几声"咳咳"的怪笑，诡异而又惊悚。等到李继承惊恐地转过头去看时，那只红狐已腾空而起，如一团赤焰，贴着闪烁着万家灯火的一栋栋高楼，头也不回，钻入南方黑黢黢的天空里去了，那是故乡李家佐的方向。

　　惊醒过来的李继承心怦怦地跳着，他闭着眼睛极力回想梦中那只红狐的模样，那两束冰冷的目光直逼面门。他不得不又重新睁开眼睛，按捺着狂乱的心跳，摸过枕边的手机看了看时间，发现才凌晨三点多钟。

　　李继承从床上爬起身，站到窗前，夜的北京是一幅由五彩灯光铺就的绚丽斑斓的画卷。那些散布在夜幕上的灯盏散发出来的光彩，形状各异，大小不一，高低上下错落有致。李继承伸出右手食指点着那一团团的光影，数着……很快，就数乱了。他又试了一次，依然数不清。其实他心里清楚，无论怎样，自己都是不能把眼前这些灯数过来的。李继承回头看看黑暗的室内上下铺上正沉睡着的两个室友，轻轻把窗子开了一道缝，点燃一支烟，坐在床头上，故意把脑袋凑向窗口，默默地吸了起来。

　　近来，李继承为了能更好地带毛毛和约兰达练功，把自己所有的中班和夜班都调换成了白班。刚开始心里兴起调班这个念头，李继承以为这事肯定不好弄，虽然跟大胡子的关系处得越来越好，可保安们的工作是一个萝卜一个坑，都有明确分工。你调了班，就会连带着别的保安上班的时间都要变动，势必会影响到人家。所以，李继承犹豫了几天才吞吞吐吐跟大胡子说出了自己的想法。没想到，大胡子想都没想当时就痛痛快快应承了下来。大胡子还笑着对李继承说："你、你现、现在、是、是名、名人啊，还能、能跟、兄、兄弟们、在一、一疙瘩混，是、是俺、俺们的、福、福分！何、何况、老、老总的、千、千金、有、有过、盼、盼咐的！"

　　李继承当然清楚大胡子嘴里的"千金"是梅朵。经过这段时间的接触和了解，李继承发现梅朵这女孩为人挺好的。弟弟跟自己讲有个电影明星要雇自己去做她的私人保镖，听说就是梅朵给自己介绍的。当时回绝弟弟，就怕梅朵会多想。可是电影明星整天接触的都是有权有势有钱的人们，自己别说保护人家了，一见那些人从心里打怵，与其干不了几天让人家给辞了，还不如干脆不去呢，省得最后给好心的梅朵丢了人！

拒绝去当保镖这件事，李继承没敢跟赵香梅说。李继承知道赵香梅是个争强好胜的脾气，也清楚她心里是有多么盼望他能多挣些钱，过上让李家佐村里人艳羡的生活。这事儿如果跟她一说，她肯定会撺掇着自己去，如果自己不依着她，那肯定会换来她一顿臭损。多一事不如少一事，反正自己除了教毛毛和约兰达之外，一门心思都扑在了武术戏上，既然答应了爷爷，说什么也不能让爷爷失望。看毛毛和约兰达练得怎么样吧。如果照他们现在这股子热情和认真劲儿，到春节李家佐村里演武术戏时，他俩就完全可以登台演出了。想想吧！一个城里孩子、一个外国女孩在李家佐村里表演武术戏，别说当村的人，十里八乡还不轰动了？想到这里，李继承心里甜滋滋的，禁不住抿起嘴来笑了。为了能够"震"乡亲们一下，李继承认为自己这样紧张、忙碌地活着，值！

李继承把抽剩的烟蒂掐灭在床头的烟灰缸里，回到床上，闭着眼睛将身子放平，可他再也睡不着了。他想不明白那只神秘的火狐狸今夜为什么会突然出现在自己的梦里？以往的经验告诉他，如果他梦到李家佐村西那一片赵姓人家的坟地，以及从坟地里某个塌陷的坟坑中散发出来的难闻的、死尸的气味，那他肯定会在做这个梦之后的几天里遭到别人的嘲笑或者心理上的打击。长这么大，他从来没有梦见过火狐狸，他不知道火狐狸出现在他的梦里，将给他的生活带来好的还是坏的运气，但他清楚自己想爷爷，想李家佐了。他决定等天放了亮，第一件事就是给爷爷打个电话。

李继承在床上辗转反侧，天快亮的时候竟睡了过去。刚睡着没多大一会儿，手机上就来了条微信。李继承用的华为手机，微信的提示音是默认设置，只"嘟"的一声，很轻。所以这条微信根本没把他吵醒。稍后，手机铃声大作，电话铃音是李继承下载的电视剧《红高粱》的片尾曲《九儿》：

> 身边的那片田野啊
> 手边的枣花香
> 高粱熟来红满天
> 九儿我送你去远方
> ……

被胡莎莎的歌声吵醒的李继承感觉脑袋发沉，太阳穴那儿一跳一跳地疼。他翻了个身，顺着手机铃音发出来的方向伸出手去，摸到手机，拿到眼前来，这才把眼睛睁开。从窗外照射进来的白亮的光芒，晃得他双眼又涩又疼，他瞄了一眼手机屏，见电话是赵香梅来的，接通后，把手机贴在脸上，又把身子翻向了床里。

"干吗呢？咋这半天不回微信？"自从发生了槭林大厦砍人那件事之后，赵香梅对待李继承的态度变化很大，有时候即使心里不愿意，跟他说话的语气也轻柔了很多，这点儿，李继承能感觉得出来。

"还没起呢。"李继承迷迷糊糊地答道。

"呦，这可不是你的风格呀！我们那么勤快个好好男人，能赖床赖到这会儿？快坦白，昨天晚上干吗去了？不会是跟哪个女粉丝出去约会了吧？"

"瞎说什么！昨天晚上失眠了。"

"就你这种没心没肺的人还会失眠？我才不信呢！李继承你给我听好了，你自己是有准媳妇的人了。别觉得出了点儿小名，脚丫子就不在鞋里放了，记住了啊，你无论多风光，你就是李家佐村里的一个庄稼小子，实心实意想跟你过一辈子的女人是赵伊蕾！"赵香梅变了口气。

"你这是说什么呢?!"李继承被赵香梅没头没脑数落了这一顿,醒了盹。

"我说什么? 你自己心里清楚。别以为我不知道你跟那外国妞儿的事。我说咋传得满世界都是的视频上那外国妞儿给你擦手上的血呢,原来你背着我,跟人家早就勾搭到一块儿了。李继承,这可真是人不可貌相啊! 看你表面上老实巴交的,原来是蔫巴虱子咬死人! 满肚子花花肠子,连外国妞儿的主意你都敢打呀! 啊?"能听出来,赵香梅越说越来气。

"人家是虎申的同学,跟我学戳脚呢。想什么呢你?"李继承听赵香梅这么说约兰达,想想约兰达那双单纯、明净的蓝眼睛,也来了气。

"哼! 练戳脚都练到公园里去了。"

"不在公园练,在哪儿练? 你给找地方吧! 这一大早起的,你这不是故意找事儿吗?"李继承气得哆嗦。

"就是找你事儿!"赵香梅狠狠的语气中捎带上了哭音。她扔下这句话,就把电话挂了。

李继承手里握着电话,愣在那里,太阳穴还在一剜一剜地疼,他想着下床去用凉水洗把脸,然后回来给爷爷打个电话。正准备放下电话的当儿,手机"嘟"地响了一下,来了条微信。

"你个忘恩负义的东西!"微信是赵香梅发来的。

李继承再仔细一瞅,这条上面还有一条信息是未读的,他点开一看,见是这样写的:"自从我们相爱以来,每年在这个特殊的日子来临时,我总是在清晨醒来之前收到你的祝福。你每一次的祝福,都让我感觉自己在你心里是有位置的,感觉自己是这个世界上最幸福的人。可今年没有! 也难怪,你现在出了名,成了英雄。我感觉自己配不上你了。祝你幸福!!!"

看完这条微信,李继承紧着翻手机查日历,一看今天果然是阳历七月七日，这才知道自己只顾着武术戏，确实是把赵香梅的生日给忘了，也明白过来她找碴跟自己吵架的原因了。于是，李继承在自己脑门上用力拍了一掌，把电话给赵香梅打了回去。电话通了之后被赵香梅挂掉，如此反复了三四次，赵香梅终于接了电话。

"没完没了地打，有病啊你？"

"嗯。我有病。"

"有病，让外国妞儿快领着去医院看啊！烦别人干吗？"

"……"

"没事儿了吧？没事儿我挂了。"

"有事儿。"

"有话快说，有屁快放！"

"我把蛋糕订好，今晚去你那儿吃饭。"

"……"

"我们这三楼卖首饰的柜台那儿有个金蝴蝶，我看了好几回了，一会儿我去给你买了，当生日礼物。"

"你浑蛋李继承！"赵香梅在电话里哭了。

"我浑蛋。"

"我是真心想吃你买的生日蛋糕，想戴你买的金蝴蝶，可我不许你乱花钱！你得攒着钱给我在城里买房子呢。我爸前两天来电话说，县里为配合燕云新区建设，要在李家佐村西沿着潴龙河大堤建一条景观带，咱们村西洼里的地都得征了。征地的钱下来，你不安排房子啊？安排房子有多少钱花不了？"

"安排房子也不指望着这点儿小钱，上次你还我的那五千，我没存。前几天有事用了一些，还剩个大头，够买的。还是买了吧？"

"我说不买就不买，你买了就别来了！反正晚上我擀面条，鸡蛋大葱卤。"

"我最爱吃面条，最爱吃鸡蛋大葱啦！"

"那今天傍黑儿，你下了班就抓紧时间过来。我买几样鲜菜，给你补补。你勾搭外国妞有功哩！"

"好好说话！"

"哈哈哈……"

听着赵香梅开心地笑起来，李继承没想到这么快两人就能冰释前嫌，刚才悬起来的心又落回到了肚里。

跟赵香梅通过电话之后，李继承看了下时间，离餐厅开饭还有十几分钟，就从晾衣绳上抽了毛巾搭在肩上，端起刷牙缸，边往洗手间走，便拨爷爷的电话。

"大承子。咳咳……"爷爷叫了李继承后，就开始一声接一声地咳嗽。

"爷，你咋了？怎么咳嗽得这么厉害？"李继承把手机放在洗脸池的平台上，打开了免提，开始洗脸。

"没事！咳咳，可能是热着了。"

"中暑了你喝点儿藿香正气水，我那屋写字台抽屉里可能还有一盒，您过去找找。"

"咳咳咳！我昨天去县城里找医生看了，咳咳咳……"

被手机放大了的、爷爷剧烈的咳嗽声在洗手间回响，震得李继承耳朵难受。他着急地对着手机喊："爷，您要是觉着咳得厉害，我就请假回去陪您到保定查查去。"

"不用，不用！哪那么娇气？就是热着了，我自己配点药调理一下就好了。咳咳咳……你不用惦记我，好好上你的班就行了。"

"爷，那您先吃着药，觉着不行，千万记着给我打电话。"

"行！"

"爷，村西征地的事怎么着了？"李继承说着，把挤好牙膏的牙刷塞进嘴里。

"征地款定了，十二万七一亩。村里已经有人签了协议书。咳咳咳……咱们家还没签。前几天小申打电话嘱咐我，说是政府不多给钱就不签。咳咳咳……不能听他的！我观察着呢，咱随大溜儿，不跟政府捣乱。签的家数多了，咱也签。大承子，你怎么看这件事？咳咳咳……"

"爷，咱家的事，您说了算。您就看着办吧，我跟小申都听您的！"李继承听见爷爷问自己，慌忙把牙刷从嘴里抽出来，漱了漱口，紧着回答爷爷。

"哎，大承子。咳咳咳，我怎么听村里人说，前几天你抓了个杀人犯？真的假的？"

"假的。别听他们瞎胡传！"

"人家说是电视、报纸都上了，这么大事，你咋还瞒着爷爷？咳咳咳……"

"没有啊爷！就是有个人拿着刀到我待的这个商场里来瞎比画，被我给夺了。您听他们瞎胡传！"

"大承子！不管真假，你记着，咳咳咳……咱出门在外不惹事，可是遇见事，也不要怕！咳咳咳……"

"我记着了爷爷。您放心吧。爷爷，我觉得您咳嗽得太厉害了，咱不说了，您今天不行再去县城看看去吧！"

"不说了。你忙，我去吃药，吃了药，不行，就去县城里再看看西医。咳咳咳……"

"嗯，爷，那先挂了，晚上我再给您打。"

李继承走出洗手间的时候，耳边还回响着爷爷凶猛的咳嗽声，他隐隐地有些不安，打算今晚跟赵香梅见面后两人合计一下，找个时间一起坐火车回趟家。

2. 让施雅东提心吊胆了很久的事情，还是发生了

毛毛在客厅里练习"一步三锤"，刚下班回到家里来的施雅东靠在沙发上半眯起眼睛，微笑着看儿子扎马步、出拳、踢腿。见小毛绷紧

的圆鼓鼓的小脸上，写满肃穆、庄重的表情，且一招一式，练得有板有眼，施雅东不禁夸赞道："毛毛这拳脚真带劲，硬汉风采！"

门厅角上的立式空调不断往客厅内输送着凉爽的风，小毛却已是汗流浃背。听到母亲夸自己，小毛却没往施雅东这边瞅。施雅东举着手机给儿子拍了几张照片，准备发个朋友圈。

最后，小毛摆了个"大鹏展翅"的姿势，随即端平了双肩，收拢起双臂，两腿一并，屏气凝神挺立在屋子中央。施雅东盯着他看了这半天，见小毛脸上终于绽开了笑容，不好意思地朝自己跑过来。

施雅东往外推着一头扎到自己怀里来的小毛："去！先去洗把脸，你看你这一身汗！"

小毛不听，两腿骑在沙发上，继续往施雅东怀里拱。

见小毛撒娇，施雅东装作生气，在他汗津津的胳膊上拍了一掌，无意中瞥见了小毛手腕上戴着的运动手表。

"好啊毛毛，又让你姥姥花钱给你买手表啦？看我不打你屁股。"施雅东说着，抬起手佯装要打小毛。

躺在施雅东怀里的小毛仰起头，眨着一双黑亮的眼睛神秘地说："根本不是姥姥买的，姥姥才舍不得给我买这么漂亮的呢！"

"你花压岁钱自己买的？不对呀！你这么敢花钱了？快告诉妈妈，到底谁给你买的？"施雅东托起小毛的手腕细看，发现这块黑色的运动手表竟是卡西欧的，知道价格不菲，不免有些诧异。

"是李老师送我的。"小毛把手腕从施雅东手里挣脱出来，身子往下一坠，滑到地板上，又一骨碌爬起来，"我洗澡去了。"边说边往浴室走。

"哪个李老师？"施雅东一时没反应过来，想了一遍小毛学校里没有姓李的老师，就有些着急地追问。

"就是这个！嚓嚓……"已经走到走廊转角处的小毛，又把身子探出来，调皮地扮着鬼脸冲施雅东比画了几下拳脚，然后一转身，快速隐没进走廊里去了。

施雅东这才回过味来，小毛嘴里的"李老师"原来是李继承。她呆愣愣地看着已经不见了小毛身影的那个走廊入口，心想，李继承一定是因为自己拒绝了他给小毛出医药费的请求，才想出了给小毛买表这个办法来补偿的。施雅东心说，看着你长得五大三粗，一副没心没肺的样子，没想到还有这鬼心眼儿，竟然背着我给孩子买东西。切！你不就是想通过这种做法，表示你不想欠任何人的吗？好！等下我拿过小毛的表在网上比对一下，看看价格。今晚，我就送小毛去土城公园，把小毛的学费给你！你的表多少钱，我就给你多少钱的学费。呵呵，我倒要看看你还能怎么着？

施雅东想着想着，心里生出来几分得意，见母亲胡兰芬出现在客厅走廊门口，就从沙发上站起来，对她说："妈，咱们早些做饭，吃过晚饭，我陪你和毛毛一起去公园锻炼啊。"

"这锻炼得长期坚持，才会出效果。像你这样，三天打鱼，两天晒网的！"

"妈，我不是单位上工作忙嘛！"施雅东冲胡兰芬吐了下舌头，她也不知道自己怎么忽然之间在母亲面前变得像个孩子了。

"借口！"胡兰芬冲施雅东耸了耸鼻子。

母女俩都笑了。

正是这大都市灯火闪耀的时候，在离施雅东住的小区约莫四五站地远，从一幢楼里好几个窗口喷吐出来的烈焰映红了渐渐暗淡下来的天际，那儿是花月街吉祥胡同里的一栋老旧的住宅楼。

在施家的晚饭桌上，施雅东正把盘子里的一小块儿排骨夹起来放到胡兰芬的餐碟里，当她把筷子再次伸向盘子准备也给小毛夹一块的时候，听到自己放在客厅沙发上的手机响了，她犹豫了一下，放下了手中的筷子。

"施主任吗？我是区政府办公室小赵。"施雅东总去区里开会，跟办公室的小赵挺熟。

"怎么了，赵？"施雅东问。

"您在哪呢？"

"在家。"

"那好！施主任，花月街吉祥胡同里有栋楼房着火了。领导让通知您马上到现场去！"

"来了，来了！"施雅东机械地重复着这两个字，脑子里一片空白。

"施主任！什么'来了'？领导让您现在就赶到现场去，您听清楚了吗？"电话那头儿，小赵的语气变得有些不耐烦了。

"哦、哦。"施雅东答应着，无力地挂断了电话。

回到餐厅，施雅东急急地跟胡兰芬和小毛打声招呼，说是单位有急事，现在就得出去，不吃饭了，说着扭头走去门厅里穿鞋。

"杏儿，什么事儿也得让人吃饭吧？你看你这脸煞白煞白的！杏儿，你跟妈说，到底出什么大事儿了？"胡兰芬手里还攥着筷子，追着施雅东问。

"妈！您就甭管了。"施雅东一边猫着腰急急提鞋，一边皱着眉说，"您快回去吃饭吧，吃完饭陪毛毛去公园。"

"你看这孩子！啧啧啧……"

施雅东顾不上怔怔望着自己发呆的胡兰芬，一拉门，冲了出去。

由于要给紧急通过的消防车、警车让路，在尖利的警笛鸣响中整条街的摊主都在恐慌中挪移了自家的摊位。多数摊主是吉祥胡同那栋旧楼里的租客，见那里着了火，飞快抓干净钱盒里放着的零钱，丢下一街筒子七扭八歪横在马路边上的摊位，纷纷朝家里跑去了。

施雅东拐进花月街的时候，这里已乱成了一锅粥。望到远处翻滚着的浓烟，施雅东感觉自己的双腿开始打战，身子发软，她踉跄着脚步，费了好一会儿工夫才挤过那些正举着手机对着吉祥胡同那个方向拍视频的人们，来到了胡同口。

警车、消防车、救护车排了一长溜，顺在吉祥胡同对着的马路边上，几名穿着雨靴的消防员正扛着水龙头往胡同里跑。

施雅东在人群里搜寻了半天，也没有见到区领导的影子，就知道他们一定在胡同里面。她弯腰撩起警戒带，准备往里走，却被一名警察拦了下来。

"你干吗？"年轻的小警察见有人擅闯警戒线很是恼火。

"我去里面。"施雅东看了看这警察，自己不认识，就指着吉祥胡同里面温和地说。

"我知道你去里面！看不到拉着警戒带吗？你还硬闯。"小警察的口吻里明显带出来训斥的意味。

"领导叫我去现场的。"

"谁也不行！看不到死人了吗？希望你配合我们的工作，快、快、快！"年轻警察不耐烦了，不再跟她解释，连连摆着手，几步就跨到施雅东跟前，伸手扯住施雅东的胳膊就把她往警戒线外拽。

"死、死人了？"施雅东感觉胳膊、腿都木木的，她扭着脖子往吉祥胡同里望着，身子被警察扯着机械地迈动着脚步，她望着灯光照见的、盘旋而上的黑色烟柱喃喃道。

"是！已经拉走一个了。不知道还有没有呢，看吧，这事儿一会儿就上头条了。唉！又有人该倒霉了。"年轻警察把施雅东拉到了警戒线以外，松开了一直攥住她胳膊的手。

一群人抬着一副担架从胡同里跑出来，施雅东看到了小赵。她拼命朝救护车停着的地方挤过去。

施雅东挤到近前，盯着担架看，见担架上躺着一个脸色蜡黄的人，虽然那人紧闭着双眼，但单凭嘴唇上那两撇往上翘起来的小胡子，施雅东认出来这是跟张晓玉吵过架的那个四川人。

"您怎么才来？领导都发脾气了。"见到施雅东的小赵抹了一把额头上的汗对施雅东说。

路灯底下，施雅东看见穿着白衬衫的小赵肩膀、后背都湿透了，衣服紧贴在身上。她想说什么，可是嘴唇抖得厉害，说不出话来。

跟随在小赵身后，走在吉祥胡同里面，施雅东被一股刺鼻的焦煳气味呛了一口，她捂着嘴咳嗽起来。

"有个女孩已经不行了，刚抬车上去的这个老头，看着也够呛。"走在前边的小赵说。

施雅东脑袋里像有无数架飞机在起降，耳道里响起巨大的轰鸣声，她踉踉跄跄地走着，连说话的力气都没了。

临时架起来的几盏大灯把整个院子照得如同白昼。

院子里塞满了黑压压的人，灼热的空气扑面而来，施雅东感觉嗓子眼又有些痒，她赶紧用手捂严了嘴巴，压抑着咳了两下，胸腔里往起提的气抻拽得肚子生疼。她脚下一滑，险些栽个跟头，她低下头看了一眼，模模糊糊认出来脚底下是个被踩扁了的蛋糕盒子，碎了的沾满污泥的蛋糕撒了一地。

围墙根儿底下，几位领导模样的人正对着火的大楼指指点点，顺着他们手指的方向看去，眼前这栋被黑烟包围起来的旧楼至少有十几个窗口闪耀着通红的火光。几把水枪对准那火光跃动的窗口喷射，水柱跳跃着在空中划出一道道弧线。弧线底下好些人在楼道口与院子之间来回奔跑着，他们与火神争抢着一些分量较轻的家什衣物。

施雅东又回头看了一眼那几个站着说话的人，这次，她看清了区领导，领导似乎也注意到了她，但没有理她，继续用手跟身边的几个人比比画画，低声交代着什么。一阵风刮过，吹过来的一团水雾，把施雅东的短发、脸、身上的衣服都打湿了。她随即打了个激灵，一股更强烈的辛辣、酸臭的气味直钻鼻孔。唰唰的水声中她清晰地听到各种东西毕毕剥剥燃烧的声响，这种声响一会儿像从楼房的窗子里传来的，一会儿又像是响自自己的心底。她不再傻站着了，她没有走到领导身边去，她开始快步向水柱底下走去，她感觉自己身上的火焰马上就要烧起来了，她想站到水柱底下去，让水把自己浇透。

一个熟悉的身影出现在快步行走的施雅东眼里，她不相信自己的眼睛，用力揉了揉，雪亮的灯光照射下，丝丝缕缕的烟雾里背着一个人跑过来的千真万确是李继承。她奔了过去。

李继承呼呼喘着粗气，屈膝蹲下，把背上那个软成一摊泥的人轻轻放在了地上，拉下蒙住鼻子的黑背心，一抬头，看见了立在自己跟前的施雅东。他愣住了。

　　施雅东也愣了，灯火通明里她看到李继承整张脸都是花的，黑一块、白一块，他的头上还在不住地往下淌着黑水，黑水在李继承脸上走过的地方在一点点变白。

　　"人怎么样？"施雅东俯身问道。

　　"来，让一让！让一让！"几个穿白大褂的医务人员跑过来，把施雅东挤到了一边。

　　"你还干吗去？"施雅东见李继承站起身，又朝楼道口跑去，就追着问。

　　"里面还有一个人，我知道在哪儿。"李继承跑着，扭回头哑着嗓子对施雅东说。

　　"哎，你等等我呀！"施雅东在后面喊。

　　"你找死啊！"李继承猛地刹住脚步，朝她怒吼。

　　"我、我帮帮你去！"施雅东被李继承嘶哑的吼声吓了一跳，她站在他身边望着他瞪圆了的、有些骇人的眼睛小声说，像在哀求。

　　"回去！"李继承又大声吼道。他把背心撩起来，重新蒙住口鼻，转身消失在往外飘着烟雾的、漆黑的楼道口。

　　电力部门此时已经切断了整栋楼房的电源，院子里用于救援的照明是用的消防自带电源。施雅东走进楼道时，眼前是被烟雾重重包裹着的黑暗。她用一只胳膊掩住鼻子和嘴巴，扶着楼梯才往上迈了几步，眼睛就被烟熏得睁不开了，眼泪唰唰直流。她不再往上走，也没有想反身回到院子里去，她就那么抓着楼梯扶手立着，抬头望着黑洞洞的头顶，等着李继承回来。

　　仿佛过去了一个世纪，在这漫长的等待中，李继承垂首立在自己跟前的样子一次次闪过她的脑海：在夜晚花月街的路灯底下，在自己办公室里，在樾林大厦六楼的餐馆内，在土城公园的小广场上……

除了练武我还从没见过他仰头挺胸的样子，为什么他只有施展武功时，才会那么 man？这是为什么呢？施雅东焦急地看着黑黢黢的头顶上方，心里默默祈祷，你千万要好好地回来！你快点回来呀！她在心里用最大的声音呼唤着李继承。就在施雅东感觉到头晕目眩越来越严重的时候，她听到了黑暗中的脚步声和呼哧呼哧粗重的喘息声。院子里的灯光从楼道一侧的窗口照射到了楼梯上，李继承庞大的身躯佝偻着，他背上驮着一个人从黑暗中闪现了出来。李继承没有看到施雅东，在楼梯拐角处，他停了下来，手扶着楼梯像一头累坏的牛呼呼喘着粗气。

欣喜若狂的施雅东目测李继承离自己也就十几级楼梯，她不知哪里来的劲头，她仰着头开始一步一步往上爬，她想帮一把李继承。头顶上一亮，一道刺目的红光直奔李继承站的位置。施雅东大喊一声："小心头顶！"

施雅东看见李继承仰起头时，身子猛地一抖，就势把背上那个人推送到了楼梯拐角处的旮旯里。

火星像璀璨的烟花在李继承的头上炸开，施雅东清晰地看见火光中李继承抬手抚了一下头，身子摇晃了两下，轰然倒在了地上。

阒然的楼道里，施雅东发出一声凄厉的尖叫之后，奔向楼道出口，在下最后两级楼梯时，她整个人直接跌到了地上，她连滚带爬来到楼门口，冲着外面大喊："救人啊！快救人！"

等到几个人问明情况冲进楼里之后，坐在地上的施雅东双手紧紧抱头，号啕大哭起来。

3. 本应甜甜蜜蜜的一个生日聚会，被一场大火给毁了

李继承从昏迷中醒过来，刺眼的灯光照耀下，约兰达正用那双蓝色的眸子盯着自己。

"感恩万能的主，您醒了！"约兰达在胸前画了个十字，幽碧的两泓深潭里波光一闪。

"香梅怎样？"李继承眼光越过约兰达白色连衣裙的蕾丝花边，环视着病房。他看到了窗外散布在黑暗中的五彩斑斓的灯光。他想一骨碌爬起来，头很沉，身上一点儿气力也没有。

"您的头还疼吗？"约兰达似乎没听懂李继承说的话，伸出纤细的手指指着李继承裹了厚厚纱布的头问。

李继承收回目光，看了看挂在输液杆上的吊瓶，回忆起在那个漆黑的楼道内的最后一瞬间，施雅东那一声凄厉的哭叫又回响在耳边。他神思恍惚，转动沉重的头颅，看见约兰达一手端着杯子，一手握着一只汤匙来到自己身边，约兰达金黄色的长发瀑布一样悬挂在自己头顶，发梢儿险些就触碰到自己的脸颊了。李继承被一种轻软而又温度十足的香味所包裹，那是生命的味道。

"几点了？"他问。

"现在是夜里十一点多。您先喝口水。李虎申同学出去打电话了，一会儿就能回来。"

这么说我昏迷了好几个小时了，李继承想。看见约兰达把端着的汤匙送到自己嘴边，李继承把头歪向一边，脸也跟着红了，让一个美丽的姑娘喂自己喝水，让他感到害羞。李继承赶紧往上纵了纵身子，脑袋从枕头上抬起来拄在床头板上，躲开约兰达的汤匙，伸手接过了她手里的杯子，握着。他感觉脖子窝得难受，就又往上挪动了一下。

"小心。"约兰达侧过身子，扶了他一把。直到宽厚的肩膀靠牢了床头板，李继承才把杯子端到嘴边来，抿了一口水。水是温的，不烫，他探出舌尖舔了一下干裂的嘴唇，舌头碰到坚硬的胡茬，把一粒带有焦煳味的渣滓沾回到嘴里。那粒渣滓被他用牙齿挫动了好几回，没烂。他觉得自己当着约兰达的面将这粒渣滓啐到病房的屋地上，是不礼貌的，会被她笑话。于是，他端起水杯，一仰脖子把一杯水咕咚咕咚喝了个干净，连同那粒渣滓都被他咽到了肚里。

李继承把水杯递还给约兰达的时候，看见约兰达身后的病房门口，面色凝重的李虎申手里拎着一袋水果走了进来。李继承死死盯着弟弟惨白的脸，看着他一步步走过来，把手里的水果袋子递给约兰达，然后坐到自己的床沿儿上。

"你醒了哥。"李虎申对李继承咧开嘴，想笑一下。可是他脸上的肌肉僵硬，完全没有动弹起来，这让他的笑看起来很丑，像在哭。

李虎申蹲到李继承床边，他伸出两只手捧起哥哥垂在床沿上的那只手，紧紧团住。眼镜片后面的两只眼睛却躲着李继承明显探寻的目光，看向约兰达。

"约兰达，大哥应该饿了，你给他削个苹果吧。"李虎申跟约兰达说。

"好的。"

李继承的眼光没有离开李虎申的脸，他已察觉出弟弟的心里藏着更大、更重的心事。这让李继承有了不好的预感，他内心充满了恐惧。他不敢跟弟弟再打听赵香梅、施雅东以及那栋着火的旧楼里所发生的一切事情。他想让弟弟自己说出来，可是他又怕他说。李虎申的身子遮住了灯光，李继承躲在弟弟的身影里，轻轻把自己的手从弟弟的两只手掌间抽了出来。

"别麻烦约兰达了，我什么也不想吃。"李继承说。

"哥，你如果不想吃东西，那就这么闭着眼休息吧，待会儿就睡着了。等天亮了，咱再吃。"李虎申俯下身子，把头凑过来，压低了声音对李继承说。

李虎申直起身子，绕到床对面去跟约兰达用更低的声音说话，李继承一句也听不清，他也不想听了。他想起了什么，伸手去裤兜里摸了摸，还好，那个硬邦邦的小锦盒还在，他把它紧紧攥在掌心里，眼前闪现出傍晚的时候，自己拎着给赵香梅买的生日蛋糕走进吉祥胡同的那一幕，他要闭着眼睛，从这一幕深入进去，把这个突如其来的、恍如梦境般的黄昏里发生的一切重新捋一遍。

赵香梅在花月街吉祥胡同里租的房子，是与一起工作的小姐妹合租的。春天李继承刚来北京那阵子，赵香梅知道他在老家木讷寡言惯了，怕他不习惯北京这大都市的繁华，在这里待不下去，曾邀请他到那个收拾得干干净净的两室一厅里吃过几次饭。李继承爱吃蛋炒饭，赵香梅每次都提前用电饭锅给他蒸出来半锅米饭放着，等他到来之后，再把切碎的鸡蛋、大葱、火腿肠、黄瓜一一端出来，在电炉子上一碗一碗炒给他吃。赵香梅说，这样小碗炒出来的，比大锅里炒的香。有两次，赵香梅同住的室友不在，两人吃过饭后就亲热。半路上，隔壁的住户不知道在弄什么，"咕咚"一声闷响，吓得李继承一哆嗦，惊慌地把正微合着双眼哼哼唧唧的赵香梅推开。没事啊！那是隔壁在搬东西。看吓得你个屄样！赵香梅仰躺在床上，对着圪蹴到屋地上抽烟的李继承大骂。骂得李继承讪讪的，耷拉下脑袋，可任赵香梅怎么奚落自己，他再没有回到那张床上去。赵香梅没完没了地数落李继承：李继承，你给我听好了！你要打算今后跟我过日子，那你趁早现在就做好在城市里生活一辈子的打算。在城市里生活就得住楼房，住楼房就得习惯隔壁邻居家的动静。你听见了没有？你甭跟我面前闷头装哑巴，软磨硬抗。我把话放这，你记住喽，你想好了在城里生活，咱俩就接着处，你想在李家佐苟活后半辈子，我也不拦你，你走你的阳关道，我过我的独木桥。反正，我往后生是城市的人，死是城市的鬼！

　　李继承兜里揣着那只盛在一个小锦盒里的金蝴蝶，手里拎着给赵香梅定制的生日蛋糕，进到那个院子里的时候，心里有些忐忑。赵香梅在电话里已经叮嘱他不让他买蛋糕和金蝴蝶了，可他还是自作主张不仅定做了用奶油写着她名字的蛋糕（他没忘了为讨她欢心名字用了"赵伊蕾"三字），还花了两千多给她买了金蝴蝶。这样赵香梅还他的五千块钱，除去给小毛买电子手表花的两千多，就所剩无几了。他怕赵香梅见面凶他，就边走边低着头盘算见了赵香梅之后怎么跟她解释。

其时，从赵香梅房间里燃起来的大火已经蔓延到她租住的那个楼层的好几个房间了。从赵香梅租住的那个单元楼门洞里不断有人狂奔出来，有人在院子中央仰头望着往外冒着黑烟的窗子，慌张地来回走动着打电话报警，有几个抖着声音叫喊着朝李继承立着的院门口冲过来，他们那是去花月街上唤回摆摊的家人。不知所措的李继承从一层开始往上数，一层一层数上去，见着火的楼层正是赵香梅租住的那一层，再看位置，黑烟最浓的那个窗口好像就是赵香梅和她那姐妹的房间。李继承的心一下慌了神，他的腿开始打战，整个人定在原地，动不了地方。直到有一个人跑过李继承身边时，撞飞了他手里提着的生日蛋糕，这才把他从懵懂里惊醒过来。

"我靠！这是闹什么呢？闹什么呢？"他自言自语着，蹽开两条长腿朝楼上跑去。

还没有爬到赵香梅住的那一层，楼道里的浓烟已经熏得李继承喘不上气来了。他撩起身上的背心蒙在脸上，只露出两只眼睛，继续往上爬。等到了赵香梅房门口，李继承用力推了一下门，门只裂开来一道缝，就再也推不动了，似乎里面被什么东西挡着。

"香梅！香梅开门！"李继承闪过从屋里奔突而出的浓烟，背靠在门上，用拳头下死力擂着房门，大声呼叫。

从门缝望进去，奔腾着的浓烟里透出火光，屋里传出什么东西毕毕剥剥的燃烧声，这声音让李继承感到屋里沉寂得可怕。他使劲用肩膀撞击了一下房门，门缝又裂开一些，这让他看到了希望。于是，他就把身子变成一截粗硬的木头，接连不停地朝门板上撞去……那个门缝一点点变大，终于李继承可以紧贴着门框挤进屋里去了。

昏暗的光线里，穿着连衣裙的赵香梅垂着头，背靠着门板，坐在屋内的地上，她一头长长的黄发堆在胸前，像睡着了一样。

"香梅！你没事吧？"李继承蹲下身子，摇了摇她的肩膀，赵香梅身子随着他的摇晃动了动，人却没有反应。李继承感觉后背被火烤得生疼，他一回身，见身后不远处的床正在吞吐着一尺来高的火焰，床上的被褥都快烧完了。他不再犹豫，抱起赵香梅向门外冲去。

李继承抱着赵香梅穿过楼道时，看见楼梯拐角处一扇开着的门里伸出一只胳膊来，那只胳膊是贴着地面伸出来的，沾满黑灰的手掌悬在半空里抓挠着。跑过那人跟前时，李继承故意绕了一下，贴着楼道的墙壁过去，他怕被那只手掌揪住自己裤腿之后，再也不会松开。

"来人！快呀！"已经开始下楼的李继承听到身后地下趴着的那个人用干裂、喑哑的声音嘶喊着求救。他在楼梯上停下了脚步，怀里赵香梅的身子越来越沉，李继承立在楼梯上也就迟疑了那么一刹，接着把赵香梅从怀里倒到了背上，继续朝楼下奔去。

李继承背着赵香梅一出楼道口，就被穿着白大褂的医生、护士围了起来，赵香梅很快被大家七手八脚放平在担架上。李继承起先蹲在地上，后来他被众人挤着，渐渐就挪蹭到了人群的外围。到了外围之后的李继承并没有站起身，他依然蹲着。有一瞬间，透过林立着的人腿，李继承看见盖住赵香梅脸的厚厚的长发被人撩开，赵香梅白皙的脸颊就露了出来。赵香梅微合着双眼，面部表情柔和而又安详，从李继承这个角度看，好像她的嘴角儿还带着笑意。后来，赵香梅的一只胳膊被人牵着手腕抬了起来，她张开来的手掌透过好几个人的腿缝，正好对着李继承。此时，他兜里的手机响了，李继承抖着手掏出手机来，见是约兰达打来的。他带着哭腔告诉约兰达，自己在花月街吉祥胡同，这里着火了，正在救人，今晚去不成公园了，叫她不要等自己了。没容约兰达说话，李继承想起了什么，他把手机一关，噌的一下子立起来，又向楼上蹿去……

李继承回到楼上，才发现那间已经起了明火的房间里是三个人，他背起门口那个嘴唇上留着两撇小胡子的人时，听到里屋"咕咚"一声响，他朝里屋一望，见一个蓬头垢面的妇女和一个中年男子正往外爬，他们身后已见明晃晃的火光。

背下小胡子又背下那妇女之后，已经在那楼里两进两出的他就遇见了施雅东，再后来他返回楼上，背着那已经爬到楼道里来的中年男人下到二层的时候，他被一截烧断的木板砸中了脑袋。

李继承把整个过程回忆了一遍，睁开眼，见一名窈窈窕窕的女护士静悄悄立在自己床头，正仰着头给自己换液体，弟弟李虎申和约兰达则沉默着站在那小护士身后，两双眼睛一直追着那护士瘦削的手在动。李继承感觉屋里的灯光有些刺眼，就再次将眼睛紧紧地闭上了。

4. 香梅姐的死讯到底告不告诉哥哥，让李虎申犯了踌躇

听闻赵香梅出事，是李虎申接到赵香梅的爹赵会计从李家佐打来的电话。其时，李虎申正在昌平范兵兵家里指导她健身，经过这段时间的刻苦训练，范兵兵不仅神速掉下去十来斤肉，整个人的精神状态也大有改观。由于正值暑假期间，有不少在校教师报的"虎池"健身房白天的训练课程，这样李虎申只好跟范兵兵商量，把她的训练课放在了晚上。

在地下健身房柔和的灯光底下，站在地毯上的李虎申连着侧身、摆臂，快速地弯腰、弹起，再弯、再弹……身子如藤条一样柔韧。

"额滴个神呀！啧啧……额滴个神呀！"范兵兵举起手机对着李虎申一路狂拍，边拍照，边连连赞叹。

"您如果能把这个彻底放下，您自己就是神！"示范完热身动作的李虎申指着范兵兵手里握着的手机严肃地说。

"李老师，我已经退了好几十个群了，取消了至少对二十个公众号的关注！还……"范兵兵一脸委屈。

"我坚信您会做得更好。真的！"李虎申推了推鼻梁上的眼镜，目光坚定地看了她一会儿，然后微微点了点头。

范兵兵转身，默默把手机放在屋角的一个花架上去了。

返回李虎申身边的范兵兵依然没有说话，她只是深吸一口气，一脸郑重回到地毯上，开始按照李虎申的示范，做起跑步前的热身动

作。李虎申望着她，见她原来凸鼓着的肚子明显塌陷下去很多，满意地笑了。就在这时，李虎申兜里的手机响了。

李虎申本不想接，可掏出手机来一看，来电显示是河北保定的电话，他生怕家里的爷爷有什么急事儿，攥着手机犹豫了一下，还是按下了接听键。

"哪位？"李虎申把手机贴在耳朵上，眼睛望着正弯下腰去的范兵兵，压低了声音问。

"虎申吗？我是你常锁叔啊，你在北京吗？"李虎申已经听出来打电话来的是赵香梅的爹赵会计。

"嗯嗯。"李虎申小声答应着。

"你香梅姐可能出事了。我们打你哥电话打不通，才来你们家问俺增叔你的电话，来，你跟俺增叔说！"李虎申握着电话等爷爷说话。

"小申！咳咳咳，你上学的地方离北京土城区远不？咳咳，北京那边来电话，说你香梅姐……咳咳咳，你香梅姐住的地方着火了。咳咳，可能是烧着她了。咳咳咳，现在让家里去人呢。咳咳，你常锁叔对北京不熟，你帮着他们，咳咳咳……"

"爷，你这是咋了？咋咳嗽得这么厉害！"李虎申走到一边去，急急打断了爷爷。

"我没事，伤风感冒闹的。咳咳，你抓紧时间，去你香梅姐住的地方看看到底啥情况，咳咳咳，你常锁叔他们这就起身，到了北京你们联系。咳咳，记着赶紧找找你哥，他手机一直打不通。咳咳咳……"

匆匆挂了爷爷的电话，李虎申如实跟范兵兵讲了刚才电话里的内容。

"李老师说的是土城区花月街的事吧？网上已经出新闻了，报道说已经死了一名女性，伤了不少人。"

"香梅姐是我哥的对象，我现在担心我哥是不是跟她在一块儿了。我哥他从来不关手机的。"李虎申一听范兵兵说伤了不少人，就皱起眉头，焦急地说。

"李老师，这事儿耽搁不得。你现在从这出去，来回倒车到土城，不怎么方便。自己开车就不一样了，从这儿出去，直接上京承高速，有半个多小时，就到了。"范兵兵看着李虎申，诚恳地说，"再说了，我们前些年在土城住过，我们有个同学就是出事儿这条街的街道办主任。我刚才给她发微信，她一直没回，说不定就在现场呢。花月街那块儿，我熟，我还是开车带您去吧！"

"这、这样是不是太麻烦您了？"如果范兵兵能开车送自己过去那当然好，可是麻烦雇主又让李虎申感觉有些不好意思，他犹犹豫豫地说。

"是李老师太客气了。"

"那好吧！您如果下个月还接着跟我一起训练，就从应缴的费用里扣一部分钱出来。"李虎申习惯性地往上推了推鼻梁上的眼镜。

"李老师您这么说，未免太见外了吧！"范兵兵不高兴了。

李虎申见范兵兵撇下脸来，就尴尬地笑笑说："我是说大晚上的，您一个女同志开车，我有些不放心。"

范兵兵不再理他，径直走向房间那头的电梯口。

坐上范兵兵从车库里开出来的七座奔驰商务车，李虎申就开始给梅朵打电话，他在电话里告诉梅朵让她抓紧时间去一趟樾林大厦七楼保安部，帮忙找找李继承。

京承高速上有点儿堵车，进城的这趟车道前方出了事故，范兵兵一手稳着方向盘，嘴里连声说，要知道这样，走下道也早到地方了。赵常锁给李虎申又打来电话，告诉他自己带着近族当院的几个侄子从李家佐出发，已经上了大广高速。为了联系方便，李虎申跟赵长锁互加了微信。

堵车给人带来的烦闷在沉寂的土壤里生长得最快，所以，治疗路怒症的良方就是轻松、愉悦的氛围。为了在李虎申面前不失风度，范兵兵极力克制着自己焦躁的情绪，与李虎申扯起了闲话。她问李虎申学校的学习情况，又问李虎申的老家在哪儿。当听说李虎申老家离燕云新区特别近时，范兵兵来了兴致。她说让李虎申找亲戚朋友联系联系，看有没有想卖地的，她愿出高价钱买十几亩地，然后给自己盖个小房子，守着这些地种庄稼、种菜，够自己吃就行。那才是我真正想要的生活！范兵兵眯起眼，看着前方，一脸陶醉的表情。李虎申笑笑，连说那都不是事儿，不是事儿！心里却想，你自己种地？不说别的，就现在这天儿，你在棒子地里钻来钻去，浇上半天地，保准你卷铺盖逃回北京来。

赵常锁几乎过一个服务区就给李虎申发过来一个位置，任丘、雄县、固安……李虎申看着，赵常锁他们到达河北跟北京交界的榆垡收费站时，他和范兵兵才挪蹭到北五环边儿上。旁边的范兵兵开始讲述自己也是农村娃，考大学考到北京来的。刚出来那会儿，挺得意、挺自豪的，这么多年过去了，当初的新鲜感早没了，只是更加思念故乡，想小时候在福建莆田农村里的事……李虎申听着听着，望着车窗外一片灯光的海洋，就有些恍惚了。农村里的人向往城市的繁华，拼了命地往城市里跑，城里的人却羡慕乡下的幽静，千方百计想要摆脱城市的喧闹。人真是个奇怪的动物，总是没有满足的时候，总是这山望着那山高啊！

李虎申与赵常锁一行人在五环路的一个出口会合后，由范兵兵带领，直奔花月街。到达吉祥胡同，大火已经熄灭。几个人站在街口，围着赵常锁，等他打电话。赵常锁给通知他来京的那个电话回拨了过去，不多一会儿，黑瘦的陈晓康跟一个面容清秀、留着短发的青年女子从吉祥胡同内走了出来，随后跟出来几个看样子是政府方面的人，散在两个人左右。见面之后，陈晓康瞥了一眼范兵兵，并没有表现出太大的吃惊，只是紧紧攥着赵常锁的双手，抖着嘴唇，说不上话来。

政府临时成立的火灾善后工作处置小组的办公地点，设在医院里。要到医院去了，那俊俏的短发女子被范兵兵拉到了自己的奔驰车上。李虎申听范兵兵叫她雅东，好像两个人很熟，他就想起来范兵兵跟他说的那个街道办主任，心说这位肯定就是了。从叫雅东的这女子回答范兵兵的只言片语里，李虎申已经了解了火灾的大致经过。赵香梅用电炉子做饭，导致老旧线路起火，在扑救火灾过程中，赵香梅因烟熏窒息当场死亡，另有几名住户和赵香梅的一个老乡不同程度地受伤，此时都住在同一家医院里。梅朵已经打电话来，说李继承不在槭林。此时听雅东说赵香梅有个老乡受伤了，也顾不得礼貌不礼貌了，急忙插嘴问那老乡男的女的。雅东回答说是男的。李虎申追问，是不是叫李继承？坐在副驾驶座位上的叫雅东的女子就回过头来，看了看黑暗中的李虎申，点了点头。李虎申的心往上蹦跳着，直往嗓子眼里撞，他急于知道哥哥到底伤得怎样，有没有危险。

还没到医院呢，约兰达的电话就打了进来。约兰达告诉李虎申，哥哥受伤住院了，她正在医院照顾，叫李虎申快赶过去。李虎申紧着问哥哥的情况，约兰达说，医生说了，没有生命危险。李虎申嘘出一口长气，告诉约兰达自己快到了，问过病房的楼层和房间号之后，就挂断了电话。

到医院之后，哭得已经走不了路的赵常锁被几个叔伯侄子架着从车上下来，陈晓康、施雅东还有另外几个政府的工作人员簇拥着他们，边安慰赵常锁，边往太平间去认赵香梅的尸体。李虎申见自己留下来也帮不上什么忙，对身边的范兵兵交代几句回昌平路上小心之类的话，转身就朝住院部飞跑起来……

按照约兰达电话里交代的，李虎申找到李继承的病房，见约兰达独自守在哥哥的病床旁边，跟她道了谢，俯身看着昏迷的哥哥，想到自父母去世之后，自己与哥哥、爷爷相依为命，是爷爷土里刨食儿，是哥哥卖苦力供着自己上学读书，自己才有今天。一时间李虎申心里百感交集，眼泪扑簌簌从脸上滚落下来。

李虎申一手拎着眼镜，一手抹着眼泪从病房出来去了医办室，值班医生告诉他根据检查结果，李继承除头部的外伤和轻微脑震荡之外，身体并无大碍。李虎申悬着的心这才稍稍放下了一些，一想赵常锁一行人还在楼下，人家来北京可是最先投奔的自己，更何况人家惨死的闺女还是哥哥的未婚妻，自己一门心思只顾着哥哥，把人家独自丢下，未免太不近人情。他为自己的自私感到羞愧，一路自责着又朝楼下跑去。

回到范兵兵停车的地方，见范兵兵的车还在。李虎申见不远的路灯底下，一群人正围着说话，就凑了过去。一起来医院的人都在，范兵兵见他过来，就指着他对旁边的人说，来了，来了。李虎申走到近前，没容自己说话，被人搀扶着的赵常锁先开了口，申，大承子咋样了？李虎申回道，还昏迷着呢，不过医生说了没什么大事。

赵常锁听了，挣开身边搀着自己的两个侄子的手，就往前走。没走几步，被众人拉住，大家都劝，既然没什么大事，今天别去看他了，您先去宾馆休息吧，等明天再去。李虎申这才明白过来，原来刚才赵常锁是要上楼看望哥哥。李虎申走上前去，叫了一声常锁叔，眼泪就又下来了。赵常锁反倒劝李虎申，孩子别哭，这都是他们的命，人不跟命争，争也争不过哩！

人不跟命争！人不跟命争！李虎申耳边不断回响着赵常锁这彻底绝望之后，反而变得有些豁达的话语。

梅朵来电话，问李虎申哥哥找到没。李虎申告诉她他正跟哥哥在一起，叫她放心。他没有告诉梅朵哥哥受伤住院的事情。

李虎申原本想把赵香梅的死讯对哥哥瞒得结结实实，可当他观察到眼前的李继承两眼空洞、一言不发，就知道躺在病床上的这个人心里已经犯了嘀咕。李虎申心里想，毕竟是处了那么多年的恋人，哥哥应该有了不好的预感。如果现在不把实情告诉他，将来自己会不会落了哥哥的埋怨？说了，他伤成这样，要是非回李家佐送赵香梅最后一程咋办？不说，明天常锁叔来看他，他自然什么都会知道。看来，瞒是不好瞒住的。李虎申心里还装着一件事，那就是爷爷的咳嗽让他心焦，他想着怎么跟哥哥说，一时犯了踌躇，不知如何是好。

约兰达伏在床尾上打盹，金黄色的长发掩住了她的脸。李虎申看看手机，已经是凌晨一点多了。这时候，让约兰达一个外国女孩独自回学校，显然自己不能放心。他决定在医院附近找个宾馆给约兰达开个房间让她去休息休息。李虎申刚站起身，门口一个人走了进来，正是被范兵兵称呼为"雅东"的那个短发女子，李虎申一怔。

5. 在自责与懊悔中挣扎的街道办主任

刚将赵常锁等人安置好，母亲胡兰芬的电话就又打了进来，这已经是胡兰芬今晚打给施雅东的第七个电话了。这么多年，除了出差学习，施雅东这还是唯一一次午夜时分尚未归家。母爱是天底下最纯粹、最干净的感情，它是不带有任何附加条件的无私付出，自从生了毛毛之后，施雅东对此有了更为深刻的体味，她明白，无论自己年岁多大，社会地位如何，在母亲眼里永远是个让人放心不下的孩子。所以，在电话里，施雅东尽量柔和着语气跟母亲反复解释单位确实有急事，弄不好要加一夜的班，让母亲不要等自己，和毛毛先睡。她没有跟母亲讲吉祥胡同的火灾，她怕母亲为自己担心。不讲早晚她也得知道，在自己负责的地界上出了这么大的事故，说什么也是脱不了干系的。施雅东倒是没有多想上面会怎么追责、怎样处理自己，她想得最多的还是在这次火灾中不幸罹难的那个叫赵香梅的女孩。那是怎样的一个健美、靓丽，浑身散发着青春激情的女孩呀！她记得那女孩好像跟自己说过叫什么伊蕾，可排查受伤人员的时候，她分明听别人说她叫赵香梅，在范兵兵车上，兵兵的健身教练也说了赵香梅的名字。根据租住人员信息，把陈晓康找来之后，陈晓康没对这个名字提出质疑，这就说明肯定是自己当时听错了，或者是因为今天的事儿把脑子搞乱了，出现了记忆偏差。这么想着，赵香梅那张俊俏的脸庞与李继承那把背心蒙在脸上的样子开始不断在自己脑海里交替闪现。她从赵香梅的死联想到生命的脆弱，内心滋生出来的人生虚无感，让她感觉浑身无力、神思恍惚。

走出赵常锁他们住的宾馆，和同事们道过别，施雅东靠在马路边的一根路灯柱子上发了一会儿呆，然后，她快步朝李继承住的医院走去。

来到住院部楼底下，施雅东驻足仰望着头顶一扇扇透出灯光来的窗子，此次火灾事故中包括李继承在内的几位伤者都住在这栋楼上，从这栋楼往左拐，走不多远是另一栋稍矮些的楼房，那栋楼的负一层就是这所医院的太平间，现在那个方向灯光寥寥，更衬托出了它内部的冷清。此时，赵香梅就躺在那陌生的、孤寂的黑暗当中。施雅东立在楼房的黑影里，狠狠抽了自己一个耳光，火辣辣的痛感在脸上蔓延开来的时候，她朝着那栋黑黢黢的楼房鞠了一躬，又转身朝着赵常锁住的宾馆的方向弯下腰去……

甬道旁边的草丛里有两只蟋蟀在唱和着，唧唧哝哝的虫鸣声里，施雅东的泪水悄然滚过脸颊，她的心被深深的自责和内疚疯狂撕扯着，疼痛难忍。

轻轻推开李继承所在病室的房门，来到安静的房间之内，施雅东与范兵兵的健身教练对视了一下，后者俯下身子对着头朝里侧卧着的李继承压低了声音说："哥，有人看你来了。"

施雅东紧走两步，来到床前，本想示意这个弟弟不要叫醒哥哥，可她走过来的时候，李继承已经睁开眼睛看到了她。李继承眼神里闪过的一丝惊讶消失之后，冲她轻轻笑了一下，随即就要撑着身子坐起来。她慌了，赶紧过去按住了她的肩膀。

"你别动，好好躺着。"施雅东轻声说着，吃惊自己的声音怎么变得如此粗粝、沙哑了。

施雅东见李继承不错眼珠地看着自己，就猜想他或许看到自己脸上的泪痕了，她慌忙把手从他厚实的肩膀上挪开，直起腰来，背对着他仰起头来用刚才抚过他肩膀的那只手捏了捏正滴着液体的输液管。

"别输得太快。"施雅东盯着输液管里静静滴落着的液体轻声说,说着装作不经意的样子用手掌在脸上抚了两把。

"护士刚给调过。"李虎申说。

施雅东冲李虎申点点头。

"吃了一点儿东西没有?"施雅东看着床头柜上放着的一袋水果接着问李继承。

"不饿。"

"那就等输完液再吃。想吃什么?一会儿天亮了我出去给你买。"

李继承看着施雅东,摇了摇头。

这时,伏在床头睡着的约兰达醒了,她伸出双手插进金黄色的头发里,往后梳理着长发,转动着头,用一双惺忪的睡眼打量着眼前的三个人,像是不认识一样,看来她还没有从刚才的睡梦中真正醒来。

"对不起,吵醒您了。"施雅东见吵醒了约兰达,不好意思地对她笑笑。

傍晚那会儿,约兰达担心李继承出事,从土城公园打车赶到花月街吉祥胡同的时候,看见施雅东正哭着跟医护人员抬着李继承往救护车上跑,在榉林大厦她见过施雅东,施雅东也认出了她。最后,施雅东给医护人员介绍,说她是伤者的朋友,她才得以上了救护车一路护送李继承来到这所医院。施雅东对眼前这个沉静而美丽的俄罗斯女孩充满好感。

约兰达揉了揉眼睛,对施雅东点点头,回报她一个同样的微笑。

"您好!"约兰达说。

接下来的时间里,三个人都仰头盯着输液管里滴落的液体,一言不发。

"我没事了。你们都回去休息吧!"李继承打破了这让人感到压抑的沉默。

"是啊!现在都凌晨两点钟了。"李虎申掏出手机看了下时间说,"这么晚了,你们回去也不方便。我去医院附近的宾馆给你们开间房，将就着眯一会儿，天亮后大家还都有事情要做呢！”

“我在放假，你知道的，李虎申同学。我没事！”约兰达抢先说。

“四点天就亮了，就这样待会儿吧。”施雅东说。

“您是花月街的领导，着了这么大一场火，今天肯定够您忙的，您还是回去歇歇吧。”李继承冒出坚硬胡茬的下巴抵着盖在身上的被单对施雅东说。

“领导？我算哪门子领导？！人家谁……”李继承的一句话，给久久压抑在施雅东内心的快要炸裂开来的情绪撕开了一个口子，这种自责与委屈交织在一起的情绪，打从火灾现场就开始滋长而且不断膨胀，被施雅东强按在胸腔里反复挤压着，愈来愈大。她本来想抱怨说“人家谁拿我当领导，果真拿我当领导能出这么大的事儿！”话刚吐出半句不到，施雅东立即意识到自己这是在跟火灾的受伤群众说话，她把后面的话咽了回去。她紧闭着嘴巴看着李继承，嘴唇开始抖动，越抖越厉害，泪水就从施雅东的两只好看的杏眼里溢出来了。她双手蒙住脸颊，快速转过身去，跑向病房外面。约兰达看到眼前这一幕，也慌慌地站了起来，追了出去。

在洗手间里，施雅东靠着约兰达的肩头，哭了个够。

再回到病房，施雅东和约兰达两人分别坐在李继承病床的床尾两边，四个人都没有说话，默默想着各自的心事。

天很快就亮了。

天亮之后，打了个盹的施雅东睁开眼，见李虎申和约兰达都枕着胳膊倚在床栏杆上睡着，就缓缓站起身，想望望侧身躺着的李继承，发现李继承竟大睁着一双布满血丝的眼睛凝视着窗外。施雅东轻着手脚绕到他对面，她看到李继承愣怔了一下，随即他的嘴角一翘，朝她微笑了一下。

施雅东怕李继承说话吵醒睡着的李虎申和约兰达，赶紧把右手食指压在自己唇上，嘘了一下。李继承会意，看一眼李虎申和约兰达，转回头望着她，没吱声。

施雅东指指自己的嘴巴，又指指窗外，李继承明白了施雅东这是告诉他，她要出去买吃的，就慌忙伸手往裤兜里掏，一着急，把那个小锦盒连同一沓皱巴巴的钞票一起掏了出来。施雅东明白李继承这是要给自己钱，就摆了摆手，朝门外走去。走出两步，施雅东想再看看那个暗红色的锦盒，就侧着身子，装作看腿边的约兰达，往李继承怀里瞟了一眼，却只看见那一沓零钱，不见了锦盒。施雅东猜想，一定是李继承又把它装回兜里去了。

　　走到门口，施雅东刚伸出手来拉门，门却从外面开了。蓬头垢面的赵常锁立在门口。

　　追着施雅东背影看的李继承也看到了赵常锁，两个人目光碰撞到一起的那个瞬间，李继承就什么都明白了。

6. 大洼辽阔无垠，良田万顷，却再也容不下她的一个孩子

　　送赵香梅"回家"的车上，李继承突然提出让司机从东五环往北绕。

　　司机和车上赵香梅的几个叔伯哥哥都扭过头来，用惊诧的目光瞅李继承。

　　"搁这儿往北走，等于绕北京城大半圈儿，得加钱！"司机说。

　　"加多少，我拿！你按照我说的开就行了。"过去的这两天，李继承感觉像过了好几年，他如同变了一个人，话语里带着从没有过的硬气。

　　"好了您呢！"司机痛快地答应着，回头看一眼一上车就阴沉着脸，坐到后面去的这个胡子拉碴、头上缠着绷带的汉子，这汉子身上不知道哪里透着一股子骇人的气息。眼睛！对！从那双冰冷的眼睛里射出来的灼灼光芒自带了一种把人穿透的力量。

　　"我也不跟您多要，您就给加二百块钱得了。"司机看着后视镜说。

李继承沉默着点了点头。

节气已过立秋，外面的天气仍溽热难耐。李继承手抚着冰柜的盖子，茫然地看着车窗外边迎面扑过来的一栋栋被粗大电线缠绕着的高楼。赵香梅就躺在这冰柜里面，李继承的手在冰柜盖子上轻轻滑动，他感觉手心里浸满了寒气，那丝丝冰冷的寒气沿着手臂里一节节的骨头开始往上爬行，直钻进他的心窝。

从太平间把赵香梅往车上的冰柜里抬的时候，李继承托着她的头，他能感觉出她脖子的僵挺，他自始至终轻着手脚，生怕碰疼了她。把赵香梅稳稳放进冰柜里之后，李继承从兜里掏出来那个锦盒，把那条挂有金蝴蝶的项链套在了赵香梅的脖子上。李继承想到，回到李家佐，赵家人还要给赵香梅换衣服。于是，他又把手伸过去，把那只金蝴蝶塞进了赵香梅的领口内。当他触碰到她冰凉、僵硬的肌肤时，再也无法抑制自己撕心裂肺般的伤痛，他哭了，哭出了声。这是出事以来他第一次哭泣，他任由着蓄满了眼眶的泪水奔涌而出，恣肆横流。

车窗外闪过一座天桥，天桥上往来走动着密密麻麻的人群，天桥底下奔流着挨挨挤挤的汽车，李继承的手自始至终没有离开冰柜，与赵香梅已是阴阳两隔，他感觉只要能触摸到她躺着的这个冰柜就跟她贴得很近，就如同牵着她的手。李继承在心里埋怨着赵香梅："香梅呀香梅！谁叫你以前总说生是这城市的人，死是这城市的鬼呢？你没事儿说这种不吉利的话干吗？你难道不知道一语成谶这个词语吗？现在你真的死了，可我没能力让你留在这里呀。你知道我笨，你别怪我。你要是太喜欢这城市，就再最后多看它几眼吧！……"

车子在五环路上快速行驶着，李继承一直盼着堵车，可老天爷仿佛故意跟他作对，直到拐入大广高速，一路上畅通无阻。

冀中农村的风俗，没结婚就死去的人算"小口"，"小口"是不能在家里停灵的。

"不管那些！闺女死得这么惨，怎么着也得让闺女回家看看，怎么着也得在家给闺女换身新衣服再送她走！"赵常锁在北京的时候就下了这话。

"接在外面去世的亲人回家，是不能从院门里进的。"赵常锁的侄子里有人提醒。

"给家里打电话，把院墙拆个豁口！"赵常锁丝毫都不犹豫，斩钉截铁回复了侄子。

车开到李家佐村头，李继承远远望见前方村道上并排停着两辆轿车，他认出了梅朵那辆深红色的宝马，宝马旁边停的是辆黑色的奔驰，他猜想应该是赵香梅单位的。村道上站着几个人，约兰达的金发在阳光下异常惹眼。原来，赵常锁、李虎申、约兰达、梅朵等人已先期到达。

村街里涌出来一群人，多是老人和孩子。不知谁点燃了鞭炮，沉闷的鞭炮声里，硝烟在李家佐村口弥散开来。李继承透过淡淡的烟雾，没有发现爷爷的身影。

追着"嗵嗵"炸响的鞭炮，三辆车子缓慢行进在村街上。有几个半大孩子相互推搡着，嬉笑打闹，他们跑在汽车前头，欢快地在村街房根儿底下的土坡上蹿上跳下。李继承想起自己的童年，那时候无论村里谁家娶媳妇、埋人，对自己来说都是节日。透过车窗，他目不转睛地注视着这群脸上挂着笑意的、开心的孩子，似有所悟，原来一个人甚至一个家庭的喜悦和悲伤其实是与这世界上不相关的其他人没有任何关系的，甚至在某种特殊的环境之下，这些"别人"的情绪是与当事人相左的。生活原本就是自己的，与他人无关！他想，人只有彻底融入一个群体之后，才能快乐着别人的快乐，忧伤着别人的忧伤。

去赵香梅家，要路过自家的胡同口，车子驶过时，李继承往胡同里看了一眼，整条胡同连个人影都没有。爷爷肯定在赵家的事儿上帮忙呢，李继承想。

把赵香梅从赵家拆得犬牙交错的墙头豁口往里抬时，赵家的女人们已哭成一片，赵香梅的娘更是嘴里喊着闺女，捶胸顿足，哭倒在地。李继承蒙眬着泪眼注意到了躺在院子正中的那口白茬棺材，不禁心如刀绞。赵香梅被抬进她住的屋子，停放在床上。女人们住了哭声，紧着忙着给赵香梅穿衣服。男人们都自动退到了屋外。

李继承来到院子里，在帮忙的人群里寻找爷爷的身影，却没有找到。他想，按理说，爷爷该在赵家的事儿上啊？他干什么去了呢？他看见弟弟李虎申站在赵家的屋檐下，眼光也在人群里打转转，就知道他也在找寻着爷爷。

赵香梅的身体一直冻在冰柜里，几个妇女哪是那么容易就能给她穿好衣服的。李继承侧着耳朵听着屋里忙乱的声音，生怕女人们把赵香梅脖子上戴的金蝴蝶给摘下来，自己又不能硬闯进去，心里一时焦躁起来，就走向圪蹴在窗台底下闷头吸烟的赵常锁，想让他进去叮嘱一声，正要开口，赵常锁的一个侄子慌慌张张越过他，急匆匆跑到了赵常锁跟前儿。

"叔，不好了。乡里来了人，堵在咱家地里，不让咱挖坟坑呀！"那侄子喘着粗气对赵常锁说。

"啥?!"赵常锁丢掉了手里的烟头，"我在自家地里埋人，关他乡里蛋事儿。咱现在死丧在地，他们来捣乱，这不明摆着欺负人嘛！"赵常锁一脸怒容，吼声惊动了院子里的所有人。

"想骑在咱老赵家人脖子上拉屎，做梦呢他们！""走！打他们狗日的去！"听明白怎么回事之后，赵常锁的侄子辈里有人开始嚷嚷着往院子外面走，要去洼里找乡里的人打架。

李家佐的支书和村主任这时赶了来，赶忙拦下气势汹汹的小伙子们，然后从围墙豁口里迈进院子里来，将赵常锁拉到一边悄声嘀咕起来。李继承听不太清三个人说的话，只隐约听见村主任说秋后西洼的地里就开始施工，香梅的坟地村委会出面暂时先在潴龙河大堤上选个地方，雇机器挖坟坑的钱村委会出之类的话。李继承看着赵常锁，见他认真听着，铁青着的脸慢慢有了软乎气，这才放下心来。

一辆破旧的拖拉机拉着赵香梅的棺材出了李家佐村，李继承和送葬的人们走着跟在拖拉机后面。听说李家佐赵会计家在北京上班的闺女烧死了，北京跟回来好多大人物，还来了个漂亮的外国妞儿。农村里好多人没见过真的外国人，方圆几个村子的闲人们就都赶了来，堵在李家佐村头上等着看稀罕。送葬的队伍过去了，那些人也跟了来，很快在约兰达走着的地方挤成了疙瘩。李继承回头看了一眼走在自己身后的约兰达、李虎申和梅朵，恰巧与约兰达有些惊慌的眼神撞在了一起，他停下了脚步。约兰达见李继承站下，紧走几步来到他身边，与他并肩走着。前头的拖拉机像头病恹恹的老牛喘着粗气，走得太慢了！身边的人越聚越多，没有人说话，新奇的目光箭镞一样落得约兰达满身都是。李继承忽然感觉自己的手被另一双软绵绵的手在底下紧紧攥住，他一怔，立马反应过来那只手的主人是谁。他挣了挣，没有挣开，就由着她攥着，整张脸连同脖子那里却开始烧灼得难受。

赵香梅的坟在潆龙河大堤的一棵老柳树旁边堆起来了。送葬的队伍开始稀稀拉拉往回走。李继承听见有人说，赵家闺女有福啊，今后一个人住在这千里堤上，潆龙河两岸的风景想咋看就咋看！送一个人走，十里八乡来了这么多人，还有从北京赶来的外国人。别说李家佐村，可着整个武鼎县也是头一遭啊！比前几年邝家村儿邝副县长他老娘出殡都人多，都风光哩！

李继承和约兰达并肩走着，李继承心里难受，走在村道上的他不断回头，一人多高的、密不透风的玉米地遮挡着他的视线，怎么望也望不见潆龙河大堤上赵香梅的坟。约兰达似乎明白他的心事，一路上一句话也不说，默默地走在他身畔。等到上了北环的公路，巨伞一样的柳树下那个小小的土堆，才从无数向上伸着的玉米穗子尖尖上露出来。李继承看见那棵柳树的枝丫间一个火红的身影一闪，他立刻意识到是那只火狐狸。紧着揉了下眼睛，再看时，柳树静静地立着，孤零零的坟头静静地立着，周围连一片红颜色的云彩都看不到。

李继承对约兰达说："约兰达，你不是早想见爷爷吗？一会儿进了村，你和虎申先回我家，去见爷爷。我还要去香梅的家里看看。"

约兰达盯着李继承看了看，最后乖乖地点了点头。

7. 爷爷终于答应去北京做全身检查了

北京方面一共开来两辆车，一辆是范兵兵的丈夫开来的奔驰商务，车上载着赵香梅生前的几个同事。另一辆是梅朵开来的，来时车上坐着李虎申、约兰达和赵常锁。

埋完人往村里走的路上，李虎申、梅朵跟范兵兵的丈夫走在一起。

"李老师，您还不知道我名字吧？我叫陈晓康，跟兵兵是一家。这两天大家都累坏了，今晚回北京我请大家吃个便饭。"那个黑瘦的男人凑到李虎申身边来悄悄说。

"陈总，谢谢您的好意。恐怕我们走不到一起，我跟我哥还得回家看看。改天吧，改天咱们聚。"李虎申心里惦记着爷爷，脚底下走得飞快，把细胳膊短腿的陈晓康甩在了身后。

"我都订好包房了。"陈晓康撵着李虎申，"您不是跟伊蕾都是这个村子的吗？我一会儿也顺便到家拜访一下老人。两辆车做伴一起回，相互有个照应。另外，我还有别的事情想跟您讨教。"

"陈总，您别这么客套。您有什么事情就直接问我好了。"李虎申放慢了脚步。

"也没什么，我就是想咨询您这专业人士一下，像我这种身板儿，如果也进行健身训练，能不能变胖点儿？"陈晓康不好意思地笑着说。

"行之有效的运动搭配上合理的膳食，就是为了塑身。简单说，胖人可以变瘦，瘦人同样可以增肉！"梅朵上下打量了一下陈晓康，插进话来。

陈晓康看了一眼梅朵，又转头望着李虎申。

"她说得非常对！"李虎申肯定了梅朵的说法。

"那太好了！下来我和我太太一起跟着您练。我就是想自己健壮些！"陈晓康挽起白衬衫的袖子，兴奋地屈伸着他麻秆儿一样细瘦的胳膊。

"只要肯付辛苦，肯坚持，绝对不是事儿！"李虎申握起拳头，往高里扬了扬。

"练起来应该注意的具体事项，今晚在饭桌上您再跟我好好交代交代。"陈晓康歪头观察着李虎申的脸，"李老师，您一定觉得我的心情太迫切了吧？是呀，我确实挺着急的。我从我太太身上真真切切看到了健身给一个人带来的快乐。不！应该是给整个家庭带来的快乐。那种快乐，是真实的，是可触摸的。"

陈晓康一边气喘吁吁地走，一边歪头瞅着李虎申眉飞色舞地说着，那一副认真的模样引得李虎申与梅朵对视一下，禁不住笑了起来。

李虎申领着梅朵、约兰达、陈晓康等人走进自家院子的时候，爷爷正推他的三轮车绕过正当院的七根枣木桩子，往贴着东院墙搭起来的敞棚里倒车，看样子是刚从外面回来。

"爷，我一进村就找您，您没在赵家的事儿上，干吗去了？"李虎申问。

李大增回过头来，看见李虎申领着一群人站在门洞口上，先是一愣，最后眼光落在约兰达身上，更是满脸惊诧的表情。

李虎申紧走两步，手搭在三轮车把上，帮着爷爷往敞棚里推。

"这是啥？"李虎申用手摸了一下拴在车把上的一个布袋问爷爷。

"咳咳，我去潴龙河河滩里挖了些车轱辘菜和蒲公英，这些天总是咳嗽。咳咳……"爷爷把眼光从约兰达身上拽回来，用一只手捂着嘴，压低了声音咳着对李虎申说。说完，开始伸手解三轮车把上那个装满野菜的鼓鼓囊囊的布袋。

"爷爷，你去县医院检查了没？"李虎申关切地问。

"小申，快招呼客人们屋里坐呀！快，屋里坐！咳咳，你看，你们买东西干啥？"爷爷见刚才门口站着的一群人都围了过来，又见陈晓康以及陈晓康几个员工手里都拎着刚从村里小卖部买的鲜奶、核桃露、水果等礼品，就顾不得回李虎申的话，紧忙着往屋里让客人。

李虎申抢过陈晓康手里拎着的一件鲜奶，招呼大家往堂屋里走时，扭头看见约兰达正一手牵着梅朵的手，眯着眼睛，一脸痴迷地伸出另一只手上上下下抚摸着一根乌油油的枣木桩子。

"你俩快点儿进屋喝口水。"李虎申招呼着落在后面的这两人。

约兰达松开了握着梅朵的手，耸了耸肩，冲李虎申竖起来一根大拇指，眼睛里神采四溢。

几个人围着堂屋的一张圆桌坐下来，正喝水的工夫，李继承手里拎着两塑料袋蔬菜、一袋馒头、一捆啤酒从外面走了进来。

"大家今晚都别走了，在家凑合吃点儿啊！"李继承把手里的东西放在地上，见爷爷迎门坐着，就问："爷爷，还咳嗽不？"

"刚才正说呢！爷爷咳得厉害，也不知道去县医院检查没？光吃草药，能管事吗？！"李虎申手里拎个暖瓶，立在爷爷身后，皱着眉头，埋怨着爷爷。

"老人家，应该先去医院拍个片子。"陈晓康看着爷爷说，随即又仰起脖子看着李继承，"您别忙活了，咱一会儿回北京吃。我都订好地方了。"

"哥，这位是陈总，施主任的同学，也是香梅姐的老板。"李虎申忙着介绍。

"我们认识的。"李继承对李虎申说。

"您是真正的武林高手，我见识过的。"陈晓康冲李继承竖起大拇指。

"就在家里吃，都是现成的，快！我去给咱炒几个菜。"李继承对陈晓康说着，重又拎起地上盛满蔬菜的塑料袋，快步走出屋门，朝偏房的厨房间走去。

"我刚才进院的时候，看到院里种了好多的蔬菜，为啥咱不吃新鲜的呢！"梅朵说着，伸手去拉约兰达。约兰达一直目不转睛地盯着李大增看，被梅朵一扯，愣了一下，有些不情愿地站起身随着她往外走，边走还边回头往李大增身上瞅。陈晓康的两个女工见了，也随了两人去院子里的菜园里挑菜去了。

陈晓康不好再推辞，看一眼仍坐在圆桌上喝水的另两个男员工，那两人会意，起身走出去帮着李继承做饭去了。屋里只剩下爷爷、陈晓康和李虎申三人。爷爷和陈晓康仍坐在原地，爷爷开始跟陈晓康打听赵香梅是怎么出事的。陈晓康慢慢讲着，听得爷爷一声接一声地叹息，一阵接一阵地咳嗽。

这一顿饭吃得热闹，吃得有生气。李虎申看出来爷爷很高兴。席间，只李虎申和约兰达还有陈晓康的两个男员工喝了几杯啤酒，其他人都没喝。李继承坐着，给别人添酒布菜，几乎没怎么动筷子。约兰达捧着一杯啤酒站起来嘴里喊着爷爷，敬李大增。李大增以水代酒，喝了满满一海碗泡过蒲公英的白水。

大家又说起爷爷咳嗽的事，李继承和李虎申执意要留下来明天陪爷爷去武鼎县人民医院检查。陈晓康和梅朵则提议带李大增一起回北京，到大医院给老人家看看。

李大增耐心地听着大家你一言我一语地说完，最后说："我自己的病，我心里清楚。我告诉你们吧，咱这大洼里到处都是宝。我这有老辈人传下来的秘方，去大洼里薅几样野菜搭在一起一熬，喝上个把月，包好！"爷爷将了将山羊胡子说着说着，竟咳咳地笑起来。爷爷才笑了几声，就勾引来一连串的咳嗽。待咳嗽住了，他把头转向李继承和李虎申，"马上都是顶家过日子的汉子了，怎么还是遇见芝麻大小点事儿就乱了方寸呢？别说爷爷没事，爷爷真的有事儿，都这把年纪了，难道爷爷死不起？！"

李大增最后这句话让李虎申愣住了，也把在场的所有人惊得目瞪口呆。

"爷爷，您甭说别的了！这一次说什么我也得带您去医院检查，您要不去，我就留在家里，再也不回北京了。反正现在香梅也不在了，回不回北京对我来说也没多大意思了。"大家静了一会儿，李继承的声音突然在屋子里嗡嗡作响。哥哥可是从小到大从未敢顶撞过爷爷的，李虎申盯着爷爷渐渐皱起的眉头，再看看哥哥红起来的眼圈儿，一时不知如何是好。

令人窒息的沉闷。

"您老人家就当去北京旅游一圈儿，我负责送您回来。"陈晓康出来打圆场了，他对李大增说完，又扭头对着李继承说："施主任的母亲退休前是天坛医院的大夫，现在她的徒弟当了副院长，我找施主任帮下忙，让伯母托一下那个副院长，找个专家给查一下，没什么特殊情况，一天的工夫就能把老人家送回来，根本不会耽误家里的任何事情。"陈晓康虽然眼睛看着李继承，但这话明显是说给李大增听的。

"爷爷，陈总说得对呀！北京到这儿就一个多小时的车程，啥事儿也耽误不了您的。"梅朵也跟着劝。

爷爷抿着嘴，似笑非笑，瞅瞅这个，望望那个。

李虎申眼瞅着爷爷刚刚凝聚起来的眉头渐渐舒展开来，他提溜着心，等待着爷爷开口。

"我自己的病，我心里最清楚，多大的医院、多有名的专家也不如我自己调理着管用。我也理解你们的心意，我要是不跟你们去吧，这俩心里就会觉得不是滋味，怕落下个不孝顺的骂名。也罢！咳咳咳，好几十年没去过北京了，那我这老头子就赶赶时兴，再逛逛北京城去！咳咳。"李大增看看众人，最后目光落在李继承、李虎申哥两个身上，慢吞吞地说。

一桌的人看着李大增，都乐了。

"不过咱得丑话说在头里，俺就去一天，至多两天！如果去了不依着俺，到时可别怪俺跟你俩发脾气。咳咳……"李大增用眼扫着李继承和李虎申正色说道。

"放心吧爷爷！俺跟您保证不出两天您就能回到这屋里。"李虎申悄悄冲哥哥挤挤眼睛，又转过头笑着对爷爷说。

李继承则面无表情，沉默不语。

既然定下来带着老人一起回北京，一桌人没心思再吃喝下去，变得归心似箭起来，这顿饭很快就结束了。

收拾饭桌时，李虎申看见李继承悄悄进到西屋里去了好半天不出来，就挑起门帘往里望，见哥哥正抱着一个暗红色的锦盒往背包里塞。

"啥玩意儿？"李虎申问。

"咱家的传家宝！"李继承认真地说。

李虎申刚要追问，听见梅朵在外面招呼自己，问剩饭剩菜倒在哪里，就冲一脸神秘的哥哥耸鼻子，转身去找梅朵了。边走边想，咱这么个穷家，能有啥传家的宝贝？

8. 是什么时候开始自己不再把那个农村青年当成外地人的

施雅东这一天开了两次会，上午的会议地点就在花月街办事处的会议室，区领导传达了市里下达的将对花月街吉祥胡同火灾事故展开调查和严肃追究相关部门领导责任的决定。宣读完决定的区领导意味深长地看了施雅东两眼。几天来，施雅东早做好了接受处分的心理准备，越重越好！最好能把自己关进监狱，那样或许就能减轻现在牢牢压在自己心头的负罪感。所以，当她发现区领导那么看自己的时候，她近乎挑衅般勇敢地接住了他的目光。快点查吧！查查我一个月的时间里，给你们打了多少次报告，又打过多少次的电话！施雅东暗自赌气，可她又不知道这气是在跟谁赌，自己呢，还是领导？她盯着那位领导，等着他接下来宣布停止自己的工作。可是没有，领导避开她的目光，从主席台上站起身，拎上公文包走出了会议室。直到施雅东送他钻进停在院子里的轿车，领导一句话也没有对她说。

下午刚上班，施雅东就被通知马上去区里开会。路上，施雅东想这次肯定是宣布对自己的处理决定的。可她想错了。会议是动员会，要求一个月时间内在全区范围内清理外来人口。领导态度非常坚决，非常强硬，最后竟然越讲越气，还点了花月街的名。

"你们大家一早一晚抽空去花月街上走走看看！看看啊！那还是条人待的大街吗？啊？简直……"领导说到这里猛然把话刹住，竟憋得脸红脖子粗。

会议最后进行了工作分工，这可是个细活儿，把整个区的逐条路、逐条街挨个落实到具体的单位和个人。

走出区委办公楼的时候，施雅东一抬头，望见了一角天空里浮在云层上面的星星。她伸出手来，朝后撩了撩自己齐耳的短发，踩着人行道上平整的水泥砖往家的方向走。边走，边在脑袋里逐句过着领导说过的狠话，想起来被人泼了一裙子豆腐脑的情景，竟觉得那些话挺解气的。又想自己当初为这打了多少次的报告领导都没批，现在领导终于对这件事重视了，打起来很久的心结慢慢地解开了。施雅东一下子心里松快起来，要知道自打火灾发生以来，她的心可是没黑没白都像凝固了一样的。

电话响了。

电话是陈晓康打来的，陈晓康在电话里说了托施雅东母亲帮忙给李继承爷爷联系医生的事，施雅东想都没想，一口答应下来。施雅东知道陈晓康去了河北，自己是多想送一送那个美丽、可爱的女孩，捎带看看李继承从小生活过的地方呀！可这整天能把人折腾傻了的工作哪允许她想来就来，说走就走？有时候真想一赌气把这主任的职务辞了，做个普普通通的办事人员多省心、多自在啊。这回好了，估计不用自己辞，出了这么大的事故，自己这个主任肯定是干不了了。干不了了正好！就算开除公职也没什么大不了的！偌大一个北京城，自己有能力自食其力，还愁活不下去？施雅东刚才还为会上没有宣布对她的处理决定而纠结着，此时这么一想，心里反倒坦然了，感觉浑身上下轻松了许多。

挂了陈晓康的电话，再往前走，施雅东心里想着李继承头上的伤口还没拆线，就这么北京、河北来回跑，不由得为他担起心来。她回忆着那个人第一次来自己办公室时的情景，李继承身上到处流露出来的那股紧张局促劲儿，那跟少女一样羞涩的模样，可真让人好笑啊！本是个长相端正、身材匀称还武艺高强的俊小伙儿，怎么就 man 不起来呢？不过，他偶尔也有很 man 的时候，比方说他练武的时候，比方说在樾林大厦里他那么高的个子怎么就能够轻巧地跳起来呢？你看他用双腿夹住那个神经病时脸上的表情呦，像发了怒的老虎。可他平时看人的眼神为什么总是畏怯的呢？施雅东又想起来因为他在花月街乱贴《寻人启事》训斥他时，他那副低眉顺眼的模样，心里竟莫名升腾起对李继承的怨恨。你怕什么呀怕？有什么好怕的呢？谁还不是个人？！

施雅东走着，想到李继承乱贴《寻人启事》的事情，忽一下子意识到他原来跟下午动员会上领导讲的外地人是一路人，这让她着实一惊。令她惊讶的不是意识到李继承是外地人，而是自己已经完完全全把他当成了北京人！在领导讲到"糟蹋首都、祸害首都"破坏秩序的外地人时，她想到的是对造成交通拥堵视而不见，依然高喉咙大嗓门叫喊着兜售商品的小贩们；想到的是街边朦胧暧昧灯光映衬下衣着暴露的洗脚妹们；想到的是光着膀子，背上、胳膊上文满了青龙靠敲诈商贩为生的小混混们，可唯独没有想过李继承。自己是什么时候开始就不把他当外地人了呢？她为此感到惊讶和慌张。

回到家里，施雅东进门就跟胡兰芬说了同学托她帮忙联系医生的事，虽然满脑子都是李继承，但她跟母亲讲这件事的时候，只字没有提到他，她是真的害怕母亲看出什么来。好在胡兰芬没有多问，只说句我们吃过了，饭在锅里热着。说完，胡兰芬就走到她自己屋里给当副院长的徒弟打电话去了。

小毛见妈妈坐在客厅的沙发上，一脸疲惫的样子，就从放在走廊边上的电子秤上下来，蹦跳着来到施雅东身边，坐下，一点点挪着屁股偎上来。

"妈，猜猜我最近瘦了多少斤？"小毛兴奋地歪着头问施雅东。

"多少？"

"你猜嘛！"

"你猜我猜不猜？哈哈哈……"施雅东端详着儿子明显瘦下来的身子，发自内心地开心，她笑着故意逗他。

"嗯哼，嗯哼，妈妈怎么这样？快猜！"小毛伸手摇晃着施雅东的身子，开始撒娇。

"三斤？"

"错！"

"四斤半？"

"错！"

"五斤？"

"错，错，错，还是错！妈妈，我告诉你吧，整整七斤三两！"小毛说完，眉毛上挑，紧抿着嘴唇，看着施雅东。

"哇噻！我儿子太棒了！毛毛，妈妈为你感到骄傲！"施雅东笑着，一把将儿子搂进怀里，眼里盈满了泪花。

"事情给你办妥了！快吃饭去吧。吃个饭是不是还得让人三请五请的呢！"胡兰芬出现在走廊口上，看着母子俩在沙发上打滚，瞪了一眼施雅东嗔怪道。

"谢谢妈妈！"施雅东冲胡兰芬眨眨眼，笑着扒拉开毛毛摽着自己脖子的胳膊，站起身向厨房走去。

家里的晚饭，胡兰芬蒸的韭菜肉馅包子，施雅东掀开锅盖，一个个白胖的包子蹲在铺了白色屉布的锅箅子上，都冒着热气。施雅东洗过手，捏了一个包子，坐到餐桌旁边刚咬一口，小毛又凑了过来。

"妈，好些天没见我老师了！"小毛在餐桌旁的椅子上坐得端正，看着施雅东。

"暑假马上结束了，等回学校不就见到了嘛。"施雅东心里想着明天李继承爷爷去天坛医院看病的事，自己肯定是没时间，不行就跟母亲胡兰芬说下，让她亲自陪着去一趟。听见小毛说话，就胡乱应着。

"对了，你假期作业写完没有？"施雅东想起来前几天小毛说暑假作业还有两篇作文没写，就反问他。

"妈，不是呀！我说的不是学校的老师，是李老师！"小毛没有回答施雅东的问话，而是接着自己上面的话往下说。

施雅东这才明白过来，小毛原来是在说李继承。我怎么就忘了毛毛一直叫李继承老师的，怎么就没能在第一时间想起来他也是孩子的老师呢！我怎么就给这个人定不准位置呢？我这是怎么了？施雅东在心里一声声反问着自己。

施雅东感觉自己脑袋木木的，她撕下一小口包子，连皮带馅填进嘴里，机械地嚼着，眼睛痴痴地望着瞪大了眼睛看着自己的儿子。

9. 是什么样的自信支撑着身患绝症的爷爷如此淡定与从容

李继承、李虎申哥两个拒绝了陈晓康给他们爷儿仨安排的套房。为了第二天检查方便，他们在天坛医院附近的金鱼池找了家宾馆住下来。陈晓康拗不过这爷仨，叮嘱李大增早上不要吃东西，约好早上八点在天坛医院西门碰头，就拉上他的员工走了。梅朵则开车把约兰达送往学校。

待到送走了梅朵、约兰达、陈晓康等人，爷儿三个回到宾馆房间，李大增招呼那哥俩坐下。

"你们哥俩都坐下来，我有话要说。"李大增率先坐到房间挨窗口摆着的一把椅子上。

见爷爷沉着脸，哥俩你看看我，我看看你，默默坐到了爷爷对面的床头上。

"来前儿我就说了，我是怕你们哥俩落下不孝顺的骂名，才跟你们过来的。咳咳，其实，我这病早在县人民医院检查过了。咳咳……"爷爷说到这里，扫了一眼哥两个瞬间瞪圆的两双眼睛，接着往下说，"结果没出来前，我早猜到了是什么病。等看到结果了，我就笑了，还真的被我猜到了。"爷爷说到这里，捋着山羊胡子真就得意地笑了起来。

"什么病？"李虎申按捺不住自己，一下子站了起来。

"咳咳，坐下孩子！"爷爷冲李虎申摆摆手，看着他重又坐回到床上，扭头看了一眼用手使劲儿掐着额头的李继承说，"大承子可能已经猜到了！对！就是那个病。给我看病的医生娶的咱李家佐村前街上赵家院里的闺女，那闺女跟香梅是叔伯姐妹。这李家佐的女婿认识我，咳咳，所以我去拿检查结果时，他直劲儿说，让你的孙子们来拿。我说，我那俩宝贝孙子，都在北京呢。咳咳，他说，你这病得动手术，得住院！我一听这话，就明白了个大概。咳咳，我说，你就跟我直说吧，是不是那个癌？他说，是。我说，那我去北京治，就拿了检查结果走了。咳咳……"

李继承已经泣不成声，李虎申也哭了。

"你们哭什么？！"爷爷虎起脸来，直等到哥两个停止了啜泣，才又接着往下说，"我这辈子最看不上男人家遇上点子事儿就慌里慌张的失了主意。咳咳，爷爷这辈子虽说走的地方不多，可这生生死死的阵仗也没少经历。咳咳，我打小儿你老爷爷就没了，你老奶奶拉扯着我长大，张罗着给我娶了媳妇，你奶奶过门才一年，你老奶奶也没了。等你爹长到十七大八，你奶奶得了场大病，走了。我老了、老了，你爹跟你娘就着伴儿又走了！咳咳咳，人啊，生生死死的事儿经得多了，就想开了，也想明白了！死是什么？你们以为死可怕对不对？错了。爷爷以为死其实也是一种生呢！人活在这世上，就是修行来了。咳咳，病这个东西，都是坏心情带来的，世上所有的病都是坏心情闹的！咳咳……"

"爷，您喝口水。"李继承站起来，去桌子上拿了瓶宾馆里赠的矿泉水，拧开盖子，递给李大增。

李大增接过来抿了一口，继续往下说："我这病，说白了根子还是在戳脚、在武术戏那儿。咳咳，自打听说县里要征西洼里的地，我这心里就犯了嘀咕。你们想啊，李家佐村都没地可种了，还能留得住人？本来村里的年轻人一心羡着城里人的热闹，跑得差不多了，这地一没，李家佐村不知道又有多少人家拿上征地款去城里买房了。咳咳咳，这李家佐人都跑没了，这戳脚还咋往下传？武术戏还咋演？咳咳咳，没了戳脚，没了武术戏的李家佐还是李家佐？我想不通啊！咳咳咳，我就是在这个地方心里结了疙瘩。我打小就迷这戳脚，迷这武术戏，我就是觉得这个东西神奇呢，就是好它哩！咳咳，晚上我一个人的时候，别闭眼，一闭眼就是当年在打麦场上演武术戏的场面。那是啥场面呀？人山人海啊！叫好声震天响哩！咳咳咳……"

"爷，您歇歇，要不您躺床上去，躺着跟我们讲。"李虎申立起身，欲上前搀扶爷爷。

"我就这么坐着吧，躺下咳嗽得更厉害。你两个要是累，就都躺下，反正今天爷爷得把憋了这一肚子的话倒出来。咳咳……"李大增冲李虎申摆摆手，又看了一眼李继承。李继承弓腰勾头坐在床沿儿上，身子冲下倾着，险些儿贴到地上去的整个脑袋埋在两只粗大的手掌里，一动不动。

"等拿到检查结果，我整整想了一天，忽一下子就想明白了。这社会发展来发展去，就是个城市一点点吃掉农村的过程，我还能阻挡得了？咳咳，再说，咱也不能阻挡啊！如果哪天李家佐真没了，那又能怎么样？就像当年生产队没了一样，说没就没了，人们还不是照样该怎么活，就怎么活？还不是个顶个活得好好的！咳咳，后来，我又想到了戳脚跟武术戏，甭看我自己拿这当命根子，说白了就是个喜好嘛！这世上那么多人，你不能强求大家伙都跟你有一样的喜好吧？萝卜白菜，各有所爱。你好你的，我稀罕我的，只要是喜好的东西能让你觉得活着有奔头，活得带劲，那各好各的，有什么不好？咳咳……

184

我这东扯西扯的，你俩听累了吧？那我抓紧时间，说正事儿！大承子，你把头抬起来。小申，你也听好了。咳咳……"

李继承和李虎申都坐直了身子，仰起脖子来看着李大增，两人的眼圈红红的。

"咳咳，爷爷刚才说这些，就是想跟你们哥俩商量一下，我这病下一步怎么着。"李大增看着那兄弟两个，缓缓地说。

"爷，咱明天检查完，就住下。"李继承说。

"对，我身上的钱够交住院押金了，不够我找梅朵借。再说，您也入着合作医疗呢，多少将来国家还能给报销一部分。"李虎申也说。

"看来，我前面说了那么多，都白说了！爷爷就是想跟你们说，爷爷不想住院。爷爷不想住院不是心疼钱，不是信不着现在医院里的医生。咳咳，爷爷刚才说了，爷爷的病根在哪儿？在戳脚、在武术戏身上呢。戳脚里有套拳法是用内气将身体里的毒逼出来，你俩都知道吧？"

李继承点了点头，李虎申则把眼光投向屋角，像是想着别的心事。

"小申，你给我好好听着！咳咳，这套拳法怎么来的呢？我听我师父讲，民国的时候，我师爷肚子里就长了个瘤子，眼瞅着人就不行了。后来，师爷琢磨出了这套拳法，又把从潴龙河河滩里挖来的车轴辘草、蒲公英放一块儿熬着喝，后来，师爷肚里的瘤子没了，人活到99 岁，无疾而终。咳咳咳……"

"爷，我可算听明白了，你是想拿自己的身体试验一下这套拳脚，试验一下这药方呀！这太冒险了吧！太荒唐了吧！"李虎申脸红脖子粗，噌一下立起来，嚷嚷道。

"你给我坐下！咳咳咳……"李大增唰地沉下脸来，拿眼瞪着李虎申。

"小申，别让爷爷着急，你好好听爷爷把话说完。"李继承也看着李虎申说。

"不行！我就要说，咱爹娘死得早，是爷爷把咱俩拉扯大的，咱们不能让他拿着命开玩笑！呜呜呜……"李虎申双臂并用抹着眼泪，哭了起来。

"什么荒唐？什么开玩笑？你看你能的！亏了还是在这京城里读了好几年大学的人。你就这点儿脑子？！咳咳咳……我说过没？咱还死不起人了？我好了一辈子戳脚，好了一辈子的武术戏，我把它们当成命根子看待。都这个岁数了，我就想看看我好了一辈子的东西到了儿能给我带来个啥！咳咳，我是不甘心啊，不甘心！听懂了没？咳咳咳……"

长久的沉默。

"你们让我住在这陌生的地方，出来进去我看不见闭着眼都能找到路的大洼、潴龙河大堤，我心里别扭，我心里别扭着，我的病吃什么药也好不了。你们想想啊，你们这不是把爷爷往死路上逼吗？嗯？！记住喽：强按牛头不喝水！咳咳咳……"

"爷！"李继承不知什么时候点着了一支烟叼在了嘴上，他狠狠吸了一口，将烟吐出来，开口说道，"我听明白您的意思了，也理解您的想法。您看这样行吗？既然跟人家陈总约好了，人家也给咱托了人，咱该检查还检查。我和小申也趁着这工夫再琢磨琢磨，您自己呢，也再想想。"

"我不用想了，来前儿怎么说的，就按照那个办！人做事不能倒打倒回，反复无常。咳咳，男人定下的事，不能像女人一样犹犹豫豫，失了主意。你俩都给我记住了：人无信不立！"李大增听完李继承的话，丝毫没有让步的意思。

李虎申看着哥哥脸上平静中带着冷意的表情，话到嘴边，又咽了回去。他盯着李继承被烟雾缭绕着的棱角分明的脸，感觉此时此刻，哥哥倒成了自己的主心骨。

"咳咳，我还有个要求。"已经站起身来，准备往洗手间走的李大增又说。

李继承、李虎申有些迷惑地望着爷爷。

"咳咳，我想去看看天安门！生产队的时候，我赶着马车给队里拉树秧子来过北京。我记得去的是通县。那个时候，我就想见天安门，可惜没见上。咳咳，咱乡下人被在那个大院里住着的人管了好几辈子，到了儿，我就是想亲眼看看他们住的地方啥样！"

李继承和李虎申你看看我，我看看你，最后都不由自主地摇着头，苦笑了起来。

10. 我爱北京天安门

第二天早上，约兰达给李继承发来微信，说自己感冒了，在发烧，不能陪爷爷去医院检查了。随后，又给李继承微信上转过来三千块钱，说是让老人家买点儿喜欢吃的东西。李继承看见微信上趴着三千元钱，登时吓了一跳。他慌忙给约兰达打过电话去，告诉她自己不能收她的钱。约兰达在那头说，是她个人对老人的一点儿心意，与他无关。说完，就把电话挂了。李继承慌了神，赶紧找到正在洗漱的李虎申："小申，约兰达给我转了三千块钱，咋整？"

"给你的学费？"李虎申正在给牙刷上挤牙膏，没回头。

"不是！她说是给爷爷买吃食的钱。"

"给爷爷买吃食的钱，她干吗不转给我？还是学费。她是怕你不收她的学费，找了这么个借口而已。"

"要是学费，那我更不能收人家的了。你快帮我退给人家！"李继承把手机往弟弟怀里攞。

"你收了？"李虎申一手端着杯子，一手举着牙刷，看了一眼怀里的手机问李继承。

"我没敢动！我微信没连着银行卡。"

正说着，李继承的手机进来一条微信，李虎申低头看着，低声读道："特别惦记您头上还没有愈合的伤口，您要自己照顾好自己。"李虎申越读越快，声音不断往上提，越提越高："再也忘不掉在乡间路上您拉着我时，带给我的踏实的感觉。我多想就那么一直被您拉着走下去呀。亚留不留节比亚！我擦！都'我爱你'了呀，我擦！"

李虎申惊呆在原地，脸上的表情瞬息万变。

李继承看弟弟瞠目结舌的样子，"嗖"一下把手机撤回来，一瞅，见是约兰达，脸不由自主腾地红了，一脚门里，一脚门外，窘在原地。

"哥，不会吧？"过了好一会儿，李虎申才回过神来，问李继承。

"什么不会？"李继承皱着眉，用力搔着脑袋，反问弟弟。

"你和她，你和约兰达？"

"什、什么呀？！你、你想哪儿去了！"李继承急得磕巴起来。

"都手牵手啦，还什么、什么的！"李虎申低着头，眼睛朝上翻着看着李继承，嘴角儿挂着一丝坏笑说，"哥，我可提醒你啊，战斗民族的女孩可不好惹！"

"哎呀！你误会了。"李继承急得一顿脚说，"别扯这些没用的了，快帮我把钱退给人家！"

"你不是没收吗？"

"是呀。"

"那你别动它，明天这个时候，就自动退回去了。"

"真的呀？"

李虎申嘴里含着牙刷，冲李继承诡秘地眨巴了几下眼睛，点了点头。

在胡兰芬的带领下，李大增的检查头中午之前，就顺利地结束了，但检查结果要三天之后才能出。陈晓康提出来要请胡兰芬和大家吃午饭，李继承和李虎申也紧着拦胡兰芬吃饭，胡兰芬借口家里还有马上要开学的外孙，婉言拒绝了。临走，胡兰芬看了李继承一眼，笑着对他说："这些天你不在，你那个小徒弟可是每天都认真练功呢！"

李继承听了，嘿嘿地笑着，直点头。

"你徒弟说了，盼着你这头上的伤早些好了，晚上去公园教他武术戏。他跟我说，你们师徒约好了，春节要去河北你老家演出，到时候，我也要参加呦！"说到外孙，胡兰芬脸上如沐春风，在灿烂的阳光里笑起来，眼角儿的皱纹看起来更深了。

"毛毛非常聪明懂事，您告诉他，我想他了。我们很快就能在公园见面了。"李继承对胡兰芬说，他注意到立在不远处的爷爷满意地笑着，冲自己点了点头。

直直照射到身上来的初秋的阳光，依旧炙热。等胡兰芬走后，在梅朵的提议下，几个人来到离天坛医院西门不远的一个小凉亭底下，商量爷爷的病下一步该怎么办。

"没什么好商量的！当初你们接我来北京的时候，怎么说的，就怎么办好了。"李大增阴沉着脸盯着李继承说。

"老人家，本来刚才医生要求您住下，正是因为没跟您商量好，我们当时就拒绝了。我建议您等检查结果出来，再计划回不回河北。正好趁这个期间，在北京多逛逛。您看怎样？"陈晓康笑眯眯地看着李大增不紧不慢地说。

"陈老板，我这农村老头子虽没见过什么世面，但我也能明白您的好意。我知道有句老话儿叫：君子一言，驷马难追。我确实离不了我那个小院、那间小屋、那个破家呀！"李大增近乎哀求地说着，老眼里竟盈满了泪水。所有人都明白，这话，不仅是说给陈晓康的，更是说给李继承和李虎申的。

陈晓康扭头看着李继承和李虎申。

"听爷爷的！百孝顺为先，爷爷既然不愿在北京待，那就先送他回去，等检查结果出来了，咱再说。"李继承说话了，把话说得斩钉截铁。他甚至在开口之前，一眼都没望李虎申。

事情到了这个份儿上，大家也只好作罢，不再劝李大增留下来。

"爷爷不是就想看看天安门吗？吃过午饭咱就去！"李虎申说。

"陈总生意忙、事情多，别耽误他了。我拉你们去吧。看完天安门，我和你把爷爷送回河北去。"一直在一边没有说过话的梅朵此时插进话来，眼睛扫着李虎申说。

"别价呀！来的时候我答应老人家亲自把他送回去的，这么着，不是让我食言嘛！"陈晓康把鼻梁上的眼镜往上推推，看着梅朵说。

"陈总，大家都知道您热心肠，是个仗义人，老耽误您宝贵的时间，我们也过意不去。有我和梅朵，您就放心吧！我们一定安安全全把我爷送到家。"李虎申用手撑着木质凉亭的柱子说。

"李老师，这、这……"陈晓康有些尴尬，刚捏住眼镜腿的手，又很快松开来。

"陈总，就这样吧！一会儿我们找个地儿，随便吃点东西，就赶去天安门。送爷爷到家，晚上我们还要赶回来，太晚了，夜里开车不方便。"李继承说。

"既然这样，那我中午请大家，就当给大家伙儿饯个行。这点儿要求你们不会也拒绝吧？"陈晓康说着，目光在几个人脸上来回打着转转，见李继承刚要张嘴，紧接着又说："咱不去我饭店，那儿离这儿太远，咱就近找个地方，请大家放心，不会耽搁大家太多时间，咱速吃速结。"

陈晓康的话暖心，也实在，让人无法拒绝。

斜对过就是郭德纲带着徒弟们说相声的德云社，陈晓康领着大家路过德云社门口，在天桥街里头找了个海鲜饺子馆，大家坐下来的时候，李大增主动点了鲅鱼馅的饺子。

李大增看上去很兴奋，他不住劲儿地对陈晓康和梅朵说着话："我这俩孙子从农村来，不懂城里规矩的地方，你们多担待、多指点。他俩能交上你们这么重情重义的朋友，是他们的福，是俺们李家坟头冒了青烟哩！现在老家那头儿，眼瞅着地就都给政府征没了，这等于也断了他们的后路。如果，你们这些朋友能帮着他俩真正在这北京城里扎下根来，帮着他们闯出一番天地来，那我这老头子即使死了，这心也就安稳了。"

陈晓康和梅朵专注地听着李大增说话，笑着连连点头，分别把李继承和李虎申狠狠夸了一顿，最后表态：今后大家在北京一定互帮互助，让李大增尽管放心。李继承和李虎申虽然嘴上都嘿嘿笑着，跟爷爷打下保证，一定不会把李家佐村的人丢到首都来，可心里还是为爷爷拒绝住院的事儿别扭着。

　　这顿饭，李大增吃得畅快，一份鲅鱼馅的饺子吃罢，又就着饺子汤，把梅朵拨出来的半份虾仁馅饺子吞进了肚里。

　　出了饺子馆，李大增拉着陈晓康的手，送他到奔驰车边，除了对陈晓康表示感谢，还邀请他有时间再去李家佐。陈晓康说，春节您那里演武术戏的时候，我肯定会带上我的家人一起去的。陈晓康说这话的时候，李大增伸手搭在身边的李继承肩上，用力捏了一把。

　　老天看到李大增走路轻盈、满面红光的样子，也来跟他的好心情凑趣，一过晌午，就来了个假阴天，四个人来到天安门广场的时候，竟吹起来习习凉风。

　　"爷，这天安门广场怎样？气派不？"李虎申有些得意地问李大增。

　　"嗯，我看这儿怎么着也得五六百亩地。"爷爷眯缝起眼来，转着身子打量着整个广场，又对李虎申笑着说："它小是不算小，不过要跟咱村西潴龙河两岸的大洼比，它就差老鼻子去喽！咱那是上万亩呢！咳咳。"

　　"爷爷，来，我给你们爷仨照张相，留个纪念吧。"梅朵平举着手机，往后退着说。

　　李继承、李虎申一左一右站到了李大增两边。

　　"闺女，你别急，我得收拾收拾。"李大增冲梅朵摆摆手，接着把脖颈底下衬衣上的两个扣子系好，又连着摆弄了好几次衣襟，这才把身子挺直溜，绷起脸，冲梅朵点了点头。

　　"大哥，麻烦您一下，我和虎申也跟爷爷拍一张。"梅朵把手里的手机冲李继承扬了扬。

没容李继承走到自己跟前儿呢，梅朵已迫不及待地迎上去，把手机递给李继承，又跑到李继承刚才站的位置，挽起了李大增的胳膊。

等李继承端平了手机，从手机屏幕里看见弟弟和典雅、大方的梅朵两人面带微笑，头侧向爷爷一边，身体也紧紧贴着爷爷，梅朵今天穿着的是几个月前他在"虎池"楼底下看到她时，穿的那身黑色运动衣。李继承被眼前这温馨的画面感动了，不由心头一热。李继承想起来，那会儿梅朵在打开宝马车的后备厢给他们取纯净水时，他无意中看到后备厢里垛着成捆的纸钱，就觉得纳闷。弟弟也看到了，随口问梅朵拉那么多的纸钱干吗。梅朵回他，快中元节了，送爷爷回去时，你不给伯父、伯母上上坟？多么善良而又心细的女孩啊！想到这里，李继承忽然觉得当初为了阻止弟弟去梅朵的健身房当教练，自己的一些想法和举动太过幼稚，就跟毛毛躁躁的小孩子一样，一点儿都不够稳重。他开始懊悔并责备起自己来。

"爷爷，要不我们进故宫里面转转？"梅朵见李大增凝神望着远处黄瓦红墙的天安门方向发呆，就提议进故宫里面去逛。

"不不不！咱还得赶路呢！打远里望望这皇宫，我就知足了。李家佐村多少代人，又有多少人能像我一样来到这皇城根儿底下，又有多少人亲眼见识过这管过咱好几辈子的人家的阔气劲儿！知足喽！知足喽！咳咳……"李大增嘴里叨咕着，顺着来路，朝着天安门广场边上健步如飞走了起来。

三个年轻人不知道李大增怎么突然间变得这样，来不及多想，只好小跑着追了上去。

李继承为了给弟弟和梅朵创造单独在一起的机会，没有坐梅朵的车送爷爷回李家佐。出了广场，他跟爷爷说，让他安心养病，自己抓紧时间排练武术戏，争取春节让李家佐村的人看上北京人演的《李家佐》。李大增听了非常高兴，连着在李继承肩膀上捏了好几把。接下来李继承又反复叮嘱梅朵路上开车慢些，得到梅朵肯定的答复后，他就从前门地铁站直接坐地铁回了槐林大厦。

第四章　自然融合

1. 与花月街一同变化着的，还有与这条街有关系的人们

连着下了好几天的秋雨，夜里再开着窗子睡觉，会被凉风吹醒，可是不开着窗子睡，又觉得心里憋闷得慌。这一夜，李继承已经被窗外刮进来的冷风吹醒两三次了。自从调过班之后，这间宿舍到了晚上就只剩下他一个人了，每晚从公园回来，洗过澡，他就可以在这个暂时专属于自己的小天地里，把疲惫的身子放倒在床上，安安静静地，随着心性抽烟或者想一些什么事情。爷爷的诊断结果早出来了，肺癌晚期。这个结果是他预料之中的，所以，施雅东打电话告诉他的时候，他没有表现出太大的吃惊。他只是让施雅东问问医生，像爷爷这种情况最佳的治疗方案是什么？没想到施雅东说她已经问了，医生给出的意见是：由于癌细胞已经扩散，病人最多再活两三个月，所以不建议手术。能够在老人最后的时间里，满足他的要求，让他尽量享受生活的美好，是不得已也是最实在的医嘱。两三个月？！这就是说爷爷连年都过不了了！李继承挂断施雅东的电话之后，脑子里冒出来的第一个想法就是回到李家佐，回到爷爷身边去，去陪伴爷爷在这尘世里的最后时光。他给爷爷打了电话，如实告诉了爷爷检查结果，并跟

爷爷说了自己想回到老家去照顾他的想法。

"大承子，自打香梅那闺女没了之后，我以为你成熟、稳重了许多，咳咳，以为你懂了爷爷的心。看来你还是没什么长进啊！咳咳咳……"爷爷在电话那头一张口，就开始训斥李继承。

"爷……"

"你不要说了大承子，你知道爷爷最在乎的是什么！你要是真对爷爷好，咳咳，就在北京把戳脚给我教下去，把武术戏给我教下去。你跟小申在北京真正把根扎下了，等爷爷死了，到了那边儿也有脸面见你们的爹娘，那时候爷爷即使死也死得舒心，死得欢喜。咳咳……"

跟爷爷的这段对话，李继承记得清楚。他不敢拗着爷爷，那样只能加重爷爷的病情。那自己到底能为爷爷做些什么呢？爷爷提到让他在北京教授戳脚和武术戏，这倒不是问题。给香梅送完殡回北京的时候，他已把那本《武术戏》和那个翡翠扳指拿了回来。头上的伤拆完线的第二天晚上，他就去了土城公园。这些天，除了小毛和约兰达，又有好几位经常去公园看他们练功的市民也开始跟着他练了。这些人里，什么年龄段的人都有，大家热情都很高涨，照这样下去，他很快就可以跟大家排练《李家佐》了，爷爷要是看到该有多高兴啊！可是医生说，爷爷最多能活两三个月啊！李继承这些天就是一直为这事儿陷入深深的焦虑里，老觉得胸口憋闷得难受。

外面的天虽然依旧阴得很沉，但亮晃晃的光还是从洁净的玻璃窗透了进来。李继承点燃一支烟，把枕边的那本《武术戏》拿起来，翻看着。

外面有人敲门，李继承以为下夜班的同事忘了带钥匙，忙把书放下，趿上拖鞋去开门。

打开门，大胡子站在门口。

"我、我还以、以为你没、没醒呢！"大胡子跟在李继承后面，边掩门，边说："在、在你、你门口、转、转悠好、好几圈了。不、不好、好意思、敲门。"

"队长，您说什么呢？我是您的兵，随时听从您的召唤。有什么事，您尽管吩咐。"李继承拿起窗前桌子上自己的烟，从烟盒里抽了一根儿出来，递给大胡子："中南海，有劲儿！"李继承以前总买红塔山，最近在公园有个学生给他抽了支中南海之后，他感觉这烟禁抽，劲道也大，就买了一条。

"你抽、抽我的！我、我给你买、买了条中、中华。"大胡子接了李继承的烟，冲李继承眨眨眼，抬起胳膊，把手伸进长袖 T 恤的领口摸索着。

"给我买烟？别开玩笑了队长！"李继承笑嘻嘻说着，这才注意到大胡子腰一侧的衣服底下鼓鼓囊囊的，不由一愣，笑容就僵在了脸上。

掏了半天够不到那条烟的大胡子，索性把皮带里扎着的 T 恤拽了出来。

"队长！你这是干吗？"李继承见大胡子把那条中华放到桌子上，随后又拿起来撕包装，就慌张地追上去问道。

"来！兄、兄弟、换、换根儿、好、好的！"大胡子从攥着的中华里抽出一支，递给李继承，又把那盒烟放回了桌上，自己却点着了李继承给他的中南海。

"你这、这是干吗？"李继承手里捏着大胡子递给他的烟，盯着他看，一头的雾水。

"兄、兄弟你上、上次在、在咱这儿、救、救的那个女、女的，是不是叫施、施雅东？"大胡子深深吸了一口烟，眯缝着眼问李继承。

"怎么了？"李继承点了点头，紧张地打量着大胡子的脸。

"她、她是花、花月街的、街、街道办、主、主任？"

"是。"

"那、那件事、发、发生、之后，你、你们有、有联系吗？"

"有，她儿子跟我练戳脚。"

"真、真的？"

"我骗你干吗？"

"太、太好了！这真、真是、天无绝、绝人之路啊！"大胡子现出一阵狂喜，俩眼珠子都起了亮光。

"队长，您就直接说什么事吧！"

"是、是这、这样，我、我亲、亲妹妹和妹、妹夫在、在花月街卖、卖凉皮，租、租的房、房子，也在那里。现、现在、街道办不、不让出、出摊儿了，还、还限、限他、他们几、几天内就、就得、搬、搬家。"大胡子说到这里，可能是在为妹妹和妹夫的事着急，也可能是恼恨自己口吃说得慢，他开始抓耳挠腮，面红耳赤。

"队长，我听明白您的意思了。"李继承赶紧说，"您是不是想让我找一下施主任说说情？"

"亲、亲兄弟呀！"大胡子把头点得像鸡啄米。他接着说："不、不是、咱、咱想赖、赖着不搬。咱、咱哪有、有本事跟、跟政府对、对着干？只是、我、我妹妹、没、没几天就、就生了。哥求、求兄弟跟、跟那、那个领、领导说、说，缓、缓我妹妹他、他们些、些日子，等、等她、她把孩、孩子生、生下来再、再找房子搬、搬走。天、天眼瞅着就、就冷了。兄、兄弟，哥这也是实、实在没、没办法了才……"

李继承不等大胡子说完，一侧身，在床上拿过手机，就给施雅东拨了过去。李继承手里握着手机，眼睛看着大胡子，见他眼巴巴望着自己，把身子一点点往下缩，最后竟蹲在了自己脚边。他不知怎么，顺手按下了免提。

"喂。"话筒里传来施雅东轻柔的声音。

"在哪儿呢？"李继承问。

"在吉祥胡同，早上五点半就过来了。"

"我说找你说点事儿呢。"

"……"

"喂，听得见吗？"

"嗯嗯，能听见。你那里信号不好，声音太弱，一会儿你到我办公室吧，正好我也有事正找你呢。"

"几点？"

"八点吧。九点半我还要到区里开个会。"

"这、这样啊！我八点就得交接班了。"李继承刚说完这句话，就看见脚底下蹲着的大胡子急得冲自己连连摇头，不停用右手食指点着他自己的鼻子龇牙咧嘴。李继承立时明白过来，又赶紧对着听筒说："那要不我找人替我一会儿。"

"嗯嗯。那就这样，你记得吃早餐啊。"

"嗯。"李继承挂断了电话。

大胡子满脸喜色从地上立了起来。

当坐在自己面前的施雅东猫腰拉开办公桌的一扇小门，把那件包装精美的长袖 T 恤拎出来，递给李继承的时候，李继承当即一怔。

"毛毛开学前，我带他去商场买学习用品时，顺便给你买的。XL 的，不知道你穿着合不合适？"施雅东笑笑，脸不知怎么就红了。

"这……"李继承搓着手，不敢接。

"拿着！我没给男人买过东西，你要是不喜欢，出门扔了吧！"施雅东说话的语气明显带着恼意，她把衣服揉在李继承怀里，重又坐回到椅子上，低头摆弄起桌上的一沓文件，不再看他。

"我刚才跟你说的那件事，真的不好办？"李继承手里捧着那件 T 恤，往前走了一步，小心问道。

"我刚才不是已经说了嘛，这次的集中清理，是全区统一行动，一个死角都不能留。"施雅东手里忙活着，眼睛依然不看李继承。

"可他们这不是有特殊情况嘛！就容他们个十天半月的？"李继承又往办公桌前蹭了蹭。

"如果有一丝的希望，我就不会让你说这么多了。"施雅东又站了起来，"回去好好跟你同事解释一下，让他们抓紧时间搬走吧，下一步，区里可能会对故意拖着不搬的住户采取强制措施。"

"硬赶啊？！"李继承瞪大了眼睛，看着施雅东。

施雅东看他一眼，点了点头。她从办公桌后绕了过来，擦着李继承的身子走向门边的衣架，抬手摘下自己的挎包，对眼光一直追着她的李继承说："我去区里开会，这次火灾的处理决定下来了，我受了党内记过处分。"

李继承见施雅东打开了房门，知道自己再说什么也是枉然，又听说她受了处分，猜想她心里一定也不好受，就不好再说什么，迟疑了一下，就拉开两条长腿朝门外走去。

"穿着不合适，给我打电话，我带你去换。"李继承走过施雅东身边时，她看了一眼他怀里抱着的那件 T 恤说。

当初想着，只要自己来求施雅东，她怎么着也得想想办法帮大胡子妹妹、妹夫这个忙，哪承想被她一口回绝了。李继承心里懊丧极了，脸上也直劲儿发烧，他嗯了一声，也不看施雅东就走了出去。

"哎，李继承！忘了告诉你了，给你报的那个见义勇为的奖励市里批了，等奖金来了，你得请客啊！"施雅东在楼道里对已经走出去一段距离的李继承说。

李继承头也没回，又嗯了一声，快步走向门外。

出了花月街街道办，李继承没有直接回樾林大厦，他去了曾经贴过《寻人启事》的那个公厕撒了泡尿，估计要去区里开会的施雅东已经出街道办走远了，他才从公厕里出来，坐在街边的一个台阶底下抽起烟来。

花月街上的行人明显比以往少了很多，街边的门店大多关着门，就像身后这家麻辣烫的门脸儿一样。从大槐树枝叶间筛落下来的阳光映照在李继承的脸上，痒痒的。他抬起头望了望天，高楼间露出来的一小块儿天空很蓝、很深，几大朵洁白的云絮漾在那一片蔚蓝之上。李继承伸手抚了抚平放在膝头的施雅东送的 T 恤，心想，这天，可是真的一天天要凉起来了。

坐了约莫一刻钟，李继承连着抽了两支中南海，最后，他把手里的烟头在地上摁灭，又伸出手去把先前自己放在脚边的那个烟头也捡到了手里。然后，李继承站起身，走到路边的垃圾桶旁把两个烟头丢了进去，就快步朝不远处的一家旅馆走去了。

2. 健康是人类共同的追求

"李虎申同学，你不可以这样说！"约兰达立在学校综合训练馆前的小广场上，用力顿了一下脚，神色惊慌地瞪着已经走出去挺老远的李虎申大声说。

约兰达身后是一架凌霄，无数朵鲜艳欲滴的红色喇叭花从浓密、肥厚的墨绿色叶子里钻出来，高挂在枝头。从李虎申这个角度看过去，就像约兰达的头上戴了一顶硕大的花冠。

刚才和约兰达一起上完课，从综合训练馆出来的时候，他问约兰达感冒好了吗。约兰达告诉他好多了，还礼貌地跟他道了谢。本来这就是好朋友间礼节性的问候，可李虎申走了两步之后忽然想起约兰达发给哥哥的那条微信，就想逗逗她。于是他问约兰达，是不是从香梅姐的葬礼回来之后，你就病了？约兰达认真地点了点头。李虎申说，肯定是香梅姐的鬼魂见你拉着大哥的手，生气了，就来缠你。李虎申没想到，这句话，竟惹得一向安静、温柔的约兰达真生起气来。其实，自从看到约兰达发给哥哥的那条微信，他是打心里愿意大哥和约兰达走到一起的，一个不仅美丽大方而且对中国武术近乎痴迷的中俄混血儿，如果真能成为自己的大嫂，那将是怎样一件令周围人艳羡的事情啊！可哥哥李继承太老实，太胆怯了。李虎申一直盘算着找个机会当着哥哥跟约兰达的面把这层窗户纸给他们捅破，今天逗约兰达一下，也是想试探试探她。

李虎申见约兰达背着双肩包朝着另一个方向走去，急忙追了上去。

"喂喂喂！对不起啊，约兰达，刚才是我说走嘴了。"李虎申涎着脸追着约兰达走，尴尬地笑着，夸张地抡起巴掌，在自己嘴巴上轻轻拍打了两下。

"你不可以诅咒我的感情！"约兰达抹了一把眼角淌下来的泪水说。

"没、没有！真没有。约兰达，你误会了。"见约兰达真哭了，李虎申慌了神，变得语无伦次起来。

"哥哥，在我这里是真正的勇士。我对他尊敬和爱戴！"约兰达停住脚步，指着自己的胸口对李虎申说，"李虎申同学，现在你告诉我，是不是你阻止了他接受我给爷爷的钱？"虽然约兰达长长的睫毛上还挂着细小的泪珠，可她这双蔚蓝色的眼睛在看向李虎申时，已经有些咄咄逼人了。

"哎呀，你想哪去了约兰达！"李虎申急得直拍大腿。为了缓和与约兰达对话的这种紧张气氛，他很快换成一种温和、平缓的语气对约兰达说："约兰达，你与大哥相处这么久，应该了解他的为人，他不愿欠别人什么的。他为人坦诚、实在，就是有些胆怯，天生对大城市、对城里人恐惧，何况你还是个外国人，他更不敢跟你近乎了。"

"他的心像伏尔加河上的冰一样明净，像高加索山上的积雪一样纯洁。"约兰达仿佛真受到了李虎申的感染，眯起眼来，凝望着澄澈的蓝天喃喃自语，"我是外国人吗？他知道，我有一半的血统是中国的，中国保定是我们共同的故乡。"李虎申看到约兰达把手抬起来，捏着白色衬衣里的项坠揉搓着。

"约兰达，我爷爷离开北京的时候说了，哥哥和我如果将来真能在北京把根扎下来，是他老人家最大的心愿。可是，我看不出哥哥有长期待下去的意思，你跟他在一起待的时间长，找时间劝劝他，鼓励鼓励他吧。"李虎申往仰头看天的约兰达身边凑了凑，轻声说。

"哥哥品德高尚、武功高强，在哪里生活都会被人尊重的。李虎申同学，我把哥哥练功的视频发到朋友圈，被我一个朋友看到了，她在莫斯科的俄中文化交流协会工作，她们正准备以文化学者的身份邀请他去莫斯科。这样，我就可以和哥哥到我的家乡去看看了。"约兰达收回目光，眼睛看着李虎申，她的脸上呈现出小姑娘般得意和幸福的表情。

"真的呀！"约兰达的话，让李虎申非同小可地吃了一惊。他想不到，哥哥一个只有高中文凭的农民，能被以学者身份邀请去国外。他知道约兰达是个诚实厚道的女孩，她不会跟他说谎。所以很快转惊为喜，连连说道："约兰达呀，太谢谢你了，太谢谢啦！"

"可我把这件事告诉哥哥的时候，他一点儿也不高兴。他对我说，爷爷有病，现在不能出远门。李虎申同学，哥哥说爷爷拒绝接受医生的治疗。为什么会这样？"

听约兰达提到爷爷，李虎申的心里变得忧虑起来，他前两天才跟爷爷通了电话，虽然听说话爷爷的精神状态很好，可还是咳嗽不止。单为这事，他跟李继承在电话里沟通过两次，想和他一起劝说爷爷来北京接受治疗。但不知为什么，哥哥在这件事上态度异常坚决：尊重爷爷的选择，不能拧着爷爷！以前，遇见什么事都是哥哥找自己拿主意，可最近这个阶段，特别是自从香梅姐去世之后，哥哥的性格变得越来越犟，也越来越有自己的主意了。李虎申不想为爷爷的事跟哥哥闹翻，也不能闹翻，因为他心里清楚，哥哥对爷爷的感情比任何人都深。可他想不明白，哥哥为什么听凭爷爷任性，由着他一步步走向死亡，而坐视不管呢?！想到这里李虎申深深地叹了口气，然后对约兰达说："这事儿，你得问哥哥。"

约兰达不解地看着李虎申，耸了耸肩膀，没有说什么。

与约兰达道别后，李虎申快步走出校园，奔向地铁站，他要去趟昌平，他和陈晓康约好了，今晚在陈晓康家里吃饭。

自打从李家佐回来之后，陈晓康彻底迷上了健身，只要李虎申一去上课，陈晓康就像跟屁虫一样追着李虎申问这问那，恨不能天天都让李虎申待在自己身边。范兵兵看不过了，就对陈晓康说，你既然这么离不开李老师，不如自己开家健身房，聘李老师当教练好了。没想到夫人一句打趣的话，竟激发出陈晓康在体育健身方面搞投资的巨大热情，今晚这顿饭，陈晓康就是要跟他咨询一下这方面的事情。李虎申想了，即使陈晓康真的把健身房开起来，自己也不可能受聘去给他当教练。把爷爷送至李家佐家里，回来的路上他就跟梅朵合计好了，等他一毕业，两人合伙在燕云新区开家"虎池"的分店，由他负责管理。陈晓康刚一跟他提起开健身房的事，他就想到了梅朵。他觉得梅朵开健身房这么久，在经营方面还是有些经验的，而自己说白了就是一学生，打打工还可以，真谈起经营来，那可是皮毛都不懂得。所以，他想拉上梅朵一起去昌平帮着陈晓康参谋参谋，可今早给梅朵打电话，梅朵说晚上有几个闺蜜聚会，还是梅朵做东，实在安排不开时间。李虎申又想要陈晓康改一下吃饭的时间，转念一想今晚恰好是给那两夫妻上课的日子，不如硬着头皮先听听陈晓康说什么再说吧。

李虎申拎着两袋子青玉米走进陈家别墅的时候，陈晓康正光脚立在一把椅子上从院里的石榴树上摘石榴。

"李老师，您怎么还带东西？"陈晓康一手拿了剪刀，一手攥着个粉红的大石榴从椅子上下来，跐上鞋，来迎李虎申。

"刚才在街上见有人卖青玉米，我挑了这些，都挨个掐了，个顶个水嫩！"李虎申冲陈晓康扬了扬手里的袋子，笑着说。

"谢谢，谢谢李老师。我们老家叫玉茭。来，给我看看这嫩玉茭。"陈晓康说着，顺手拎过来李虎申手里的袋子。

"我们叫棒子。"李虎申说。

两个人边说话，边往里走。

"呦！嫩玉米下来了？"满脸喜气的范兵兵腰里裹着花围裙，扎煞着湿淋淋的双手出现在别墅门口。

李虎申冲范兵兵扬手致意。

"李老师，快给我看看，是不是黏的那种？"范兵兵嘴里说笑着，轻盈地沿着石阶来到了两人跟前儿，伸手接过李虎申递过来的塑料

202

袋，从里面掏出一穗碧青的玉米，剥开皮，用手指甲掐了掐，扭头对陈晓康喊道："晓康，你快看看，李老师买到的果然是黏玉米呢！跟咱上学时，你在海淀那个超市里给我买的一模一样，这黏的我认识，粒子小！"

"是呢，我看了，确实是黏的。"陈晓康抖搂着手里拎着的塑料袋说。

两夫妻顾自说着往前走，身后的李虎申看一眼范兵兵越来越显高挑、匀称的身材，再瞅着她那张由圆变长的脸，心想这范女士原来还是个美人胚子呢，怪不得陈晓康这么年轻有为的大老板当初娶她。李虎申哪里想得到，如果不是健身，此时前面走着的这对看上去让人眼热的恩爱夫妻，或许早就分道扬镳了。

李虎申一进客厅，才知道为吃这顿饭范兵兵和保姆打从过了晌午就开始准备。

"好久没做菜了，我这手艺都生疏了，凑合着吃吧！"范兵兵从厨房里端菜出来，边往餐桌上放，边对坐在餐桌旁的李虎申和陈晓康笑着说。

"我帮忙端菜。"李虎申站起身来。

"坐着，坐着，李老师别客气！"陈晓康一手握着一瓶茅台酒，一手硬拉着李虎申坐下，把手里的酒瓶冲他一扬说："三十年陈酿，李老师一定要尝尝哦。"

恰在此时，去厨房端菜的范兵兵返回饭桌边，见陈晓康正开酒瓶，嚷道："晓康，你可是答应我自己不喝的啊！你只给李老师倒就行了。"

"我知道，我一滴也不喝，你放心好了。"陈晓康回答着妻子的话，对李虎申神秘地笑着说："特殊情况，特殊时期，您别介意，别介意。"说着，将李虎申面前的酒杯端在手上，开始斟酒。

"哎呀，陈总，我不会喝。"李虎申一时没反应过来陈晓康说的"特殊情况"指的什么，有些迷蒙。见他给自己杯里越倒越多，就起身抬手去扳陈晓康手里歪擎着的酒瓶。

"什么不会喝？那天在你家里，明明就喝了嘛！"

"那是啤酒。"

"啤的白的都是酒，能喝就是感情有！"陈晓康笑着，把满满一高脚杯酒稳稳放在李虎申面前。

"李老师，晓康跟我讲了你们家的事，原来你们是武术世家啊！"又来到桌前的范兵兵把手里端着的菜放在桌上，立在桌边看着李虎申说，"晓康讲到您的爷爷和哥哥对武术的热爱，说用一个词形容最贴切了。"说到这里，她转头看着陈晓康："是什么词来着？"

"信仰！我觉得您的爷爷和哥哥都是把对武术的爱好，当成了信仰。这在浮躁、浮夸之风盛行的当下，太难能可贵了。"陈晓康正手里握着矿泉水瓶往自己的酒杯里斟矿泉水，他把矿泉水瓶放下，脸上换作肃穆的表情，目光扫着范兵兵和李虎申接着说，"我仔细想了，李老师的爷爷得知自己身患绝症之后，拒绝接受现代医学的治疗，最终选择靠武术和民间秘方来自我调治，这根本不是一时冲动的莽撞决定，而是信仰支撑下的理性抉择。他就是想用生命去验证自己的信仰。如果，有一天，他失败了，我肯定内心非常痛苦，肯定会为老人感到惋惜，但我心里照样会对这种身体力行的验证行为本身，照样对他老人家充满敬畏。失败了，也是悲壮的，是值得敬佩的！"

"这种意志了不起！"范兵兵用欣赏的目光看着自己的丈夫说。

"兵兵说得对！意志是这世间最最强大的东西，它无坚不摧！这个，它从兵兵健身这个阶段以来已经在我们面前表现得淋漓尽致。不是吗？"陈晓康微笑着看着自己的妻子说，"菜，抓紧时间上，我实在忍不住要以水代酒，先敬李老师一杯了！"说着，端起自己手边的杯子，举到李虎申面前。

刚才陈晓康的一席话听得李虎申入了迷，见陈晓康敬酒，李虎申一怔，慌忙端起自己的酒杯连说："陈总，我敬您！敬您！"

等到将菜上齐，范兵兵挨着陈晓康坐下，同样以水代酒敬过李虎申，陈晓康开始说到投资体育项目的事。

"李老师，说老实话，虽然我是个商人，但对这次的投资我并没有抱着赚取巨额利润的想法。确切地说，我是把它当成公益事业来做的。"陈晓康说着，看了一眼身旁的范兵兵，"这点，我和兵兵沟通过，她也支持我。为什么当成公益做呢？因为这个行业本身是具有公益性的。我最近在网上搜了一些这方面的报道，国家号召全民健身以来，全国各地的全民健身活动开展得如火如荼，国家甚至都规定了全民健身日。这说明什么？这说明从上到下都意识到了全民健身对一个国家、对一个民族的重要性。就我们个人而言，健身一是可以使我们身体的健康状况得到彻底改善，而最为重要的是它能改变一个人的精神面貌。李老师，不瞒您说，在兵兵没有跟着您健身之前，我们的婚姻正经历着前所未有的危机，某种意义上来说，是运动、是行之有效的健身运动挽救了我们的婚姻。来，我和兵兵一起敬您一杯！"陈晓康说着，端起了酒杯。

李虎申看着夫妻俩虽没有喝酒，却因兴奋而都涨红起来的脸颊，端起酒杯喝了一大口。

"您继续！"李虎申放下酒杯之后，一脸郑重地望着陈晓康，期待着他接着说下去。

"您、兵兵、我，我们这些人是在切实体会到健身给自己生活带来翻天覆地的变化之后，才真正对它有所认识的。但中国有十几亿人口，我相信迄今为止，仍然还有不少的人没有意识到健身的重要性。对！这就给我们搞这一类的公益活动提供了可能。在这点上，您的哥哥不得不让人另眼相看，他用自己的一技之长投身其中，为大众、为社会尽力，同样值得敬重。我理解他，也相信当他把自己的快乐嫁接到一群人、一个团体的快乐之上时，他是幸福的。以前，我跟您提到过在燕云新区开健身房的事，现在，我不这么想了，我要开一所公益学校！为全社会提供进行体育锻炼的各方面的人才，但学校的选址，还是在燕云新区。就这样，这是我现在的想法。"

"太棒了！陈总，您真的了不起！"听完陈晓康的想法，李虎申发出了由衷的赞叹。

"这都是我的真心话，绝不是夸夸其谈。"陈晓康说。

从陈家出来的时候，月亮已经爬上中天。训练结束之后，陈晓康夫妻非要开车送李虎申回学校，被李虎申拒绝了。他在网上叫了出租车，此时，那辆车正在别墅区门口等他。晚饭的时候，李虎申只喝了一杯酒，也就二两。但一晚上，他都感觉整个人轻飘飘的，嘴巴里一直被一股绵软、浓郁的酒香萦绕着。秋夜里微凉的风吹乱了脚底下月的光影，他做了个深呼吸，那醇香的酒气随之钻入他的鼻孔，挺好闻的。他忽一下想起来，打从今天傍晚见着范兵兵直到自己离开，她竟然没动一下手机。她竟然没动一下手机！李虎申把这句话来回念叨了好几遍，随后，咻咻地笑了起来。他又想起了爷爷，等到了车上就给爷爷打电话，或许他老人家还没睡呢。这么想着，远远望见了别墅区门口有两束雪亮的白光直直照向小区边上宽广的草坪，李虎申开始向着那两束光奔跑起来……

3. 没有国界的除了武术，还有真诚

秋风越吹越劲，马路边上树们的叶子有的已经开始卷边儿，发黄；街上行人的衣裤也越穿越长，越穿越厚。这些日子以来，李继承每天都要跟爷爷通一次电话，慢慢地，竟成了习惯。最初的时候，李继承还在电话里打听爷爷的身体状况，饭量大小，肚子里疼不疼。到后来，公园里跟李继承学戳脚和排演武术戏的人越来越多，在教授过程中，李继承遇到许多的问题需要向爷爷请教，为了节省电话费，李继承竟教会了爷爷使用微信。这样，爷俩不仅能够通过微信语音随时交流，而且还可以借助视频聊天功能对某个动作或者唱段进行实时沟通，本来一提戳脚李大增就来精神，有了微信之后，李继承偶尔会

录一段自己带着约兰达、小毛等一大群人练功的小视频，发过去给他看，这下可把李大增给高兴坏了。他主动向李继承发起视频的时候越来越多，与孙子谈论戳脚和武术戏的话题也越来越广。李继承见爷爷的精神头儿一天比一天足，特别是在交流过程中感觉爷爷原来一声接一声的咳嗽明显地稀落、轻缓了许多，心里不由偷偷生长起掺杂在惴惴中的喜悦。

节气就像世间万物一样，自有着无可逆转的规律，秋分过后，没一个星期，白天里四起的秋风不仅把北京的天空刮得高远和湛蓝起来，也给这夜的大都市带来了真正的冷意。在餐厅吃过晚饭，李继承出门去土城公园之前，身上除了套上施雅东送他的那件 T 恤，又顺手在床架上摘下件长袖的保安制服，搭在了臂弯里。

"您这是又去公园？"李继承刚把宿舍门打开，迎头撞见保安队的一个同事，这同事好像是贵州人，四十岁左右，长得瘦小枯干，大家平时都叫他"小个子"。此时，着装严整的"小个子"正仰着头，看着自己，挡在门口。

"嗯嗯。"李继承看他没有让开的意思，就知道他是有事来找自己的，于是，目光在他脸上打量着，等着听他接下来说什么。

"我、我是来给您添麻烦的……""小个子"犹犹豫豫地说，"我也是实在没办法了，自己给自己鼓了好几天的勇气，才求您来了。""小个子"说着，低下头把眼看向走廊的一角，自言自语道，"谁让咱没本事，谁让咱穷呢！"

"咱都是同事，别说'求'！您有什么事，我能帮上忙的，肯定帮。您就直接说吧。"李继承注意到"小个子"布满皱纹的眼角淌下泪来，有些着急。

"我知道您认识花月街的领导，前几天您一句话办事处就给咱队长妹妹一家安排到了宾馆里。我也是为这事儿来求您的。""小个子"抹了一把脸上的泪说。

李继承一听是这事儿，脸不知怎么"腾"地红了，心怦怦跳起来，他怔在原地，不知说什么好。

"我知道，这事儿不好办，您已经求过人家一次了，再去找人家，这事儿就变得更难啦。可您能不能听我把话说完？""小个子"见李继承沉默着，立马紧张起来，他神色慌张，恨不能一下子把要对李继承说的话吐干净。他接着说："我爸妈都七十多岁了，也是在吉祥胡同里租的房子，他们是为了凑我，来北京看病的。我妈是尿毒症，每星期要去医院透析一次。租那儿的房子一是为了便宜，二是能摆个摊儿卖刺梨糕赚些钱，贴补一些透析的费用。他们是心疼我呢！""小个子"说到这儿，眼泪又下来了，不过这次他毫不犹豫地伸手抹干净了脸上的泪水，继续说："如果不是到北京来，我妈或许早不在了，在我们老家，他们这么大岁数的人是挣不到钱的。这次清理外来人口，他们本不想搬，跟街道办的人说尽了好话，可是不管用。后来，见不搬不行了，就到处找房子，可哪里就那么好找合适的房子呀？这不，前天跟昨天晚上，他们住的那房子的玻璃被人砸了好几块。我爸妈都是胆小的人！哎呀呀，我一想这些，就……""小个子"不再说下去，伸出双手揪着自己一绺灰白的头发，蹲在了地上。

"就是想让街道办缓伯父、伯母几天，找到房子就搬，对吗？"李继承低头看着大腿边低声啜泣的"小个子"问道。昏暗的光影之下，"小个子"缩成了一团。

"小个子"哭着点了点头。

"您先起来吧，我一会儿给伯父、伯母说说情，也让他们去宾馆住几天吧。"李继承伸出手去，拉起了鼻涕眼泪挂了一脸的"小个子"。

"我求求您了！""小个子"说着，突然一把从裤兜里掏出一沓钱，就往李继承手里塞。

"您这是干吗呀！"李继承一甩手，扭身走开了。

"兄、兄弟，求您啦！"李继承回身，见"小个子"身子正一点点矮下去，最后直直跪在了地上。

"这件事您甭管了，我一准儿给您办成。"李继承伸手，一把薅起来"小个子"。

"李师傅,您对我的恩情我一辈子都会记得。我愿意替您上班,今后我白天替您上班吧!您不要担心我连轴转,身体吃不消,山里人身子骨结实,抗折腾!"

"不用!"李继承笑笑,伸手在"小个子"肩头捏了捏,"放心吧!伯父、伯母的事,我一定办好。您先去吧,我落了点儿东西,拿上后得赶紧去公园,好些人等着我呢!"

"那我可不敢耽误您了。我也上着班呢,也得赶快回去了。""小个子"说完,沿着走廊快步离开,走出一段距离之后,见李继承依旧立在门口望着自己,就朝他挥了挥手,大声喊道:"谢谢李师傅了。好人一定会有好报的!"

见"小个子"消失在走廊尽头,李继承匆忙返回到屋内,将房门关严之后,又上了锁,几步来到自己床边,趴跪在地上,伸直了胳膊,拉出来床铺底下被几个纸箱子挤着的最里面的一个。他扒拉开箱子里的几件夏天里穿的衣物,找到了爷爷送他的那个黄花梨的锦盒,《武术戏》那本书此时就在他床上的枕头底下压着,锦盒里放着那个玉扳指还有他的银行卡,这么多年打工的全部积蓄都在卡上呢,他把它从锦盒里取了出来。

今晚小毛是妈妈陪着来的,李继承立在小广场正中央给大家做示范动作时,就瞄见了独自坐在石阶上,一直朝这边观望的施雅东。今天是第一次穿施雅东给自己买的这件长袖T恤,被施雅东盯着看,李继承感觉有些不自在,有些拘谨。

约兰达领来了一个叫伊莎贝拉的美国女孩,是她的同学。初来的伊莎贝拉由于之前从未接触过中国武术,就被李继承安排到小广场的一个角上,练习蹲马步。自从跟李继承学习戳脚的人越来越多之后,他开始逐渐把这些人分成了两组,一组是以约兰达、小毛为首的最早学习戳脚的几个人,这些人已经在排练武术戏《李家佐》了;另一组是后来慢慢加入进来的一群人，这群人有二十多位，他们在小广场上列队成两排，统一演练初级的戳脚拳套路。这就需要李继承两头跑，视每一位练习者的情况不同而因材施教。一晚上下来，李继承也有感到身心俱疲的时候，但大家伙对戳脚无比高涨的学习热情以及对李继承本人的尊重，让他深深地感动着。与此同时，来自陌生人群的认同感也让他越来越自信，激发出了他身上巨大的潜能。这让李继承前所未有地感觉武术这样一个爱好，给自己人生带来了难以言说的美妙。

李继承怕冷落了刚来的伊莎贝拉，今晚特意在伊莎贝拉身边多待了一些时间。这个美国女孩的中国话说得不是很流利，但她说"谢谢"时口齿清楚，声音甜美。她的鼻翼两边，分布着一些细密的雀斑，灯光底下很显眼。在李继承手把手教她扎马步时，她如果不说"谢谢"，就会冲着他点头微笑，她笑起来，高挺的鼻梁两边的雀斑就开始跳动，很顽皮的样子。中间休息时，约兰达和小毛也跟着李继承来到伊莎贝拉身边，可爱的小毛竟跑到李继承前面，纠正起伊莎贝拉的蹲姿。中间两个人还用英语交流了两句，李继承一句也没听懂。不过，等到小毛走回到自己身边时，李继承把他揽进怀里，伸手在他圆圆的脑瓜上爱抚地摩挲着，心里涌动着从未有过的柔情。远处双手托腮坐在广场石阶上的施雅东看着两个人亲昵的样子，笑了。

"当初买这衣服时，还担心是不是买小了呢！没想到穿着这么合身。"结束了今晚的演练，随着人流往公园外走的时候，施雅东牵着小毛的手，对走在小毛另一侧的李继承说。

"这衣服最大的好处是出汗不粘身子。"李继承嘿嘿笑着，把手伸到胸前，揪起身上的 T 恤，往外拉扯了几下。

"您最近工作怎样？还在弄外来人口的事儿？"往前走了几步，见施雅东不说话，李继承赶紧抓住这个空子，试探着问道。

"是。大部分住户都在规定时间内搬离了，最后剩下几个钉子户，太难缠了。"施雅东皱着眉说。

"如果确实有特殊情况，那就缓他们几天又能怎样？人家又不是不搬。"

"区里领导这次态度非常强硬，原先开会说了一个月必须搬清，结果现在按当初说的时间算起来都超了半个多月了，领导为这事儿恼怒了，已经组织了攻坚克难小组下到各街道，指导帮助开展工作，估计这项工作最多再有三两天就结束了。唉，快点儿结束吧！单位上所有的人好几个礼拜天都没休了。"

李继承沉默了。

小毛的手摸索上来，李继承把那只肉嘟嘟的小手箍在了自己的手掌心里。

"今晚我送毛毛过来是有事跟你商量的。"施雅东看了一眼李继承，发现他牵着小毛的另一只手，脸不由滚烫起来，声音也低了下去，"今天上午区里来通知，让报个在全民健身活动中涌现出来的积极分子，到市里集中培训一星期，我考虑你比较合适。不知你那保安的工作能不能脱开身？"施雅东说到这儿，看了看低头走着的李继承又说："这种培训其实也没什么，吃住免费。全市的健身爱好者们凑到一起交流一下经验体会，但肯定能增长见识。"

"培训地点就在北京吗？"李继承问。

"是。"

"那我去！"

施雅东想不到李继承能这么痛快地把这件事答应下来，说这件事儿之前，她心里还琢磨着怎么说服他呢！李继承真的变了。看刚才他在小广场上迈着稳健的步伐，在两拨人之间来回穿梭，一会儿武术戏，一会儿戳脚，亮开了嗓子讲解动作要领，那副庄重、严肃的神态俨然一个训练有素的指挥员。施雅东纳闷：想当初那么怕生怯场的一个人，怎么说变就变了呢？她因为他的这种变化，窃喜着。

"那明天我给你准备一下换洗的衣物。"

"不用，不用。不就一个星期嘛，什么也不用！您可千万别再给我买东西了！"李继承慌张起来。

"今后要把自己收拾得清清爽爽的。你要知道，你代表的是花月街，丢人不仅丢你自己的，是丢整个花月街的。"施雅东白了李继承一眼。

走了几步，施雅东又问："哎，最近整天忙忙活活的也忘了问你了，老人的病最近怎样？"

"挺好的他。爷爷最近每天都跟我微信聊天，咳嗽明显见轻不说，精神头越来越足了。"提到爷爷，李继承有些兴奋，他接着问施雅东："当初医生说爷爷最多能活两三个月，这两个月眼瞅着就过去，爷爷倒好起来了，您抽时间给问问医生，看是不是当初给诊断错了。"

"诊断上肯定不会出错，妈妈那个学生是这方面的专家。不过要真是你说的这样，我还真得让妈妈给问问，不手术、不化疗就能自愈，那可算奇迹！"

"嗯嗯，那就麻烦给问问吧。"

公园门口有点挤，两个人不再说话。

"哥哥！"约兰达和伊莎贝拉已先他们一步走出公园的大门，此时正手拉手站在公园门外的路灯底下，见他们走出来，就迎了上来。看样子这两个女孩是在等他们。

"您好！"拉着伊莎贝拉来到面前的约兰达冲施雅东点了点头。

"你们好。"施雅东冲两人微笑着说。见约兰达一直盯李继承的手看，笑就僵在了施雅东脸上，她慌忙把攥着儿子小手的那只手松开。

"哥哥，伊莎贝拉想请你吃夜宵呢。"约兰达对李继承说着，看一眼身边的伊莎贝拉。

伊莎贝拉连连点头。

"哥哥，伊莎贝拉对我说，如果被你拒绝，她会非常伤心。"约兰达说完，转头对伊莎贝拉说开了英语。

"是的。"等到约兰达把话说完，伊莎贝拉笑着用汉语说道。她高高的鼻梁两侧那些小雀斑又欢快地跳动起来了。

"我还要去趟花月街办点事。这……"李继承心里惦着答应"小

212

个子"的事，犯了踌躇。他松开牵着小毛的手，在裤兜里摸了摸，那张银行卡还在。看到约兰达脸上现出沮丧的神情，李继承赶紧跟了一句："不过，用不了多久。要不就在樾林六楼，我来请你们，上次你给我联系去俄罗斯文化交流的事，我还没谢你呢！"

"那你们聚！毛毛明天还要起早上学，我们先回去了。"施雅东一把抓起小毛的手就走。

"哎，一起去吧？"李继承说。

"毛毛，跟老师、阿姨说再见！"施雅东没理李继承，对儿子说。

"老师再见！约兰达姐姐、伊莎贝拉姐姐再见！"被施雅东拉着走的小毛回过头来，冲站在原地的三个人挥了挥手。

李继承望着母子俩的背影，愣了。他想不明白一直都好好的施雅东，怎么看上去忽一下子就不高兴了呢？

4. 他是谁？他是我的什么人

坐在办公室里的施雅东感到莫名的怅惘，就在今天下午，花月街最后一家外地租户终于搬走了。这样，工作上，她以及那些天天在抱怨的同事终于可以松一口气了，按理说，她应该高兴才对，可不知怎的，她就是高兴不起来。

施雅东靠在椅子上，扭回头望着窗户外面发呆。院子里这棵粗壮、挺拔的银杏树的叶子是一夜之间变得这样金黄的吗？它怎么可以黄得如此动人心魄？我好像从来都没有注意过它呢。施雅东在心里默默地叨咕着。一颗熟透了的银杏从枝头坠落，它先是砸在了高处的一个枝丫上，一滚，又落在了下面的一根树条上，又一滚，直直坠落到院子的地上去了。这颗银杏震落了一片树叶，那片叶子在阳光里飘坠下来，闪动着金灿灿的光。

如果不是范兵兵把电话打进来，施雅东会这样一直静静地盯着窗外的银杏树看下去，直到夜的幕布慢慢拉开，从办公室四面八方漫过来的黑暗将她紧紧包裹，令人窒息的孤独感压迫得她透不过气来的时候，她才会站起身，背上自己的挎包回到那个有着一老一少的家里去，那个母亲的家！

"雅东，在哪儿呢？"范兵兵在电话里问施雅东。

"单位呢。"

"忙不忙啊？"

"不忙。"

"那我求你件事呗？"

自从上次吉祥胡同着火，见过范兵兵之后，两人又有些日子没联系过了。那次范兵兵留给自己最深刻的印象是明显瘦了很多，另外，据那天施雅东私底下观察着，范兵兵跟陈晓康好像已经和好如初。说老实话，她实在不想再在这两个人之间搅和，太劳心费神了！一听范兵兵又要求自己办事，施雅东马上警觉起来。她迟疑了一会儿，才犹犹豫豫地问道："你又有什么事啊？"

"哈哈哈，雅东，果然让我猜着了，一听说求你办事儿，吓得你这半天不敢说话！"范兵兵在那头笑得开心。

"快说吧，到底什么事？"施雅东依旧没有放松警惕。

"我求你陪我逛商场啊！哈哈哈……"范兵兵笑着说，"我是想让你给我参谋着买几件婴儿衣服。我没养过孩子，不懂这些。"

"你买了送人啊？"施雅东想起来后天李继承就要去市里集训，自己也要去商场给他选几样出门带的东西，听范兵兵说出"求"自己的事情，原来是逛商场，一时来了兴趣，就随口问道。

"送什么人啊送人，自己用！"范兵兵故意装作大咧咧的样子说。

"你？……"施雅东一惊。

"对，两个来月了。"范兵兵在电话里压低了声音，神秘地说。

"哎呀！这可是天大的喜事。不行，你得请客！"施雅东明白过来之后，连声嚷道。

"这世上你又多了个叫你姑姑的人，请客的人应该是你！"

"叫姨才对，怎么叫姑姑？"

"叫姑姑最正确，姑姑跟他爸爸的关系比跟他妈妈近呗！"

"去、去、去！再胡说，我撕你的嘴！"

"哈哈哈……"

"哈哈哈……"

两个人在电话里斗了几句嘴，又开心地笑了一阵，最后范兵兵说："我去接你啊？"

"来吧！有人来请客我能不欢迎？"施雅东说着，脸上的笑意好半天都没退下去，她是真心为范兵兵高兴呢。

施雅东走出街道办的小楼，去迎等在院门口的范兵兵。穿过院子时，她望了一眼那棵银杏树。此时，花月街上的路灯已经亮了，橘红色的灯光照射下的银杏树的枝叶虽有些模糊，可如巨伞一样的树身却轮廓分明，树底下散落了一地的银杏果亦是清晰可见。深秋的冷风把臭臭的银杏皮的气味吹过来，施雅东抬手撩了一下头上的短发，透过铁艺围墙是能看到街上去的，围墙外有两三个人影急匆匆走过，施雅东在院子里都能听见他们说话的声音。范兵兵的奔驰商务车安静地趴在院门外的马路边上，两束灯光照出去老远，灯的光影里连个人的影子也看不到，此时的花月街再没了往昔的热闹，让人感觉着清冷、落寞，少了很多的烟火气。范兵兵坐在车上，在降下来的车窗后冲她摇了摇手，施雅东加快了脚步朝着车子走去。

"您是施主任吧？"施雅东刚伸手拉车门，身后冒出来两位七八十岁的老人赶上来跟她说话。

"你们是？"施雅东一怔，上上下下打量着眼前这两个瘦弱的人，看着面熟，却想不起来在哪里见过。

"施主任，我们老两口原先在吉祥胡同里租房子住了，前几天在我们家里，我们见过面的。"老年男人说。他双手拎着个黑色的袋子，可能里面装的东西很沉，两只细瘦的胳膊直溜溜向下抻着，在施雅东面前弯着腰。

"想起来了！你们搬到哪里去了？"听老男人把话说完，施雅东仔细看了那头上一蓬雪白头发的老女人一眼，忽一下想起来这两人是最后搬离吉祥胡同的那几户人家里的一户，这老女人好像有什么病，她带人上门做工作时，那老太太为了晚搬些日子还给她下过跪。

"明天，明天俺们就要搬走了。孩子在大兴一个村子里给俺们找了处民房，虽然离这城里远了，可那里有个夜市，俺们又可以每天做刺梨糕卖了。"老太太颤巍着身子走上来对施雅东说完，瘪着满是皱纹的嘴角儿乐了。

"如果不是您给俺们安排到宾馆里去住，这几天俺们老两口，还真不知道该咋个办好呢。如今醒水过来，施主任您是菩萨心肠，是活菩萨哩！"老头把手里的黑色袋子又往施雅东脚跟前挪了挪，接着说："您以前买过俺们的刺梨糕，这是俺们才在宾馆里特意给您做的，新鲜着呢。您拿上，就算是俺俩的一点儿心意。"

"这是怎么说的？什么安排宾馆？"施雅东听两人说话听得心里感觉莫名其妙，不明就里，惊讶万分。她扎煞开双手跟老头推让着。

"施主任呀，施主任！俺们知道现在全中国上上下下正刮反腐败的大风，俺俩才没敢去这院子里找您，一直在这门口等着您出来，等了一下午了。就这点儿东西，还是自己家做的，不至于让您犯错误吧！"老头说。

"是呀，就是点儿心意。别看俺们穷，谁对俺们有点儿好，俺们都记着呢！不光给您，跟俺儿子在一起当保安的那位师傅俺们也让儿子给送过去了。"老太太说。

两位老人说完，老头扯了老太太一把，两人转身就走。

"哎，哎！"施雅东拎起腿边满满一袋子刺梨糕就想追上去，哪承想这一袋子刺梨糕却是死沉死沉的，勒得手指生疼，刚走两步，她不得不把手里的袋子放了下来。施雅东眼睁睁看着一对老夫妻相互搀

216

扶着慌慌张张、颤颤巍巍越走越远。

"哎哟喂！瞧瞧我们的施主任多清正廉洁，多大公无私呀！人家两人都那么大岁数了，舍着老脸给你送点儿礼，容易吗？你快快快，到车上来吧，让人看见不好。"范兵兵坐在车上，隔着车窗对施雅东笑着喊。

施雅东拉车门坐进来，还没坐稳，就听范兵兵对她喊："东西！你不要也不能给人家扔大街上吧？"

施雅东这才又下去，费了好大劲才把那袋子刺梨糕搬至奔驰车的后座上。

"要不这年头都哭着喊着买着送着要官儿当呢！当官儿就有人给送礼，这回我可算领教了。哼哼！"范兵兵开着玩笑，启动了车子朝前驶去。

"快甭胡说了！刚才那对老人严格意义上讲，我们根本就不认识。"施雅东头抵着车窗，眼睛使劲儿往外瞅，如果此时她发现那两位老人的身影，一定叫喊着让范兵兵把车停下，然后她会下车追上他们，把事情问个究竟，什么宾馆？什么跟他儿子在一起上班的保安师傅？这都哪跟哪呀！可冷清的街道上，连个人影也没有。不过施雅东脑子里闪过的"保安"俩字让她想到了李继承，他之前为租户搬家的事找过自己的，难道……施雅东脑子里乱哄哄的，但怎么想也想不清楚这到底是怎么一回子事。

"送的什么东西？这么好闻！"车子驶入主路，范兵兵回头望了一眼身后，问施雅东。

"刺梨糕吧。那老两口是做刺梨糕的。"施雅东也嗅到了车里弥漫开来的甜丝丝、酸溜溜的气味。

"雅东，我最近特别喜欢吃甜食，人家说酸儿辣女，我这喜欢吃甜食怎么讲呢？"范兵兵手握方向盘，目视着前方，板着脸孔一本正经地问施雅东。

"做过产检了？"

"做了，晓康托人给查的，人家说月份太小，看不出来。"

"少说也得三个月。不过，你俩这么多年没孩子，现在有了，男孩、女孩都值得祝贺！"

"这都得归功于当初你的建议，如果不是你撺掇我健身，说不定我和晓康早离婚了，更别说有孩子。"

"你还别说，兵兵，我看你健身之后，不仅瘦了好几圈儿，连气色都跟先前一点儿都不一样了，简直变了一个人呢！"施雅东直视着范兵兵的侧脸说得真诚。

"谢谢你雅东！不过我现在不在跑步机上练了，李老师说了，我这种情况最好的健身方式是游泳。这不，我前天才办了张游泳卡，那会儿给你打电话，是我刚从游泳馆出来。"范兵兵歪头冲施雅东莞尔一笑，接着兴奋地说，"雅东，你也赶紧练起来吧！你练起来就会知道，健身这个东西真能改变一个人的精神样貌，它几乎每一天都会带给你新鲜的感觉，让你感觉生命才刚刚开始一样。反正我现在是离不开健身了，一提这俩字儿我就兴奋！"

"嗯嗯。我听你的。"施雅东认真点着头。

"雅东，你现在怎么着呢？"过了会儿，范兵兵问。

"什么怎么着？"

"你个人问题呗！"

"我一个人挺好的。"

"你快别嘴硬了，行吗？"

"真的。"

"我不管你真的、假的，抓紧时间找个伴儿吧。你还太年轻！知道吗？再说了，孩子还小，他也需要父爱，你不可能不希望他拥有一份完整的亲情吧？"

"找，遇见合适的一定不放过！"施雅东故作轻松地笑着回复完范兵兵，就把头扭向窗外，望着倒向车后去的五彩斑斓的街灯发起呆来，施雅东又想到了李继承。一想到约兰达那个妖媚的俄罗斯女孩在李继承面前表现出来的娇柔，她的心就开始像被什么东西一下下揪扯着，痛苦的感觉在身体里蔓延开来。他根本没把我和毛毛放在眼里，你看约兰达一约他，那痛快劲儿！他看上去老实巴交的，说不定早被约兰达那漂亮的脸蛋儿、傲人的身材迷住了呢。哼，这世上的男人都一个德行！施雅东越想越难受，竟恨起李继承来。自己曾想在送李继承去市里集训之前，给他买一套贴身的保暖内衣的，现在想起来这计划是多么愚蠢而又可笑啊。让约兰达去给他买吧！让约兰达去照顾这个外表忠厚其实也一肚子花花肠子的男人吧！

等到范兵兵把车开到商厦的地下停车场时，施雅东却突然改变了主意，她想，既然来了，就给他买了吧。毕竟他挺用心教毛毛练功的，再说整个花月街的全民健身活动在他带动之下越来越有模有样了，自己作为学生家长，作为街道干部，对他有所表示也是合乎情理的事。这次，她不再犹豫，打定了主意要给李继承买那套贴身的衣服。可范兵兵在身边，她问起来又怎么跟她解释呢？对了，就说是给搬迁走的一个贫困的租住户买的。施雅东想到这里，差点儿没笑出声来。

5. 哥哥变得越来越让自己认不出来了

李虎申为回李家佐收秋的事，跟李继承大吵了一架。深究起原因来，李虎申还是为了爷爷的病跟哥哥吵，虽然陈晓康也说过挺敬重爷爷依靠武术和民间配方自我治疗癌症的做法，可李虎申总是觉得作为骨肉至亲，此时再不让爷爷住进医院，那就是对重病的爷爷坐视不管，是不孝！哥两个在爷爷到底需不需要住院治疗这件事儿上，最终还是闹翻了。

一天早上，李虎申去学校餐厅吃早饭，走在校园的小路上，他看到前方被风卷起来的几片褐色的杨树叶子在奔跑，他赶紧追了上去，掏出手机，对准飘坠到马路牙子上的一枚杨树叶拍了几张照片。然后，他对照片进行了编辑，挨个调了亮度、对比度、饱和度。最后，选了一张自己最为满意的发到了朋友圈，还配了"一叶知秋"的文字说明。发完照片，李虎申边走边随手翻看了一下朋友圈，见李家佐村里自己的一个小学同学发了个大型玉米收割机收玉米的小视频，李虎申眼尖，虽然同学没能把蜿蜒的潴龙河大堤拍下来，但他还是从不断被收割机的大嘴吞没的玉米棵子后面，认出了潴龙河大堤上那些老柳树阔大的树冠。

"咱西洼的玉米熟了，别人家已经有收的了。"李虎申当即给李继承把电话打了过去。

"我知道。"李继承嘴里呜咽着，像是在吃东西。

"那咱啥时候回去收？"

"你甭管了，我给咱常锁叔转了五百元钱，让他帮咱找人收。没事儿，现在都是大型收割机，用不了多少人手。"

"你会转账了？"李虎申吃惊地问。

"约兰达早教会我了！"李继承话里带出明显的得意。

"常锁叔找人收了，那打下来的玉米还不得往院里倒腾？"

"你甭管了，这是咱收的最后一茬庄稼了，过了这个大秋，地就由人家政府和开发商一起管理了。常锁叔说了，将来玉米打下来，直接就在地里卖了。乡政府联系好了粮食商，直接到地头收购。"

"什么事都是我甭管了，我甭管了，你让人家常锁叔给咱卖呀？"

"那不还有咱爷爷嘛！"

"咱爷爷是个病人！"李虎申一听哥哥提到爷爷气就不打一处来，他话里明显带着嘲讽接着对李继承说，"哎，我说哥，我发现最近你的心怎么这么大呢？爷爷都病成那样了，你不琢磨着让他住院，给他治病，倒想着让他下地干活儿。"

"小申！你这是说什么呢？"那头的李继承沉默了一会儿，这才责问道。

"呵呵。"李虎申冷笑两声道,"我说什么你还不清楚吗?人老了,有病了,没用了,有病也不给他看,由着他自生自灭呗!"

"你……"

"我什么我?你舍不得花钱明说,我这有!我不够了去借,也不让你掏一分。可是你别拦着不让爷爷住院啊!别让我看着爷爷就这么死掉,行吗?!"李虎申声嘶力竭,说到最后竟哽咽起来。

"小申,我正在参加市里的培训呢,马上集合了。等回头我找你,当面跟你说。我先挂了啊。"李继承说完,挂掉了电话。

对哥哥这样匆匆把电话挂掉,李虎申更是大光其火。一个小保安还要到市里培训,你糊弄傻子呢?他认为李继承这是故意在逃避。想到自打爷爷闹病以来,自己一直被哥哥牵着鼻子走,耽误了多少时间呀!他为此懊恼不已,决定不能再拖了,他要找梅朵,跟她商量让她开车回趟李家佐,说什么也要把爷爷弄到医院里去!

李虎申心里别扭着走在校园的小径上。过学校操场时,他一抬头看见一身火红运动装的约兰达跟美国留学生伊莎贝拉站在操场边,约兰达正教伊莎贝拉戳脚里的侧踢。李虎申不想理约兰达,就把头一歪,想快步走过去。

"李虎申同学,你来一下!"约兰达喊住了李虎申。

"李虎申同学,你帮我看看这几个动作。"等到李虎申拖沓着步子来到近前,约兰达说,"哥哥叫我们背十六个字,我背熟了,心里好像也明白了,可做起动作来就是没有哥哥的腿快,力量用不上呢。"

"什么十六个字?"李虎申问。

"前踢后蹬,左勾右挂,大开大合,迅疾灵活。"约兰达举起右手,用左手食指依次压着右手的手指一个字、一个字念了出来。

李虎申仔细听约兰达念完,又把这十六字口诀在心里默念了一遍,往深里一想,果然是对戳脚这门功夫最为形象的总结。爷爷是从没有教他们念过这个口诀的,如果是哥哥自己琢磨出来的,那看起来他在这上面确实是走了心,花了大力气,下了真功夫了。他忽然很想看看这几个月约兰达跟着哥哥李继承到底学了些什么。于是他说："约兰达，你不是想让我给你指点吗？那你练一趟戳脚我看呀！"

"好。"约兰达毫不怯场，往操场里面迈了几步，站稳之后，猛地一个拧身，双拳并出，腿踢连环，伴随着一声声喝喊，红色的身影如一团火焰滚动起来。

立在李虎申不远处的那个女留学生随着约兰达的辗转腾挪移动着脚步，嘴里发出连连的赞叹。李虎申则看得目瞪口呆。约兰达的动作虽然发力时尚欠火候，但一趟拳脚下来，手眼身法步，就连精气神儿那都没得挑。他惊诧短短几个月的时间，约兰达是怎么把之前从未接触过的戳脚练到如此境地的。

"李虎申同学，怎么样？是不是让你见笑了？"一趟拳脚踢打下来，约兰达有些气喘，她有些拘谨地走回到李虎申面前，擦拭着头上的汗，不好意思地问李虎申。

"不错，能看出来你们琴瑟和鸣，肯定是下了真功夫的。"李虎申清楚一个人在拳脚上的长进，除了练习者的刻苦训练之外，与教授者的因人制宜、言传身教同样分不开。所以，他用了"你们"，言外之意是约兰达能够练得好李继承功不可没，但"琴瑟和鸣"这个词就带着醋意了。

"你给指点指点吧！"约兰达虽然中文说得流利，但在有些生僻词汇上，她的理解能力还是不到位。她显然没有听懂李虎申的话里有话。

"不敢，不敢！你现在是我哥的得意弟子，我哪敢给你指点啊！"李虎申这话说得就阴阳怪气了。

约兰达有些迷茫地望着李虎申，愣在了原地。

"我说约兰达，你整天跟哥哥在一起，能不能帮忙劝劝他，我爷爷都癌症晚期了，他不管，一门心思扑在培养你们这帮学生身上，家的概念都没了。"

"爷爷吗？我听哥哥说爷爷的病好多了。"

"嗯嗯嗯,好多了,是好多了。再这么拖下去,饭不用吃了,觉不用睡了,那就算彻底好了!"李虎申咬牙切齿地说完,转身就走。

看着李虎申头也不回地走了,约兰达转身看着一直望着她和李虎申说话、没有吭声的伊莎贝拉,耸了耸肩,摊开双手嘟囔道:"怪人!"

李虎申快走到餐厅的时候,梅朵给他打来电话,焦急地对他说,大哥李继承不知道什么原因,突然辞职了。李虎申心里"咯噔"一下,蒙了。

6. 如此决绝,是为了了却爷爷的心愿,还是想更快地融入这城市

李继承坐在一张破旧的桌子前,胳膊肘拄着油渍麻花的桌面,双手托腮,抬眼看着地下室开在地面上的一扇小窗发呆。这扇长不足半米、宽三十厘米左右的窗子也是这间屋子与外界的通风口,平时应该都是开着的,刚才李继承进屋之后才把它关上。此时,那布满苍蝇屎的窗玻璃正把这大都市夜晚的喧嚣之声隔开,只将一小块儿扑朔迷离的灯光透进来,这种五颜六色的光与夜晚的李家佐家家户户窗子里透射出来的灯光不同,它不是那种单一的、橘黄的光晕,而是众多的色彩交融在一起,看一眼就会让人变得心神不宁,心里鼓荡起一种闯入这光影里面恨不能将它整个拥抱在怀里的冲动,李继承把这种光叫城市之光。好在那扇小窗上有个活动窗帘,李继承立到床上伸手一拉,那块已经分辨不出花色来的旧布就能将这城市之光严严实实遮挡在外面,就能将这间地下的小屋与外部隔成两个世界。可是李继承现在还不想脱掉鞋子立到床上去把窗帘拉上,他还要出去一趟,他想跟施雅东好好谈谈。

李继承看了一眼桌子上的手机,见施雅东的微信还没有回过来,就从兜里把中南海掏出来,点了一支抽上,坐在椅子上转着身子打量这间小屋。这是一间不足三十平方米的屋子,除了自己手抚着的这张

桌子、屁股底下坐着的这把椅子之外，还有就是贴着大腿的这张单人床了，自己盛衣服的那些纸箱子就塞到床底下。不知是宾馆老板还是之前的租客在斜对着的两个屋角拉了根晾衣服的绳子，这晾衣绳可比在樾林保安宿舍自己系在床架上的那根长多了，自己的毛巾此时就搭在上面，观察这绳子剩下来的空当，再晾上去三四件洗过的衣服肯定没问题。真好！他在心里感叹着。要说好还得说手按着的这张桌子，这张桌子太实用了，自己的牙缸可以放在上面,《武术戏》可以铺展开来看不说，自己搬进来之前，桌子上竟然摆着一个烟灰缸和一盏台灯，台灯已经试过了，一按开关横在天蓝色灯伞底下的灯管就亮。这城里人就是跟乡下不一样，像李家佐村哪里有几户人家买台灯的？

李继承举着手里的烟凑近桌上的烟灰缸，弹下了搬来这间小屋之后的第一撮烟灰。这屋子里所有的物件都跟自己贴得这么近，不仅没叫他感觉到憋闷压抑，反而让他有了亲切感，因为关上房门，拉上窗帘，他眼中看到的这些物件就都是他的伴儿了。

这可是在北京，在首都啊！自己竟然拥有一处属于自己的小天地。真好！他再次发出来感叹。这都得感谢自己给大胡子、小个子的亲属租房子这件事。如果不是来这家宾馆给他们租房子，他李继承怎么会知道在花月街的街边上这块贴着地皮儿的玻璃是扇窗子呢，怎么会知道这扇小窗的背后还有这么一个小天地呀！四千块钱一个月的租金，快赶上自己在樾林一个月的工资了，真贵呀！贵就贵些吧，到年底还有仨月的时间，三四一万二,五万块钱还剩三万八呢！接下来得好好合计一下这三万八怎么花，最好买个本子把一项项开支记下来，这样就可以防止自己乱花钱。平时自己的吃喝尽量省，一天打二十元，一个月就是六百，仨月一千二。二十元不够？够了！几块钱的小吃肯定能吃饱。这花月街上的摊贩都被赶走了，要不一出这宾馆的门就能挑着样儿地吃，还不贵。李继承想到这里，有些失落。失落起来的李继承赶紧算账，吃饭看来花不下多少钱去，那大头就是武术戏的戏装了，按网上的报价几十、几百的有，还有过千的，买好的！

买十件不是才一万多块钱嘛!

李继承右手腕子搭在桌子上，伸出右手中指在桌面上来回画着数字。他眼光掠过桌角上的香烟盒时，猛一下想起来自己抽烟还得花钱，他用力在大腿上拍了一掌。哎呀! 怎么把烟钱给忘了呢! 一包中南海要八块钱，一天自己要抽一包，这样每天的开销就是二十八。他又开始用手指头在桌子上画起来。

李继承画着、画着，手机就响了，施雅东把电话打了进来。

"发信息了?"

"嗯。我学习结束了。"

"下午结束的?"

"嗯嗯，吃过午饭大家就撤了。我往回走的时候给您发的微信。"

"哦。我洗衣服了。这不刚看见就给你打过来了。怎么样? 这次学习收获不小吧?"

"嗯。我急着想见您，就是要跟您汇报这个事儿呢。"

"哎，我说你别老您呀您的好不好? 我怎么听着这么别扭呢!"

"……"

"喂，你听见没?"

"嗯。我听着呢。"

"你是想现在见面吗?"

"嗯。您要不方便就等明天上班了，我去办公室找您。"

"您! 还您、您、您!"

"哦，对不起，对不起! 我习惯了。"

"那现在见吧。你说我去找你，还是你来找我?"

"你们家我不认识呀! 要不给我发个位置，我按着定位去找。"

"算了! 黑灯瞎火的我怕你找起来麻烦，还是我去找你吧。你在哪儿呢现在?"

"我在花月街呢，就在吉祥胡同对过。"

"跑那干吗去了?"

"有，有点事。"

"那这样吧！从吉祥胡同往东走，过红绿灯有个咖啡店。你去那里等我吧。正好你答应过我，拿到奖金请客的，今晚该兑现你的承诺了。"

"嗯嗯。"

李继承挂断施雅东的电话，站起身来扯下头顶上方晾衣绳上的毛巾，准备去外面的盥洗室洗把脸。搬来的那天，老板娘已经指给他看过那间盥洗室了，出门左转，就在走廊的转角处。盥洗室的旁边有一截楼梯通向一层的一个小门，那是这家宾馆的后门。因为给大胡子妹妹一家和小个子的父母租过房子，老板娘跟他已经算是熟人了。老板娘当时热情地告诉他，除了这间盥洗室，一层还有公共浴室，全天二十四小时都有热水，随时可以洗澡。另外浴室里有洗衣机，衣服随便洗。那天，李继承把那几个纸箱子从樾林挪过来之后，就匆匆返回市里的集训班了，到现在还没顾得上去上面一层瞅瞅。施雅东送他去市里学习的时候，把五万块钱的存折给了他。施雅东说，你不要以为拿了这见义勇为的奖金，这事儿就完了，如果市里开表彰大会，你还得参加。李继承用手死死捏着那个存折认真地说，只要不让自己上台发言，肯定去。集训第二天他就有了辞职的念头，琢磨了一宿之后，他给大胡子说了自己的想法，让大胡子跟公司汇报，抓紧招新人替换自己。大胡子当时一听就急了，结结巴巴问他是不是保安队里面有人欺负他了。他说不是。大胡子又把保安队里陈芝麻烂谷子的事儿扯出来东问西问，问起来没完没了，弄得他心里很烦。最后大胡子问，是不是有了更好的工作？他就说是。大胡子就沉默了。长久的沉默之后大胡子无奈地说，我、知、知道你、你就在、在这待、待不长，金、金麟、本、本非、池、池中物，一、一遇、风、风云、便、便化龙！李继承想跟大胡子说不是像他想的那样，但又不知道怎么才能跟他说清楚。最后就说，队长，随你怎么想吧，反正我不干了。我是怕给人家公司耽误事儿，才跟您说的。您还是提前找人吧。大胡子告诉他，人、人有、有的是！不、不能耽、耽误你前、前程，你、你就、就说、什、什么时、时候走、走吧？他一听大胡子很快能找到替代自己的人，当即就说，那傍晚吧，傍晚我请会儿假，去搬我的东西。李继承对于大胡子说"人有的是！"这句话时没有细想，之后想起来让他略感失落，这偌大的北京城最不缺少的就是人，包括自己都是可有可无的。因为这原本就不是自己的城市！

就这样，集训没结束，他就搬到花月街这家宾馆的地下室里来了。

刚刚用凉水洗过手脸的李继承从宾馆的后门顺着一条胡同绕到街上来，被夜风一吹，感觉身心清爽了很多，他大口大口呼吸着清新的空气，将自己投身进这五颜六色的灯海中来了。

街道对面就是吉祥胡同，赵香梅曾经租住的那栋楼一星星的亮也没有，但远处高楼上的灯光可以照出来它黑黢黢的轮廓。李继承使劲儿看了它几眼，试图找见赵香梅住过的那个单元，一片斑驳的光影里他估摸出了大致位置，可那小块儿却漆黑如墨。他盯着那黑暗的一块，在心里默念着：香梅，你走的时候我忘了给你带件东西，现在我已经给你联系好了，等到过年的时候吧，过年的时候我给你送到坟上去。李继承鼻子一酸，赶紧把目光收回来，继续往前走。

再往前走就是花月街派出所了，门口的灯箱上滚动闪现着打黑除恶的宣传语。李继承又想起第一次跟施雅东见面就是在这派出所旁边。那会儿的自己多莽撞啊，竟然用那么大力气去攥人家施雅东的手腕子！通过这几个月的交往，能够看出来施主任是个心地善良的人呢。人家对自己一个农村来城里讨生活的打工仔多好啊！这次去集训，人家给买了超薄的保暖内衣，好几双袜子，连洗漱用品都给自己备齐了。这是多大的人情啊！人跟畜类不同，人是感情动物，人得懂感恩才活得舒坦呢。欠人家太多了，晚上会睡不着觉的。自己不就是撞上那么个精神不正常的人拿着刀砍人，上去踢了他两脚吗？是个男的就不能看着他一个大男人拿刀砍女人和孩子吧？何况他要砍的是施主任和小毛！就这么点儿事儿北京市里就给咱五万块钱，那是五万块钱啊！自己又不是科学家搞出了新发明，给社会做出了什么贡献，拿这五万块钱，咱受之有愧啊。还是那句话，人得懂得感恩，既然北京对咱这么好，咱说什么也得想着法儿回报它。集训的时候，领导不是讲了全民健身的重要性吗，不是说要推广第八套广播体操吗？那咱就认认真真干！晚上的时间得教大家练戳脚和武术戏，不练是绝对不行的，爷爷还等着看呢。男人说话得说一句是一句，答应了爷爷的事，就得办。推广第八套广播体操只能是利用城里人早上晨练时间了，这既然跟自己上班的时间有了冲突，那就干脆把工作辞了，安安心心把这两件事干好，不就是三几个月的时间吗？等明年开了春，再来北京或者直接去燕云找工作，大不了再去建筑工地干，又不是没干过！其实，辞这个工作自己早在跟人倒班的时候，就想过了。梅朵跟小申是朋友，咱不能仗着这层关系耍赖皮，国有国法，家有家规。人家那么大的买卖没个制度能行？梅朵也是咱的恩人呢，咱没办法报答人家就算了，但也不能坑害人家不是？这下好了，工作辞了，咱这心里也松快了。

李继承心里想着事情，转眼来到了十字路口的红绿灯底下，他远远就看见施雅东立在对过的马路边上正朝他这面张望。交通信号灯上的迈着腿走路的小人儿是红的，两个人隔着一条马路互相看见了，都立在原地，同时扬起手臂来，向对方摇动着，他俩中间隔着一条汹涌着各式各样车辆的洪流。

7. 现在连妈妈也改变了对他的看法

自从跟李继承商量好了利用清晨的时间在土城公园推广第八套广播体操之后，施雅东就思谋着怎么才能一鼓作气把声势给造起来，她脑子里闪过一个人，那就是母亲胡兰芬。

第二天施雅东憋着劲儿起了个大早，起床之后她看没什么可洗的衣服，就把客厅里的窗帘、沙发垫、各个卧室门口的门帘通通拆了下来，集中到洗澡间的洗衣机里来洗。这头洗衣机转着，她就找来抹布，去客厅里把玻璃窗擦了个干净。等胡兰芬起来，施雅东已经把洗好的窗帘等物晾好在阳台上，屋里和客厅的窗子都擦拭得光可鉴人。

"杏儿，今儿这是咋了？太阳要从西边出来？"胡兰芬趿着拖鞋四下里瞅瞅这一大早上家里的变化，就追着施雅东又转战到厨房去的忙碌的背影打趣道。

"妈，今儿我才知道，原来这一早上可以做这么多的事情。以往咱都把这大好的时光白白浪费掉了，想想真是太可惜了！"施雅东一边端着电饭锅接水，一边扭回头对母亲笑着说。

"说得是呢，我们健走群里好多人不仅晚上锻炼，每天晨起之后也会去土城公园健走。他们每天都在群里晒步数，有的人一早上能走一万来步呢！"胡兰芬不无艳羡地对施雅东说。

"妈，您看是不是？要不我一直在想呢，健身健身，无外乎就是通过体育锻炼让自己的身体越来越健康，精神面貌越来越积极向上。它当然需要仪式感，但我觉得当健身的理念深入人心之后，每个人在对健身的方式、方法的选择上，应该是多样化的。比方说今天早上，我起来之后这一通忙活，我认为爽朗心境下的这种身体运动，也可以称作健身运动，只是它缺少了专业性而已。说到你们的健走，我认为所有的健走队员都应该渴望着更为广泛的健身方式才是最为正确的心态。"施雅东说得头头是道。

"杏儿，我观察着现在社会上绝大多数的健身群体都是群众自发组织起来的，这些群体其实在专业技术上还是薄弱的。如果政府能够对这些群体进行干预，对群众的健身活动加以引导和支持，那可是件深得民心的大好事！"

"妈，您说要是清早这段时间，有人在土城公园教大家第八套广播体操，您会不会去学？"施雅东忙着淘米，没有看胡兰芬。

"那肯定去呀！不仅我能去，我要是把这消息往群里一发，百分之七十的人肯定得去。"胡兰芬兴奋起来，见施雅东低着头忙活，也不看自己就又接着问："你们街道办是不是打算请人来教第八套广播体操？"

"我们街道办倒是有这个打算，就怕没几个人学，到时候冷了场多尴尬！"施雅东把锅放稳在气灶上，打着火，眼睛盯着灰蓝色的火苗慢吞吞地说。

"怎么会呢？杏儿，人的事儿交给妈好了！"胡兰芬往施雅东身边凑了凑说。

"您整天忙你们健走队的事儿就够累人的了，哪有时间顾得上这个。我看我还是发动单位上的同事，让他们下到小区里先宣传宣传再说吧。"

"哎，杏儿，你这话就不对了。健步走是健身，广播体操也是健身，你为什么非得把这俩区分开来呢？"

"我这不是怕您两档子事儿都张罗着太劳心费神嘛！"

"你要这么说，妈还真不用你替妈担心。妈天生就是个爱张罗事儿的脾气。组织成个事儿，妈多有成就感啊。哈哈哈，你等着，你等着，妈这就在健走群里喊一嗓子去！"

施雅东看着母亲胡兰芬转身往厨房外头走，冲着她小巧玲珑的背影扮了个鬼脸，偷偷地乐了。

"哎，杏儿，咱得跟大家说个具体时间呀！"已经走出厨房的胡兰芬又折转回来，手把着厨房的门框，探进头来问施雅东。

"先看看人数怎样再说吧。如果参加的人不少，那咱干脆就明天早晨六点，准时在土城公园集合。"施雅东见胡兰芬突然转了回来，怕她看出什么，慌忙止了笑，把头转向一边不慌不忙地说着。

"好嘞，杏儿，你就等着瞧好儿吧！"胡兰芬身子往后一缩，消失在厨房门框后面。

施雅东愉快地摆动着头，哼起了歌子。

"妈妈早！"小毛从厨房门口走过，跟施雅东打着招呼。

"毛毛快来，妈妈有话跟你说。"施雅东招呼着小毛。

"什么事啊妈妈？"小毛来到施雅东身边。

小毛今天穿了一身黑色的运动装，有一绺短发贴在刚洗过的脸上。看着儿子越来越显高挑的个子，施雅东心想时间真是个神奇的东西啊，这才几个月的时间，毛毛像变了一个人一样呢！她对小毛说："毛毛，你们李老师早上要在土城公园教第八套广播体操，你去不去？"

"李老师不是去市里学习去了吗？他回来了呀？"小毛问，眼睛里现出惊喜的神情。

"回来了，他要教第八套广播体操你去不去？"

"第八套广播体操我在学校里学过了，不过要是李老师教，我肯定得去。"

"他是早上教，你还要上学，要是真去的话，那今后你就得比平时起得早才行啊。"施雅东看着儿子微笑着说，"最起码要早一个小时呦！"

"放心吧妈妈！我有闹钟，闹钟一响我保证就起来。"小毛说得认真。说完之后，他仰起脸侧着头对施雅东又说："妈妈，我听约兰达姐姐说，李老师要给我们定做服装了呢！"

"什么服装？"

"就是演武术戏穿的戏装呗。我可是从来没穿过那种衣服呢！不仅我没穿过，我问了，我同学里也没人穿过呢！"小毛摆出来一副得意的模样。

施雅东正欲夸赞小毛一通，却被母亲胡兰芬的叫喊声给打断了。

"杏儿，杏儿！你快来看看，快看看吧，妈简直就是神机妙算，刚在群里把这广播体操的事儿一说，这报名的人就噌噌地往上增啊！"胡兰芬双手托着手机欢天喜地从走廊里闪了出来。

见小毛在，胡兰芬在小毛的肩膀上轻轻拍了一下，越过他，把手机递到了施雅东眼前。

"没想到妈妈的号召力这么厉害呀！这可是太好了！"施雅东喜出望外地在胡兰芬的手机上扫了一眼，眯起眼睛笑着对母亲说。

"杏儿，群里很多人在问这教广播操的老师是哪儿的？刚才妈着急忙慌地也忘了问你了，是不是你们街道办从体育大学请来的大学老师？"胡兰芬眼睛依然在手机屏上打着转，嘴里却问着施雅东。

"姥姥，教广播操的老师是李老师。"已经跟胡兰芬高矮差不多的小毛此时开了口。

"李老师？哪个李老师？"胡兰芬转回头惊讶地看着小毛。

"你问妈妈！"小毛冲胡兰芬一撇小嘴儿，一转身跑到厨房外面去了。

"毛毛说的是教他武术的那人。"施雅东接过小毛的话茬对胡兰芬说。

"他呀？"胡兰芬拉长了声音说，似乎有些失望。

"他怎么了？人家可是在市里认认真真学了一个星期才回来的呢。"施雅东看出来胡兰芬的若有所失，语气里就带出来了不悦。

"没什么。我是说他不是当保安的吗？晚上教大家拳脚本来就够辛苦的，第二天还要起大早教广播体操，你们街道办给人钱啊？"胡兰芬看出来了女儿的不高兴，赶紧改口。

"不给。锛子儿不给，可他自己愿意得了不得，上赶着要教呢！"施雅东依旧气儿气儿地说。

"我观察着那是个实在孩子。杏儿，你们可不能白使唤人家。"

施雅东开始把热好的馒头从锅里往外捡，她没有回胡兰芬的话。

"杏儿，妈想起来啦，上次他爷爷检查完就没信儿了，那老头现在怎么样了？"胡兰芬对着施雅东的后背又问道。

"好了！"

"好了？不可能吧？"

"怎么不可能？当初你们医院给人家判了死刑，说什么人家活不过两三个月，现在人家一没住你们的医院，二没吃你们的药，就靠着练武术吃草药，自己好了！"施雅东不看母亲，她边往餐桌上拾掇着碗筷，边说。

"真的吗？"

"当然是真的了！"

"哦，怎么会这样？"胡兰芬锁紧了眉头陷入沉思，过了会儿她说："如果是真的，那我必须得通知医院领导，再给他做次全身检查。以前也有过这类事情发生，不过，我怎么想都不太可能呢！"

"这世界上很多的事情是我们想不到的。真的，妈妈！"

这个早上，一家人围着饭桌吃饭，只有小毛是高兴的，另外那对母女沉默着，各自想着心事。

8. 那个曾经低头贴着马路边儿走路的人，在众多的城市人面前也能口若悬河

"大哥真的没回河北？你到底给爷爷打没打电话？"梅朵把车往土城公园方向开的时候，问副驾驶座上的李虎申。

"打了，打了呢！"李虎申看了一眼梅朵，由于心里焦躁，他变得有些不耐烦。但当他意识到自己语气的生硬之后，马上调整了情绪，换作稍稍平缓一些的口吻说："他肯定没回去。我从学校出来时问过约兰达了，她说今天下午大哥给她打电话了，他们约好今晚在土城公园见。"

"这就怪了，大哥在樾林的工作也不是很紧张，照理说他不会这么匆匆辞职的。我也问了保安队长，他听大哥说，是找到了更好的工作。我琢磨着这事儿有些蹊跷。"车过十字路口，正赶上红灯，梅朵把车刹住，扭头看着李虎申。

"是呢！我给他打电话，他说在市里学习。市里最近组织保安学习了？"

"这个肯定没有。如果有，我会知道。"

"大哥是不会说谎的。那他到底在市里学什么呢？"

"这里边儿肯定有事儿！"梅朵蹙着眉头，若有所思。

"绿灯了，走！"一旁的李虎申提醒着。

后面传来接连不断的汽车喇叭声，梅朵一踩油门，宝马车冲了出去。

走进夜幕下的土城公园，微凉的夜风中抬头可以看见满天的星斗，这样的夜空在北京这样的大都市是稀缺的，是奢侈的，它能够一下子唤醒许多埋在一个人心底里的、有关乡愁的所有模糊的记忆。

梅朵仰脸儿看了看星星们，悄悄把手伸给李虎申让他握着。两个人手牵着手，彼此沉默着，径直朝银杏树林里的小广场走去。

小广场上热闹非凡，人影幢幢。就着迷蒙的灯光，李虎申一眼就看到了小广场中央正走过一排高抬起脚做侧踢动作的学员。李虎申看不清哥哥的面部表情，但李继承高大、矫健的身影在眼前晃动着，这让他感觉到哥哥的样子真的有些气宇轩昂了。他牵着梅朵的手，好容易在坐满了人的台阶上找到个空隙。悄悄坐下来之后，梅朵低声对李虎申说："大哥真的好帅气！"

"他一挨练功就换了一个人，从小到大就这样！"李虎申的眼睛仍在李继承身上打着转转。

中间休息了，李虎申按捺不住自己，正欲拉起梅朵走到广场中央去找李继承，把他辞职的事一问究竟。没想到一个身材娇小的老太太却先他们一步从台阶上站了起来，边往广场中央走，边拍打着手掌喊着让大家静一静。李虎申和梅朵都认出来这老太太是帮忙给爷爷联系过身体检查的退休医生——施雅东的母亲胡兰芬。

"请大家安静一下，安静一下！下面我替李继承李老师跟大家宣布一件非常重要的事情。"胡兰芬说到这里，停顿了一下，等到整个小广场上变得鸦雀无声了，她才接着说，"我们今天在场的人多数都是健身的爱好者，但经过一段时间的健身运动之后，就有一些问题出来困扰我们了。比如，我们健走队里有人走着走着膝盖出了问题，或是脚踝出了毛病。这些都是因为健身不得法造成的。鉴于这种情况，咱北京市政府最近集中了全市的健身骨干力量进行了为期一周的专业培训，咱们李老师就是这次参加培训的人员之一。"胡兰芬边说边走，不觉已经走到李继承身边，她就势在李继承胳膊上拍了拍。

"李老师这次在市里带回来了简单易学又非常实用的健身操，那就是第八套广播体操。为了不耽误大家晚上习练武术，李老师打算牺牲自己更多的宝贵时间，来教会大家这套健身操。下面，就请李老师宣布教操的时间，并作重要讲话！"

胡兰芬率先鼓掌，接着小广场上掌声响成一片。

李虎申和梅朵虽然没有从胡兰芬的话里完全听出来李继承辞职的原因，但此时两人已明白了八九分，李继承的辞职跟第八套广播体操有关，跟社区的健身活动有关。他们都知道李继承性格里恐惧城市的缺陷，就急切地想看他下一步在众目睽睽之下说些什么。

李虎申远远望见哥哥扭动着身子，用手搔着头，跟胡兰芬讲着什么。哥哥的个子很高，此时身躯在低矮的胡兰芬面前弯曲着不断后退。小广场上的人群里有人开始喊喊喳喳地讲话，形成不小的骚动，李虎申松开一直攥着的梅朵的手，紧张地立了起来。

"我们当中很多人都认识李老师，都知道他为人真诚厚道，却不善言辞。但他心里装着咱们大家的事，想必大家也都清楚。今晚说什么也得让李老师说两句，下面咱们大家再次用热烈的掌声欢迎尊敬的李老师讲话！"

李虎申立着的地方右下角的台阶上站起来一个身材窈窕的女子。看侧脸，听声音，李虎申认出来是范兵兵那个同学施雅东。

潮水一样的掌声又漫了过来，李虎申伸出双手随上那掌声狠力拍了几下巴掌。

李虎申开始挪动脚步，绕过胡兰芬，走向小广场的正中心，他在一个孩子身边站了下来。

人群安静了下来，全世界都安静了下来。

"大家以后不要叫我李老师，叫我名字继承或者直接叫我李继承，我挺高兴的。"李继承的头低着，眼睛看着那个孩子，声音有些抖，却洪亮。

"我是今年年初才从河北农村出来，跟着我的女朋友到北京打工的。这之前我从没出过远门儿，也不了解这外面的世界。说实话，刚来的时候我挺胆小的，光怕因为自己没见过什么世面，做错了事，让城里人笑话。我觉得城里人都挺不好接触的。"李继承脑袋一直没动地方，就看着眼前的男孩，像是在自言自语。但由于现场的气氛太安静了，哥哥说的每一句话李虎申都能听到。

"后来发生的一件事改变了我的这个想法。那就是我开车不小心撞了小毛的事。"李继承说着伸手把身边那个男孩揽在了怀里，他开始抬起头，脑袋转动起来，环视着小广场上的人。李虎申感觉哥哥的目光掠过自己的脸庞，以为会在他这里停留一下的，然而，没有。那目光只是在他的脸上扫了一下，倏忽而过。

"我当时以为，这孩子的家人会讹我钱。但事实上根本没有。这让我认识到了自己心眼儿的窄小，也让我明白了这个世界上真的还是好人多！"李继承的声音高昂起来了，"后来，在樾林大厦，我赶巧碰到那个脑子出了毛病的人拿刀砍人，我就把他抓住了。我想那件事搁在任何一个练武的人身上，都会去抓他。我只是做了这么一件不起眼的小事，没想到国家、政府不仅给了我很高的荣誉，还给了我五万块钱奖金。我觉得我才来了不到一年的时间，还没来得及为这座城市做什么呢，我受之有愧呀！"李继承说到这里，停顿了一小会儿，在这短暂的停顿里，李虎申更为真切地感觉到了小广场上的寂静。梅朵不知何时也立了起来，又把手伸给了自己。李虎申轻轻捏弄着那只小手，像捏弄着自己的心脏。

"我刚才提到我是跟着我女朋友一起来的，大家或许还记得前几个月花月街那场火灾吧，她在那场大火里走了。你们没有人知道她有多爱北京，多想在北京生活下去，可是她还是早早就走了！"李继承说到这里，声音明显有些哽咽，但他很快克制住了自己的情绪，继续

236

说下去："她走了之后，我才明白她之所以那么热爱城市的原因。我和很多好心人把她的尸体运回村里，她竟然连自家的坟地都进不去了。为什么？因为我们村大洼里的地都给征了。我和她还有好多好多村里的年轻人成了没有土地的农民，我们没了小时候心目当中的家，我们不得不把我们打工的城市当成自己的家呀！她走的时候，政府也好，她还有我来北京之后认识的朋友也好，都给了无微不至的关心和照顾，让她走得很风光！我虽然满肚子话倒不出来，可咱这心里懂得感恩呢！"

李虎申感觉梅朵另一只手凑过来，把自己的胳膊整个抱进了她的怀里。

"前些天，施主任对我说，花月街有个去市里进行健身培训的名额，我想都没想就答应了。我就是想着为这个我女朋友稀罕得了不得的城市做点儿事情哩。这次去市里学习，让我长了不少的见识，也懂得了除了武术之外普通老百姓健身的很多知识。我决定从明天起，早上六点整，跟大家一起做第八套广播体操！"最后这句话，李继承是用近乎嘶哑的嗓音喊出来的。

雷鸣般的掌声在土城公园的上空回荡。

等到掌声零落起来的时候，李继承清了清嗓子又说："说到健身，我想最后再跟大家分享一下我爷爷的故事。我爷爷是我们当地有名的戳脚把式。他一辈子爱好武术，他的这种好，是好到骨子里的，是拿着当命根子一样的好！我父母由于出了意外去世得早，是他老人家把我和弟弟含辛茹苦拉扯大。就是这样一位老人，前几个月被检查出了肺癌。医生告诉我们家属，老人是肺癌晚期，已经没有手术的必要了，生命最多能维持两三个月。我爷爷回到家里，用他爱好的戳脚中一套拳法配上我们家乡大洼里的几种草药自己治疗。大家猜猜结果怎样？是的！大家猜到了，他的病情明显好转了。这个，我在平时跟他通电话时，听他的咳嗽慢慢消失，就感觉到了。我要说的不仅仅是这些，我还要告诉大家我爷爷他创造了奇迹！真是奇迹呀！"李继承说话的声音抖成了一团，他停了下来，伸手在小毛的头上来回抚摸着，像是在缓和自己的情绪。

"今早我的弟弟为爷爷要不要住院的事跟我吵架，我就催着爷爷又去县医院做了个彩超，没想到爷爷肺部的癌细胞彻底消失了！"李继承手上一闪，李虎申看见他把手机举了起来。

"我不会说谎话，我手机里有爷爷给我发过来检查结果的照片！我最后想说，让我们为了家人，为了我们自己，好好锻炼身体吧，总有一天我们会像我爷爷一样创造奇迹！"

沉默，长久的沉默之后，是经久不息的掌声。

李虎申和梅朵两个早已泪流满面的人儿，紧紧抱在了一起。模糊的泪眼里，李虎申瞥见约兰达拨开人群，跑到哥哥面前，主动张开双臂拥抱了哥哥。

9. 久别重逢的一对翡翠扳指

土城公园最后一片银杏树的叶子掉落下来的时候，李继承在网上定制的戏装到货了。

那个下午的太阳热烈但不扎人眼睛，脸颊被阳光晒得热乎乎的李继承立在花月街那家宾馆的门口，看着快递小哥放在地上的那个半人来高的纸箱子，他都顾不上把纸箱子打开来看上一眼，就迫不及待地拦了辆出租车，和司机两个人抬着箱子，费了好大劲才把它塞进车后座，然后，他坐到副驾驶座上，出租车向土城公园疾驰而去。

路上，李继承给约兰达和李虎申打了电话，告诉他们戏装到了，如有时间，现在就可以去土城公园试穿。弟弟李虎申前些日子已经正式加入到排练武术戏的队伍当中来了，这让李继承无比高兴。他本来想给施雅东也打个电话，让她通知小毛。在手机上翻到施雅东电话号码了，李继承想起小毛所在的小学要比大学管理得严，没到放学时间请假出来不像约兰达那么容易，再者说施雅东工作也忙，把孩子接来接去不方便，他犹豫了一会儿，最后还是把手机装回了裤兜里。

"哥哥，这里都是戏装？"约兰达并拢起两只手掌，贴在胸前，看着眼前的纸箱子，瞪大了眼睛问道。她今天穿了一件豆绿色的羽绒服，羽绒服轻薄而细致，很好地映衬出她姣好的身材。一轮硕大的夕阳掩在银杏树粗细不一、疏密相间的枝杈后面，橘红色的光晕洒在约兰达的衣服上、脸上、深蓝色的眼睛上、纤长而又轻软的眼睫毛上。

"现在我们就看看这些宝贝！"李继承把目光从约兰达身上移开，半蹲下身子，开始撕扯纸箱子上的胶带纸。李虎申也学着哥哥的样子，俯着身子帮着他摆弄箱子。

纸箱盖子被开启，李继承看到里面还有几个整齐码在一起的纸盒，他取出其中一个，抱在怀里，轻轻打开，从里面取出一顶颤动着红色绒球的王帽。

"哇，哇！"约兰达盯着那顶王帽，嘴里连连发出惊叹。她伸出一只手朝那顶王帽伸了过来，快碰到了，又倏地把手缩了回去。"哥哥，它太漂亮了，太美了！"约兰达说。

"来，约兰达你戴上试试！"李继承笑着把那顶帽子托给约兰达。

约兰达满脸羞涩，她伸出双手捧过李继承递过来的王帽，左瞅瞅右看看，就是不敢戴。

"快戴上啊约兰达！我还从没见过外国女的戴这种王帽呢。哈哈哈……"李虎申怀里也抱上了一个盛帽子的纸盒，他眼里闪烁着兴奋的光亮，嬉笑着对约兰达说。

约兰达的脸红得跟天边的彩霞一个颜色了。她伸手梳理了一下头上金黄色的长发，低下头来把那顶王帽戴在了头上。

等到约兰达双手扶着王帽抬起头来，腼腆地看着眼前的李继承和李虎申的时候，那哥两个已经被约兰达的英姿惊得目瞪口呆。

"Oh, My God！约兰达，啥也不说了。你自己看看吧！"过了好一会儿，回过神来的李虎申嘴里不停叨咕着，把纸盒里的王帽取出来扣在自己头上，掏出手机来给约兰达拍了张照片，又接着把手机举到了约兰达面前。

约兰达把李虎申的手机捧在手上，不错眼珠地看着手机屏。看着看着，就有黄豆粒大小的泪珠从她的眼角儿滚落了下来。她不好意思地抬起一只手来用手背在两只眼睛上沾了沾，破涕为笑。她问一直痴呆呆看着自己的李继承说："哥哥，这帽子是送给我的，对吗？"

"当然啊！约兰达，不仅帽子给你，还有衣服呢！只要咱们一起将武术戏发扬光大，这都不是事儿！"没等李继承搭腔，李虎申指着纸箱子里已经露出来的、用塑料袋装着的戏装，抢着对约兰达说。

"谢谢！谢谢！太谢谢你们了。"约兰达看看冲自己连连点头的李继承和歪戴着王帽的李虎申，眼里再次升腾起泪雾。

"这些戏装都是按照大家报的尺寸定做的，塑料袋子上都写着大家的名字，看厂家把包装打得这么精细，应该不会有太大的问题。"李继承又蹲下身去，一边在纸箱子里翻找着约兰达的戏装，一边对两个人说。

"这帽子做得可真不错！他们在帽壳上加了一个可调节松紧的帽带，这样每个人都可以根据自己脑瓜的大小调到最舒服的状态了。"李虎申把王帽从头上摘下来，在手里摆弄着说。

约兰达舍不得将王帽摘下，就那么戴着凑到纸箱子跟前儿，挨着李继承蹲了下来。

李虎申也俯下身子过来找他的戏装了。

"这个是你的。"李继承把写着约兰达名字的塑料袋从箱底抽了出来，递给她。

"我现在可以穿上它吗？"约兰达紧紧抱着那个塑料袋立了起来，对双手扒着纸箱沿儿、仰头望着自己的李继承问道。

李继承微笑着朝她点了点头。

约兰达把那个戏装袋子托在手上，看了一会儿才打开它。她扯着手绘金色麒麟和紫色"卍"字图案的大红戏装先是在自己身上比量了一下，然后把手里的空塑料袋放回纸箱，戏装递到已经站起身来的李继承手上，就开始拉羽绒服的拉链。

"约兰达，要不回去再试吧。这傍晚的风凉，别感冒了。"李继承劝道。

约兰达胸前一道莹亮的绿光一闪，让李继承使劲儿揉了揉眼睛。

当约兰达把羽绒服递过来的时候，李继承的眼睛依然定在约兰达两个乳峰顶起来的黑色线衣之上。在那里，高耸的两座黑色山峰之间是一道舒缓地带，它的正中央趴着一个碧绿的翡翠扳指。

李继承像根木头一样直直戳着，动也不动。约兰达见他盯着自己的胸看个没完，下意识地低下头看了一眼胸前挂着的扳指，再抬头时，见李继承傻了一样，目光依旧射进自己怀里，不免羞红了脸。

"哈哈，终于找到了！"李虎申欣喜地从箱子里把自己的戏装拎了出来，他单手举着冲身边的两个人扬了扬，很快他就被两眼发直的哥哥与手足无措的约兰达惊住了，笑容僵在了脸上。

"哥！"李虎申大叫一声。

李继承一愣，没有回头看他，只是冲他摆了下手，制止他别再说话。

"约兰达，快告诉我，你戴的这个是哪里来的？"李继承伸手指着那个扳指，轻声问道。

"这个吗？"约兰达伸手托起了那枚扳指。

"对，就是它。"李继承急切地说。

"这是我爷爷送我的生日礼物！我爷爷说这是他的父亲手上戴过的。"约兰达低下头，手里抚弄着翡翠扳指说。

"把这个放下，我带你去看一样东西。"李继承指了指约兰达头上的帽子。

约兰达把王帽放进地下的纸箱子之后，穿上了羽绒服。李继承突然伸手一把攥住约兰达的手腕，拉着她就往小广场外走，走出两步他回过头对抻直了脖子、瞪圆了眼睛的李虎申说："小申，你在这儿看一会儿，我们去去就回。"

没等李虎申答话，李继承已经拽着约兰达奔跑起来了。李虎申嘴里哎哎着追出几步，见两人头都不回，气得在地上跺了下脚，回头看看那个盛满了衣帽的纸箱子，只好无可奈何地又走了过去。

"约兰达，我要给你看的那样东西，你看到之后肯定会大吃一惊的！"奔跑在公园大道上的李继承对约兰达说着，松开了她的手。

"是什么呢？哥哥。先告诉我好不好？"约兰达追着李继承问。

"你见到就知道了！"李继承看她一眼，奔跑的速度更快了。

10. 漫天的飞雪阻挡不了走向美好生活的脚步

李继承是在这一年的大年二十五从北京西客站坐火车回到武鼎县的。他下车之后，打了个车直奔乡派出所。因为之前老早就跟乡派出所管户籍的警员在电话上沟通好了，所以他非常顺利地拿到了赵香梅的新身份证。

看到赵香梅新身份证上的照片，李继承心里像被什么尖锐的东西狠狠扎了下，开始一剜一剜地疼。他一只手从毛衣领口伸进去，把那张身份证塞进了贴身的衬衣口袋，手掏出来之后，他不放心，又反手进去在衬衣口袋上捏了捏，感觉到赵香梅的身份证硬硬的在呢，这才出了乡政府大院，朝着李家佐方向走去。

乡政府所在的镇子在潴龙河的西面，离李家佐不算远，也就五六里地的路程。李继承没有走公路，而是选择了横穿大洼。他大步流星走在泛着暗绿色光泽的麦苗地里，垄沟、畦背上的土冻得坚实，李继承故意用脚掌踩踏着它们，脚掌心不断被地上的冻土坷垃硌疼，但他乐此不疲，他一想起来小时候光着脚丫踩在这畦垄沟畔上的情景，心里就软软的。此时的李继承认为，没有比这更好的与大洼亲近的方式了。

爬上潴龙河大堤，李继承的眼光就开始找寻着，他几乎没费吹灰之力，就找见了对岸堤坡上赵香梅孤零零的坟头。李继承手抚在胸口之上朝那里望着，从河道里刮上来的风很硬，打疼了他的脸，他的眼前就起了一层雾气。那座孤坟的背后就是他曾经熟识的大洼，可他隐隐约约感觉大洼里有无数栋的高楼撞击着他的眼球，这种感觉跟他初到北京时的感觉一模一样。他以为这一切都是因为自己一时眼离，产生的错觉，就赶紧抹了一把脸上的泪水。这次他看真切了，潴龙河东岸的大洼已经看不见半点儿的绿色，到处是拔地而起的高楼。他在这些楼房间搜寻着李家佐，终于看见了它露出来的几间平房，李继承明白过来，此时的李家佐已彻底陷入林立着的高楼的重围。

李继承顺着潴龙河大堤的堤坡往下面的河滩里走，河滩上茂密的野草枯黄成片，他踩在那些已经没了韧劲的、酥脆的草茎之上，抬头朝两边的河道里望了一眼，就在他想着把目光收回的瞬间，远处河道转弯处一个红色的身影让李继承定在了原地。

那只火狐狸蹲坐在黄灿灿的干草丛中，像极了一团正在炽烈燃烧着的火焰。

李继承开始挪动脚步，向它走去。火狐狸蹲在原地，一动不动。

李继承加快了脚步。

李继承奔跑起来了，他感觉嗓子眼里呛起来一股干燥的热流，他用舌尖往下压了压，腥甜的气息漫进他的味蕾，脚下的荒草不时缠住他的脚脖子，这让他跑得跌跌撞撞……

近了，更近了……

那只火狐狸的眼睛在正午的阳光照射下，如两块宝石散发出璀璨夺目、摄人心魄的光芒。

一道红光闪过，全世界只剩下枯萎的杂草、遮天的焦黄。李继承一头栽倒下去……

等到李继承爬上潴龙河大堤，他拍打干净沾了满身的草梗，又朝不远处赵香梅的坟望了一眼，向着那个方向走了几步，就停了下来。李继承站在那里想了想，折转身，朝大堤下面李家佐的方向走去。

回到李家佐已是吃晌午饭的时候，村子里响着零星的鞭炮声，李继承想，这年味可真是一天比一天浓了。进了自家院子，李继承见爷爷已经把几面大鼓挪到院子里来了，拴着红绸子的锣、镲趴在鼓面上，个顶个都擦得锃明瓦亮。

"大承子，这回可不得了了，咱演武术戏的事儿把县领导都惊动哩！"满面红光的李大增笑着对自己的大孙子说。

"有这事儿？"李继承吃了一惊。

"可不是咋的！县里、乡里的干部这些天每天都往咱李家佐跑，场地都给咱选好了，就在咱村西大洼的工业区里。我听说今天上午戏台都搭好了，戏台上都铺了红毯子呢！"李大增兴奋地说。

"等到后天演出的时候，县里最好派些警察来维持秩序，因为约兰达要上场，不要像上次那样，把人家吓着。"李继承掂起一面铜锣，边抚弄，边说。

"有哩，有哩！我听你常锁叔跟我说，县里为后天的事，抽调了好几个派出所的人呢。"李大增紧着说。

"那敢情好！"经历了上次赵香梅葬礼那天的事，李继承一直为约兰达来李家佐演出暗暗捏着一把汗，听爷爷这么一说，提溜着的一颗心算是有了着落。

"不仅这样，县里把北京来的人吃住都安排好了地方，你说人家这领导们弄个事情，咋想得这么周到呢！"李大增上下捋着他的山羊胡子感叹道。

"吃住倒不用县里管，陈总都安排好了！"

"哪个陈总？"

"您忘了？就是那个给您联系医院看病，还在北京请您吃过饭的陈总呀！"

"哎哟喂，你看爷爷这脑子，咋把人家恩人的姓给忘了呢！"李大增用力拍打了自己的脑袋一巴掌，大笑了起来。

李继承也跟着嘿嘿笑过，接着说："爷，这次我那小徒弟的姥姥也要来，她是带着天坛医院肿瘤科的专家们来给您会诊的。您的事，他们听说之后，很感兴趣，非要亲自来当面验证验证呢！"

"好啊！欢迎他们验证。爷爷现在浑身上下没半点儿毛病，随便他们验证哪里，保准都符合他们的健康标准哩！哈哈哈……"李大增爽朗的笑声一下子盈满了院子。

午饭煮的饺子，爷俩坐下来吃饺子的时候，李继承问李大增："爷，您还记得那个翡翠扳指吗？"

"那是咱家的传家宝，我怎么会忘？它咋了？"李大增听李继承突然提起翡翠扳指，以为孙子把它弄丢了，神色立刻变得紧张起来。

"看把您吓得！"李继承笑着说，"它咋都不咋，好好待在锦盒里呢。"

"那你提它？"

"爷爷，我记得您跟我说过，那翡翠扳指是一对儿？"

"是呀，两个扳指几乎就是一模一样的。"

"我找到另外的一个了。"李继承说完，用筷子夹了一个饺子放进嘴里，不紧不慢地嚼着。

"你说什么？你找到另外一个扳指了？这不可能！"李大增放下手里的筷子，瞪大了眼睛看着孙子。

李继承迎着爷爷的目光，认真地点了点头。

"大承子！你可不准跟爷爷开玩笑。你真见着它了？"李大增双手撑在饭桌上，都要立起来了。

"我真见着了，它们边上的'卐'字花纹对在一起，严丝合缝！"

"它在哪儿？"李大增果真站起身来。

"后天约兰达来了，您就见着它了。这么多年，它一直挂在约兰达的脖子上。"

"约、约什么达？她、她不是个外国人吗？那东西怎么会在她手里？"

"爷，您先坐下，听我慢慢跟你说。"李继承仰头望着李大增，直到他重又坐回到椅子上才不紧不慢地说下去，"据约兰达自己说，她爷爷的爷爷是中国人，后来不知因为什么到了俄罗斯。她爷爷告诉她，他们祖籍就是咱们这一带。但她忘了具体哪个地方，只知道在保定附近。她戴的那个扳指就是从她爷爷的爷爷那里传下来的。"

"啊？"李大增瞪大了眼睛。

"真的！"李继承冲爷爷深深地点了点头。

"照这么说，他爷爷的爷爷就是当年从李家佐出走的那位师弟了！"李大增沉吟道，"那他们家就应该姓赵，跟你常锁叔他们一族。"

李大增说过这句话之后，爷俩陷入了长久的沉默。

这一年的腊月二十七，成了李家佐有史以来最热闹的一天。

震天响的锣鼓声，还有从高音喇叭里流淌出来的高亢的河北梆子唱腔，惊得满洼里的花喜鹊和麻雀扑棱起翅子，在一幢幢高楼间飞来飞去。村道上停满了各式各样的车辆，长蛇一样向着潜龙河的西岸蜿蜒开去。

戏台搭在一个台湾商人出资筹建的乐器厂的大院内，这个占地至少得有三百亩的院子除了高高的围墙，院子中央是只打了地基的大楼底子，有一层楼那么高的、彩旗招展的戏台就搭在楼底子的上头。潮水一样的人流涌动在戏台的前后左右，乌泱泱塞满了整个院子。着装严整的警察们迎着冷风的脸颊竟淌下来热汗，他们手牵着手靠在一起，在舞台周围形成了一道屏障。

李继承带着北京来的学员演出的《李家佐》大获成功。约兰达和小毛一出场，就赢得了震天响的喝彩声。汹涌着的人潮有好几次险些冲撞开警察们用身体竖起来的那道防线。李继承、李虎申们的演出赚取的掌声激发出李大增和其他会武术戏的李家佐村里人难以遏制的表演欲。等到《李家佐》演出一结束，李大增带领着那些会武术戏的村民们纷纷上台，一出儿接一出儿地演了下去。这个时候，已经卸了妆的李继承挤过人群，悄悄向乐器厂门外走去。

出乐器厂门口的时候，李继承见门口有卖糖葫芦大串的，他买了两个海棠果的，一个山楂的，又要了一个麻山药的。李继承手里举着那四串糖葫芦朝潴龙河大堤走去。

雪花飘起来的时候，李继承已经用一柄小刀一点点挖开了赵香梅坟前的冻土，把那张印着"赵伊蕾"的身份证埋进了坟里。李继承感觉脸上一凉，他半跪着身子看了一眼插在赵香梅坟前的那四串糖葫芦，伸手抹了一把脸上冰凉的地方，一抬头，这才发现下雪了。

李继承回头望了一眼李家佐的方向，漫天飞舞的雪片子被风卷着正扑向那一栋栋拔地而起的高楼。潴龙河大堤下岔开来的两条小路上，分别立着两个人。李继承认出来那两个人一个是施雅东，一个是约兰达，她们立在风雪当中，正远远地注视着自己。

雪花伴着震天的锣鼓在潴龙河两岸狂舞，李继承想，这场大雪之后，冀中平原的春天就该来了。

图书在版编目（CIP）数据

农村青年李继承的城市生活 / 关仁山，杨健棣著 .—北京：作家出版社，2019.3

ISBN 978-7-5212-0457-5

Ⅰ.①农… Ⅱ.①关… ②杨… Ⅲ.①长篇小说—中国—当代 Ⅳ.① I247.5

中国版本图书馆 CIP 数据核字（2019）第 056248 号

农村青年李继承的城市生活

作　　者：关仁山　杨健棣
责任编辑：史佳丽
装帧设计：百丰艺术
出版发行：作家出版社有限公司
社　　址：北京农展馆南里 10 号　　　邮　　编：100125
电话传真：86-10-65067186（发行中心及邮购部）
　　　　　 86-10-65004079（总编室）
E-mail:zuojia @ zuojia.net.cn
http://www.zuojiachubanshe.com
印　　刷：三河市北燕印装有限公司
成品尺寸：152×230
字　　数：205 千
印　　张：16
版　　次：2019 年 5 月第 1 版
印　　次：2019 年 5 月第 1 次印刷
ISBN 978-7-5212-0457-5
定　　价：38.00 元